# 最漫长的祈祷

## THE LONGEST TRIP HOME

〔美〕约翰·格罗根 著

张玉梅 译

北京联合出版公司

Beijing United Publishing Co.,Ltd.

图书在版编目（CIP）数据

最漫长的祈祷 ／（美）约翰·格罗根著 ；张玉梅译.
-- 北京 ：北京联合出版公司，2017.10
　　ISBN 978-7-5596-0612-9

　　Ⅰ．①最… Ⅱ．①约… ②张… Ⅲ．①长篇小说—美
国—现代 Ⅳ．①I712.45

中国版本图书馆CIP数据核字(2017)第156794号

著作权合同登记 图字：01-2017-4227

# 最漫长的祈祷

作　　者：［美］约翰·格罗根
译　　者：张玉梅
出版统筹：新华先锋
责任编辑：刘　恒　徐秀琴
特约监制：林　丽
策划编辑：海　莲　宋亚荟
封面设计：王　鑫
版式设计：朱明月
营销统筹：章艳芬

北京联合出版公司出版
（北京市西城区德外大街83号楼9层　100088）
北京慧美印刷有限公司印刷　新华书店经销
字数195千字　787毫米×1092毫米　1/16　17印张
2017年10月第1版　2017年10月第1次印刷
ISBN 978-7-5596-0612-9
定价：39.50元

# 目 录
## Contents

# 目 录
## Contents

### 第三章　离别的凛冬

# 序 言

2002年秋天的一个夜晚，一个电话不期而至。妻子珍妮外出，我正在给三个饿坏了的小家伙准备晚餐。他们已经迫不及待地坐在了餐桌旁。在电话响到第三声的时候，我刚刚捞出意大利面，并把番茄酱搅拌到沙司酱中，我匆忙抓起了电话。

"约翰！"透过听筒，父亲的声音隆隆响。他听起来异常愉快。尽管已是八十六岁的高龄，他依然身体健硕。还像年轻时那样，每天清晨他都要做健身运动，其中包括四十个俯卧撑。他喜欢户外劳作，坚持自己修剪草坪、整理花园、清扫积雪、爬到屋顶清理凹槽。他有着十几岁青年般的精力，能够快速地上下自家楼梯。每天还可以保证六个小时的睡眠。他的笔法优雅自如，同1940年他在通用汽车公司当工程师时一样精准。他仍然坚持锻炼自己的思维，每晚一边轻轻松松地玩儿报纸上的填字游戏，一边吃花生。吃花生时他爱用筷子夹——他的标志性动作，这样手指就不会油乎乎的了。

他每天都嫌时间不够用。再有十四年，他就要成为一位百岁老人了。他开玩笑地说，除非等生命结束了，他才能有闲暇时间读他所列的休闲读物。他总是说："等我'退休'了……"

"嗨，爸爸，怎么了？"

他说："只是问候一下。大家都好吗？"我马上把话题转到孩子们身上，告诉他孩子们都很好。我一边把意大利面和调味汁端上桌，一边漫无目的地和父亲聊了几分钟。

我把手放在嘴边，告诉孩子们是爷爷的电话，示意他们小点儿声。

我对父亲说："他们都向您问好呢。"

父亲停顿了很长时间说："我有事情要和你说。"

我问父亲："妈妈好吗？"

我们兄妹几个平时都担心妈妈。这些年来，她的身体越来越虚弱，腰部和臀部的情况恶化，导致她几乎不能动弹。近几年，她的记忆力也开始减退，反应迟钝起来。父亲成了全职保姆，帮她洗澡、穿衣服和进行看似可笑的每天大量而复杂的药物治疗。像工程师一样，父亲会用精确的流程图来安排每天的药物治疗。家里有治心脏病的，治糖尿病的、治关节炎的、治疼痛的，还有治疗老年痴呆症早期症状的药。尽管父亲语调欢快，但是每次电话一响，我都担心这次会不会是一个坏消息。

父亲说："她很好。是关于我的，我今天有一个坏消息要告诉你。"

我走出厨房，离孩子们有些距离，问："怎么了？"

"是一件非常糟糕的事情，"他说，"最近我总是感到筋疲力尽，不过没什么大事，仅仅是太累了。"

"嗯，您有太多的事要做，照顾妈妈、照顾家、照顾所有的事。"

"开始我也是这么想的，可能太累了。但是几天前我带你妈妈去鲍勃医生那儿做例行检查。医生看了我一眼说：'还好吗？你看起来脸色苍白。'我告诉他只是有一点儿疲惫，别的并无大碍。他说：'好吧，让我们为你检查一下以确保不是贫血。'鲍勃医生把我带进了实验室并取了血液样本。"

"然后呢？"

"然后结果出来了。果然，他是对的，我是贫血。"

"所以给了你一些补铁的或别的药，对吗？"

"是的，它们可以治疗贫血，但是还有一些更严重的，贫血只是一种更严重疾病的征兆。"

"还有别的东西？"

他犹豫了片刻，我知道他在仔细地选择合适的词语。

"当把我的血样取回来的时候，鲍勃医生说他们希望做进一步检查来排除别的可能。"

我把电话放在耳旁，等待着。

"他们告诉我，是白血病的一种，并且……"

"白血病？"这个词立刻在我脑中炸开。

"不是恶性的那种，"他赶紧说道，"人们一般听说白血病后会认为是急性白血病，那种是来势凶猛，很快夺命的。我得的不是那种，我这种叫作慢性淋巴细胞白血病，这种病就是安静地待在我的血液中罢了，医生说它可以潜伏在人体中很多年，像冬眠一样。"

"多少年？"我问。

"几年到十几年甚至二十年都有可能。"父亲说。

他的话在我脑海里翻滚。"那么，没有什么大事，对吗？"我问，"它可能只是一直睡在那里罢了。"

"医生就是这么说的。她的原话是，'去放心过你的日子吧，理查德，不要担心，忘记这件事。'这是她告诉我的。我不用担心，他们会研究症状，跟贫血一样，每四个月检查一次我的血样。"

"对于那句'不要担心'你怎么理解的？"我问。

"就是不担心呗，现在看着没什么事，"他说，"我只想保持健康，这样才能一直照顾你妈妈啊！"

在隔了几个州远的电话里，我有种说不出的乐观。爸爸总是撑得住，从通用退休后不久，得了心脏病，他撑过去了；我结婚后，他患了前列腺癌，也撑过去了。爸爸，一个拥有坚强毅力的男人、一个勇敢迎接各种挑战的男人，这次一定也能撑过去。那潜伏的癌症只需要好好看守，爸爸会精神抖擞地成功迈进九十岁，他会继续和妈妈共享那磕磕绊绊的、用了半个世纪打造的生活。

"真的不碍事，"爸爸让我放心，"我会听医生的话，试着忘记它。"

我问："我能为您做点儿什么？"

"什么也不用做，"他坚持，"我很好，真的。"

"您确定？"我问。

"当然。"他说。

然后，他提了一个对他来说很重要的要求，一个看似简单、不费吹灰之力就能满足的要求，然而对我来说却很困难。

"只要你们记着为我祷告。"他说。

# 第一章　流动的夏日

## 1

"快起床！小懒虫们！"那声音仿佛从太空中传来。

"醒醒……醒醒，我的孩子们。今天我们要去度假了。"

我睁开眼睛，看到屋子的另一头，妈妈正俯身在我哥哥的床头。而她手里，拿着那根可怕的羽毛。

"起床时间到了。我的小蒂姆。"她一边哄着，一边用羽毛尖挠哥哥的鼻孔。

蒂姆用手挡开羽毛，努力地把脸埋在枕头里。但这些都不能阻止妈妈。她叫醒我们的方法日益革新，并乐此不疲。

她坐在床沿，开始用她喜欢的一个老伎俩。"现在开始，如果你一点儿都不喜欢玛丽·凯思琳·麦克伯尼，就板着脸不要动。"她欢快地发出"咯咯"的笑声。我看到我的哥哥，双眼双唇紧闭，下定决心这次决不能让妈妈得逞。"真的一点儿，一点点儿都不喜欢？"妈妈一边耐心地问着，一边用羽毛刷过哥哥的脖子。哥哥此时更加用力地闭紧了眼睛和嘴。"我是不是看到一丝笑容了？哈，我想我确实有看到。你有一点儿喜欢她，对不对？"

蒂姆已经十二岁了，很讨厌一个名叫玛丽·凯思琳·麦克伯尼的女孩。这个女孩之所以会让十二岁的男孩讨厌，是因为她可以在操场上粗鲁地挖鼻孔直到流血，她也因此而闻名。我们的妈妈拿她作为早晨的起床号令。"真有点儿喜欢？"妈妈继续耐心问着，并用羽毛顺着哥哥的脸挠到耳朵，直到哥哥无法忍受为止。蒂姆的脸因为忍受这种折磨而变得扭曲，尽管他拼尽全力，但最终还是爆笑了。这种笑可不是他心甘情愿的。他从床上跳起来，"噔噔"跺着脚，冲进了卫生间。

带着成功的喜悦，母亲拿着羽毛向旁边的床走去。我的二哥迈克尔九岁了，同样很讨厌他班上的一个女孩。"嗨，迈克尔，如果你一点儿也不喜欢艾丽斯·崔沃特，坚持板着脸别笑……"她一直用羽毛挠哥哥，直到他也忍不住了。我姐姐当然也跑不了这样的待遇，而且她是我们几个中最大的一个，母亲总是从最大的开始依次叫起。

轮到我了。"哎哟，我的小约翰，"她一边叫一边拿羽毛在我脸上蹭，"你喜欢谁啊？我想想，难道是辛迪·安·塞拉霍斯基？"辛迪·安·塞拉霍斯基是住在我们隔壁的小女孩。虽然她只有五岁，我也只有六岁，她已经向我求过很多次婚了。我努力保持严肃的表情，下巴都颤抖了。母亲还不罢休，"是辛迪·安？一定是！"她说着拿羽毛划过我的鼻孔，我忍不住"咯咯"笑出来。

"妈妈！"我一边反抗地叫着，一边跳下床。清爽的空气从开着的窗户飘进来，带着新修剪的草坪和紫丁香的幽香。

"孩子们，穿上衣服，拿出你们的啤酒箱，我们今天要去圣安妮大教堂。"妈妈宣布道。我的啤酒箱是穷人版的军用小提箱，放在我的床尾，上面贴着一层废旧墙纸。不是因为我们穷，而是我们父母忍不住节省，哪怕只是一分钱。我们每个小孩子都有这么个小箱子，每当出去旅游时，这些结实的厚纸箱就会被爸爸整齐地排放在雪佛兰的后备厢里，这样就是免费的行李箱了，爸爸妈妈都喜欢这个办法。

即使在我们这个天主教社区，其他人家也像多数家庭一样度暑假，比如去游览名胜古迹或者去游乐园玩儿。而我家却总去神圣之地，比如寺庙、教堂、修道院。我们点烛下拜，祈祷神灵保佑。圣安妮大教堂是北美最神奇的地方之一，它坐落在魁北克附近的圣劳伦斯河畔，我们从底特律郊外驱车大概七小时就到。接连好几周了，爸爸妈妈给我们讲了几百年来发生在那里的神奇的愈病故事。他们说早在 1658 年，一位在当时教堂里干活的农夫，在用石头砌地基时，他的风湿病突然好了。"我们的主办事是很神秘的！"爸爸喜欢这么说。

我们拿着装好的厚纸箱到了楼下，爸爸已经把准备好的帐篷挂在旅行车后面，远行途中我们就睡在里面。妈妈也做好了三明治，很快我们就出发了。圣安妮大教堂果然名不虚传：由大理石精雕细刻而成的双子塔直插云端，这是我见过的最宏伟壮丽的建筑。教堂里面更是令人难忘：主入口的墙壁上挂着数不胜数的拐杖、手杖、支具、绷带和其他辅助残疾人的器具。这些都是圣安妮治愈那些人时帮他们解脱下来的。

周围熙来攘往的都是前来朝圣、祈祷奇迹发生的残疾人。我们点燃蜡烛，父母领着我们来到教堂长椅那儿，跪下双膝向圣安妮祈祷，即使我们没有任何疾病需要祈求治愈。"你需要请求被接纳。"妈妈小声说。我低下头请求圣安妮，如果日后我的腿坏了，请让我能再次走路。在外面，我们爬上教堂北侧的山坡，沿途十四站形象地描绘了耶稣最后受难时刻的景象，我们在每处都停下来祈祷。这次行程的重点是我们爬上二十八级台阶，据说这些台阶复制于耶稣受难前爬去见彼拉多[1]的台阶。但是，我们并不仅仅是爬上去，而是跪着并且每层都停顿一次大声说"万福马利亚"。

向上走的时候，爸爸妈妈身后紧跟着的是玛丽乔和蒂姆，之后是迈克

---

[1] 罗马帝国犹太行省的执政官，是下令将耶稣钉死在十字架上的人。

尔和我。在第一阶时,我们念道:"万福马利亚,你充满恩慈,主与你同在。你在妇女中受赞颂,你的亲生子耶稣同受赞颂。"在说耶稣名字的时候,我们把头低得很低。来到第二级台阶,我们又念:"天主圣母马利亚,求你在今日和我们临终时,为我等罪人祈求天主。阿门。"接着我们又爬上下一阶,继续诵念祈祷文。一遍又一遍,当我们慢慢地前进到最高处时,迈克尔和我互相戳对方并交换眼神,看谁能令对方先笑出来。

在去停车场的路上,我们路过一个礼品店,在那里我选了一个内装圣安妮的雪花玻璃球。妈妈在大教堂后面的水龙头那儿接了一瓶水。她认为这水是神圣的,如同从卢尔德[1]或其他神奇的地方取来的圣水一样。之后教区的神父会为这瓶水祈福,而她会把它放在亚麻制衣橱里。当我们生病时,特别是持续发烧或嗓子疼、耳朵疼时,她便会取出这瓶水,用里面的水涂抹一下我们的前额、嗓子及耳朵并用手画十字。

回家的路上,爸爸和妈妈玩起了蜜月游戏,这总是给我们这些孩子带来无穷的乐趣。"低一点儿,孩子们,不要看!"妈妈一边指示我们,一边溜到父亲身旁的座椅上。她紧挨着父亲,将头靠在他的肩膀上并在他的脖子和脸颊上留下很多吻。他在开车的时候,双手放在方向盘上,宁静的笑容洋溢在他的脸上。父亲不是一个容易显露感情的人:晚上的时候,他送我们去睡觉,并不会拥抱或亲吻我们,而是和我们用力地握手,看来他已经和我们一样在享受蜜月游戏带来的快乐。

"亲一个,亲爱的。"妈妈轻柔地低声说。

我们四个孩子在后车座里挤成一团,抬头看着他们跟情侣鹦鹉一样偎依着,我们用聪明的暗语谈论他们。每个经过的汽车驾驶员想必都以为我们的父母是在度蜜月的新婚夫妇。只有很少人知道这对正在亲吻的夫妻已经有四个孩子了,而他们正藏在后车座,尽情地"咯咯"笑着。"又来了一辆车,"我们一致地尖叫着,"再吻他一下,再吻他一下。"妈妈总是

---

[1] 法国西南部上庇里斯省的一个市镇,也是法国天主教最大的朝圣地。

很乐意服从。

又一次成功的家庭神迹之旅即将结束。我们在清新的加拿大空气中露营，朝安大略湖扔石头，吃着妈妈最拿手的、在篝火上烤着的猪肉青豆，然后跪着爬上二十八级台阶并一直祈祷，祈祷生活幸福美满。我的父母热爱天主，互爱对方，也爱我们。我有两个兄弟和一个姐姐可以四处跑着玩耍打闹。我有一个房间，在那里可以随意拿任何我想要的东西如玩具或啤酒箱。最好的事情是，如果有什么事做错了，我只要一天的行程就能到圣安妮大教堂，用她那神奇的治愈力量让一切步入正轨。那是一段多么梦幻奇妙的时光。

## 2

我的父母邂逅于 1947 年，那时爸爸刚退役不久。他曾经在南太平洋上的一艘航空母舰上服役四年。相遇一年后，他们就结婚了，几周后母亲怀上了第一个孩子。

在即将为人父母之时，他们做了一个约定，他们的子孙后代，女孩取圣母马利亚的名字，男孩取圣约瑟夫的名字。圣约瑟夫没有享受任何生育的快乐，却承担起了父亲该尽的责任。在我家，圣母"无玷怀胎"是既定事实，没有任何争辩的余地。圣神奇迹般地将天主的孩子降临到处子之身的圣女马利亚的子宫中，而可怜但又毫无怨言的圣约瑟夫承担了一切。当我还是个小孩子的时候，就觉得这一切非常不公平。

我的姐姐，四个孩子中的老大，被赐予了两个天主教的名字。我的父母在洗礼时为她取名玛丽·约瑟芬，后来简称为玛丽乔。接下来的两个男孩分别叫蒂莫西·约瑟夫和迈克尔·约瑟夫。

在男孩子们降临之前，还有一个夭折的女孩。尽管她从未在这个世界上呼吸过，但也被父母赐予了洗礼名：玛丽安。唯一见过这个女孩的人就是我的爸爸。尽管只有几秒钟，但爸爸说这个女孩简直就是完美无瑕，就像一个洁白无瑕的瓷娃娃。医院对生产的女性都要实施麻醉，当我妈妈终于从昏迷中醒过来的时候，爸爸正守候在她身旁，极力寻找合适的言辞来告诉她一切。当妈妈睁开眼的瞬间，她脸上的神情让爸爸永生难忘。她满脸散发着幸福的光芒，笑容在唇边漾开，睁着大大的眼睛，眼神里充满喜悦的期待。然后，爸爸紧紧地攥着她的手，说："亲爱的露丝，现在我们的孩子和天主在一起了。"

他们哭了，然后开始祈祷，并告诉自己，这一切都是天主的安排。一定是有什么神圣的原因，让这个孩子还没有经历人世间的一切就升往天堂。随即，他们安排了一场天主教葬礼。直到今天，那小小的棺木仍旧静静地安放在安娜堡市祖父母的坟墓中间。

我出生于1957年，爸妈为我取名为约翰·约瑟夫。起先，他们希望我能够和爱尔兰守护神圣帕特里克同一天出生。当我错过那一天后，他们又希望我和圣约瑟夫共享同一天生日，而这个名字对我们家族来说有着特殊的意义。但不幸的是，我再次错过。当我终于在春季的第一天也就是3月20日降生后，我便拥有了另一个值得夸耀的资本：我的出生预示着春天的到来。

妈妈亲昵地称我为小水仙花。

从一开始，妈妈的这朵小水仙花就不是一朵受人冷落的壁花。或许是由于每天早晨我吃了过多的克兰奇船长牌麦片——那东西甜得我牙疼，或许是因为我是四个孩子中最小的一个，极力想要获取爸爸妈妈的关注，无论是出于什么原因，我生来就精力充沛，却没有与之相匹配的控制能力。在我最早的记忆中，我会像小龙卷风一样跑过屋子，使出吃奶的劲儿开心尖叫。有时爸爸干脆直接扑向我，将我整个抱起来按倒在地上，任由我的两条腿使劲蹬来蹬去也不放手，直到他确定我安静下来，不会再弄伤自己了。有一次，我在屋子里来回跑，抓来妈妈的扫帚举过头顶，扮演手持长矛的骑士。"给我停下来，马上！"妈妈命令我。我倒是停下来了，不过在我放下扫帚前，它撞到了挂在门厅天花板上的枝形吊灯球，无数的碎片像淋浴喷头中的水珠一样散落在我身上。那天晚饭后，爸爸拿出秒表对我说："小约翰，咱们来场小测验吧，让我看看你能不能安静地坐上一分钟。""不许说话，不许动。"妈妈跟着说。很显然他们确信我办不到。

第一次尝试时，我坚持了二十秒钟；然后，三十秒钟；终于，我成功坚持到六十秒钟，坐在那儿，咧嘴笑着，小脸儿都笑扭了，心想这个新游戏真好玩儿。爸爸按下秒表说："怎么回事？我输了，他居然做到了！"我立刻从椅子上冲出去，像阿波罗号宇宙火箭进入轨道一样在客厅绕圈，"砰砰"地撞到家具上。

在幼儿园里，老师发现了我的多动，为了帮助我学会控制自己，老师经常让我一个人坐在教室的角落里。

只有在特殊情况下，她才让妈妈把我带走，比如那天我用两个手指当叉子戳一个同学的眼睛，就像我最喜欢的节目《三个臭皮匠》里摩尔戳克里那样。那天回到家，妈妈说："约翰，去拿乔治。"每次我犯错了，她都这么说。

妈妈非常相信体罚可以约束我们的行为，乔治就是她的实施工具。在被赋予名字之前，它只是根洗衣棒，一块约五十厘米长、五厘米宽的薄木板，妈妈用它把衣服戳进洗衣机的泡沫里。"约翰，去拿洗衣棒。"妈妈这么一说，我就明白意味着什么了：后背要挨顿棍子。

有天晚上，爸爸带我们全家去一家高级餐厅吃饭，我们四个孩子兴奋得静不下来。妈妈觉得让别的客人听见她用"打屁股"之类的话吓唬我们会很难为情，所以她小声地说出两个名字来。她看着玛丽乔，半开玩笑半认真地问："我们回家后，你想见苏西吗？"从她的眼神和语调，玛丽乔马上意识到让这个苏西来不是什么好事。"不，妈妈。"玛丽乔立刻安静了下来。

接着，她将目光转向哥哥们和我，"男孩们，你们愿意见见我的朋友乔治吗？"说着目光落在我身上。我尖叫道："当然！"她接着说："你记得乔治吧？不记得吗？我那位住在洗衣间的朋友！"我马上就不想见那个乔治了。

回到家，妈妈把那两个名字写在洗衣棒上，作为永久的记号。多年后，即使肥皂水把它们浸得褪色，也仍可以看见模糊的印记：一头是乔治，另一头是苏西。自打那天起，这根打屁股专用的乔治—苏西洗衣棒便成了妈妈有效的武器。通常仅用这跟木棒就可以把我们几个治得服服帖帖的。打玛丽乔一般用苏西那头，我们男孩用乔治那头。尽管妈妈只是疼爱地轻拍我们（爸爸对体罚没有半点儿兴趣），那根洗衣棒还是让我们闻风丧胆。不过这招对我并不是很奏效，我会在裤子里塞好几本《国家地理》以减轻疼痛。我自以为聪明绝顶，可一旦妈妈发现后，就会把目标下移，用棒子瞄准我的大腿。

我们住的街区叫"港丘"，尽管这里没有丘也没有港，只有临街的两条平缓的坡道和一个用推土机在两个小山似的丘陵之间推出的小小的人造码头。

码头连接的水道直通底特律最大的内陆水体之一的卡斯湖。毋庸置疑，它也是港丘的最大卖点。港丘由三条等级不同的街道组成。这种等级是根据距离水域远近而划分的。实际上，只有住在滨水地带的人们才能有幸从他们的房间里看见卡斯湖。这些房子又大又气派，简直难以用语言形容。住在这样房子里的人都来自地位较高的阶层，他们是医生、律师和企业老板。而这一带未濒临湖畔的其他住家，很多人像父亲一样从事中等收入的职业，例如制图人、保险代理人和水管工，当然还有机械工人。他们中的许多人，也包括我爸爸，都是被底特律三大巨头公司——通用、福特或者克莱斯勒汽车之一所雇用的。距离湖区越远，房子就越寒酸。

但是，在港丘有一个没有等级差异的地方，那就是"外区"。

外区是一片环绕在码头周围的绿色公共区域，虽算不上一个公园，但是比未修剪过的草地要强得多，它在湖区占地达几万平方米。开发商专门留出这块绿地供邻里聚会之用。无论你住在街区多么落后的地方，你仍然有一块属于自己的湖前空地。这里有大片的树荫，用来野餐的桌子，最让人兴奋的是还有多石的湖滩，有木筏和用绳子围起来的潜水区。在阵亡将士纪念日和劳动节期间，孩子们一醒来就会来这里玩儿。这儿并不是什么别出心裁的新奇地方，只不过是一个湖滩，但却是关键所在。这个小港通常被叫作"潟湖"[1]，旁边有摇摇晃晃不怎么结实的木造码头，街区的每户人家都能按照分配使用码头的一侧。当你在港丘买了一栋房子时，你拥有的不止是一个七百多平方米的郊外住所，也等于你不花分毫就拥有了湖区的生活方式——可以在这里游泳、晒太阳、滑船和野餐，享受拂面而来的凉爽湖风。成长在经济大萧条环境下的父母，从来没有经历过这样的生活。像所有善良的父母一样，他们替孩子想很多。他们用几年节省下来的钱把我们带到世外桃源般的湖滨。在美好的夏日里漫步于湖滨，很难相信这里离冒灰烟的庞蒂亚克汽车厂只有十分钟的车程。

到了夏天，我们除了游泳还是游泳。我和哥哥姐姐很快就成了真正的两栖动物，待在水里和地面都来去自如，舒服自在。对此父亲深感骄傲。他在内陆地区长大，在珍珠港战役后加入海军时才学会游泳，而且游得不是很好。而对于从没学过游泳的妈妈来说，这简直太难以理解了。但是夏天并不是我们聚到外区的唯一季节。冬天，我们把潟湖上的雪铲掉滑冰，直到腿酸脚麻。我们白天滑，晚上还滑，用一盏装在电线杆上的泛光灯来照明。有时，父亲会在冰旁生火，我们围着火聚在一起，一个个冻得直流鼻涕，红着脸，呼着哈气。春秋时，这一带的几十个孩子还会再来这里，闲逛、偷懒、浸湿鞋子、扔沙子以及用石子打水漂。每当复活节时，人们会在这一带寻找彩蛋。劳动节时，这里会有一年一度的港丘野餐和装饰一新的自行车游行。有比赛，有热狗，有零售的无醇饮料，更棒的是，还有炭烧奶油玉米。父亲边烤玉米边玩游戏，母亲做家常便饭和甜点。

---

[1] 一种因为海湾被沙洲所封闭而演变成的湖泊。

　　然而，卡斯湖仅仅是吸引我的父母来此定居的一半理由；另一半更强有力的理由是这里可以得到圣母的庇护。作为虔诚的天主教徒，他们笃信用天主教方式抚育孩子是他们的责任。这种责任并不只意味着每个周日的弥撒（孩子没有讨价还价的余地，父母尽可能每个周末都带我们去），它还意味着要接受忏悔、享用圣体、执行坚振礼的圣事；意味着傍晚默念玫瑰经和在耶稣受难图前祷告，接受祭童训练和熬夜参加圣诞节子夜弥撒；意味着在圣灰星期三用灰涂抹前额；意味着接受天主教育，即遭受圣弗历克斯的修女们厉声训斥、揪头发、拧耳朵等传统习惯和一张张板着的面孔。妈妈和爸爸非常确信一点，那就是修女们可以培养好我们的品格。

　　我们的房子和圣母庇护所隔着两扇门。我母亲站在起居室的窗户旁就能看见我们穿过后院，直到走进校园的后门。他们勤奋工作，非常节省，才使我们搬到这里，但是他们从来没有后悔把钱花在这上面。他们确信，这儿是一个理想的生活居住地。我们邻居中有许多人都像我的父母一样，信仰天主教，这里对他们来说具有双重吸引力。

　　湖滨和教堂构成了我们小世界的全部，所有的活动都围绕着这两个地方进行。我们不是待在湖边，就是待在圣母小学或者圣母堂，不是在等着忏悔，就是在户外踢足球和打棒球，要么就是骑车在湖滨和教堂之间来回跑。

　　说爸妈是天主教徒，还不能贴切形容出他们对天主教炽热的爱。在他们看来，他们首先是天主教徒，然后才是美国人，再来才是夫妻和父母。刚结婚那会儿，他们的感情就是通过彼此对耶稣和圣母的虔诚而变得更加牢固的。他们最初的约会活动就是做弥撒、念玫瑰经。小时候无数次地听妈妈讲这个故事时，我只能干坐着，瞪眼瞅着她，心想，天哪！世上最古板的父母怎么就让我给遇上了。

　　为了寻找乐趣，我和哥哥姐姐有时数屋里到底有多少座圣母像，曾经一次数到四十二个。每个房间都摆满了这样的小雕像。除了圣母像外，还有各种各样的耶稣像、约瑟夫、施洗者约翰、阿西西的圣方济各及大量其他圣徒和天使的肖像与之为伴。你到我们家来，就会发现十字架无处不在，不管是吃早餐、刷牙，还是看电视，痛苦的天主之子耶稣都通过十字架凝视着我们。此外，家里还有大量神父赐福的蜡烛、圣水和棕榈叶。诵经的念珠撒满在烟灰缸和糖果碗里，我们简直就像住在宗教商品店。我们甚至还有一个备用的圣体箱，里面有一个内衬紫色天鹅绒布的橡木盒，盒里装着一个银质圣杯、一个放圣餐饼的银盘，还有两个烛台和一个十字架。我无从知道它们来自哪里，但是看起来很正式，可以直接服务于那些想在客厅桌子前念弥撒的神父。这种事发生的次数超出我们的想象。

妈妈经常邀请神父来我们家。只要他们来了，妈妈就会邀请他们为大家祈福，带领祷告或者主持弥撒。神父知道随后就可以品尝妈妈做的家常菜，所以很少拒绝。妈妈厨艺绝佳，她允诺的美味大餐真的可以吸引几个大主教。我们这些孩子视他们为摇滚明星，轮流弯下双膝亲吻他们手上的戒指。这得益于我妈妈有两个兄弟是神父：乔神父和温神父。特别是在夏季，他们经常带着其他神父朋友来我家，在湖滨放松享受。这样看起来，神父来我们家的日子比不来的时候要多，这已经成为我们家庭生活的一部分。奥德茨神父、教友麦吉甚至舒斯特主教和我们一起用餐简直是再平常不过的事情了。

我们这个家庭有很多种角色，但首先我们是天主教徒。在父母对我们四个孩子的所有期望中，唯一亘古不变的就是：成长在一个信念中——终身都是虔诚的天主教徒。

# 3

尽管我的父母尽了最大的努力，但要使我成为一个虔诚的天主教男孩的道路，从一开始就相当艰难。

1964年的春天，我们正在准备庆祝第一个忏悔日，至少修女们是这么说的——庆祝——听起来就好像我们举行的将是一场有蛋糕和气球的聚会。对于一个天主教小学的二年级学生来说，这可是个分水岭，为了同学和我的这个圣礼，圣母庇护所的修女们准备了好几个月。还是婴儿时，我们就已经接受了洗礼，那是我们所经历的第一件圣事。

首次忏悔是我们人生的第二次圣礼，它的重要性不言而喻。这是天主赐予我们的恩典，使我们尘世的灵魂得以净化，通过忏悔我们所犯的罪——偷过的糖果、小声的诅咒、粗鲁的谩骂以及各种谎言，恳请主的宽恕。修女们向我们保证这将是一件美好的事情。我们将向神父忏悔，神父是上帝在世上的化身，有权宽恕我们。

当从阴暗的忏悔室里走出来，我们将变得肩膀轻松、脚步轻盈，因为我们不再背负罪过，至少不再负担我们自己的罪。由于亚当和夏娃忍不住诱惑，偷吃了禁果，我们每个人都有原罪，我们没有办法改变这一点。这就如同出生时遗传的缺陷，我们只能接受它并对抗它，我们可以洗去我们所犯的罪，然后重新开始。这就像每个星期六妈妈安排我们洗澡一样，妈妈让哥哥们和我在洗澡池里排成一队，随着冲洗过身子的脏水流进下水道，我们也就干净了，然后开始新一轮的沾尘染垢。

举行忏悔圣礼还有一个重要的原因，只有忏悔后才能够进行接下来的圣餐礼。在这样的仪式中，神父将会把一片普通的饼奇迹般地变成耶稣的身体，并不是象征性的，而是一块真实的肉。我们吃的是耶稣啊！而且并不只是这些，我们还要穿得像是要结婚似的。我们确实那么穿过，女孩们穿着蕾丝边白礼服，戴着面纱和镶嵌着珍珠的手套；男孩们穿着深蓝色制服，打着领带，如同我们的爸爸们上班时的穿戴。

修女们告诉我们，那种把饼和酒变成耶稣的肉和血的奇迹，叫作"圣餐变体"。我们只要吃下一小块耶稣就会明白那是真的，因为我们会感觉到他在体内的存在。那会使我们感到一股热流，一种喜悦，超过酷热八月里的冰激凌圣代，胜似底特律老虎队打入世界棒球赛的喜悦（几年后，底特律老虎队真的做到了，我们都认为那是奇迹）。但是首先我们必须洗净我们小脑袋里所装的污秽，给天主留出空间。

罪分为两种：一种是普通的、可饶恕的小罪，比如诅咒、不服从、说人闲话、觊觎邻居家的牲口；另一种则是大罪、死罪，包括杀了亲兄弟，就像该隐杀害亚伯一样[1]，或崇拜其他的偶像胜过天主。修女们向我们保证：神父们经验丰富，他们听过可以想象到的所有罪过，甚至包括死罪，所以我们不用羞于揭露任何事情。并且他们保证不会泄密。神父们曾发过誓，他们永远不会说出你的罪行，即使你是罪恶滔天的杀人犯。不仅保密，每个忏悔的人都是匿名的。我们在一间暗室里跪下，通过一个隔屏对另一边的神父忏悔，我们看得见他，他却看不见我们。真是聪明！即使他想告诉警察，或者更恐怖的，告诉我们的父母，他也不知道我们是谁。

忏悔是伟大的，是我们成为终身天主教徒的关键一步，也是我们获得赎罪的门票。它为我们打开心门，让耶稣进来，这样当我们吃他的肉、喝他的血时，他会感觉在我们体内就像在家里一样舒适。

现在只有一个问题，那就是我的脑袋里装着一个令人羞愧难当的秘密，说实话是两个，我知道就算我向主反复祈祷好几次，甚至上百次，也不能将它们洗刷掉。

第一个秘密是关于邻居塞拉霍斯基太太的。她的女儿辛迪·安·塞拉霍斯基一点儿也不害羞地告诉我，她想有一天嫁给我。这种想法让我不寒而栗，怪不得妈妈总爱拿她取笑我。而塞拉霍斯基太太却不一样，她对我来说是一种诱惑。她年轻、苗条，有着一头金发。我还没有上学时就喜欢她了，她就是我的初恋。我几乎每天都在她家附近玩耍，每当塞拉霍斯基太太走进她家喧闹的屋子时，我都会用爱慕的眼光盯着她。平时我午睡时，妈妈也躺在我旁边打盹儿。我记得那时候看她睡觉，觉得她是世界上最漂

---

[1] 该隐与亚伯是《圣经》中的人物，是亚当与夏娃的两个儿子。成年后，亚伯从事牧羊，而该隐务农为生。他俩都向上帝献上供物，后因上帝悦纳亚伯的供物，而不满意该隐的供物，该隐杀害了自己的弟弟亚伯。

亮的女人，然而当我开始关注塞拉霍斯基太太后，我修正了原先的判断。

塞拉霍斯基太太痴迷于拥有全密歇根晒得最好看的棕褐色皮肤，这也是点燃我欲火的地方。她会穿着两片泳衣暴晒好几个小时，金黄色的头发疏松地盘在头顶上，镶嵌着水晶的太阳镜遮盖住她的眼睛，涂了婴儿油的身体泛着金光。有时她趴着，把手伸向后背，解开泳衣，这让我觉得很兴奋。稍不留神，她的乳房就袒露出来。从我二层卧室的窗户望去，简直是完美的视角。我热诚地祈祷着，希望草坪的洒水器将水洒到她脚上，让她吓得站起身来。生日时，我跟爸妈要求的礼物是一架望远镜。"我们的小伽利略！"我听到妈妈对爸爸这样说。

一个小学男孩迷恋女孩是一回事，但在二年级时我意识到我做的是另一回事。那是罪恶的欲望，我是在垂涎邻居的妻子，可怜的塞拉霍斯基先生，他是那么好的人。而垂涎别人的妻子在天主教不仅是大罪，而且是严重的大罪。单这一点就使我害怕即将面对的忏悔和愤怒。但我还有比这更糟糕的罪。

修女玛丽·劳伦斯是我二年级的老师，她是个严肃的小个儿女子，对我们很严厉。在我看来，她最多也就二十岁。她用纱巾罩着头发，用亚麻头巾遮住额头、耳朵和脖子，只露出一张脸。她显然比不上塞拉霍斯基太太，但是也很可爱，至少我是这么认为的。

有一天，我坐在教室里盯着黑板前的玛丽·劳伦斯小姐开小差，她正让很多同学站起来朗诵课文。她那垂至地板的褐色长袍使我着迷，我忍不住想她长袍里面穿的是什么。是像妈妈一样穿胸罩和束腰吗，还是像弗洛伦斯·南丁格尔一样穿一袭白色睡衣？再或者像电视剧《荒野大镖客》里凯蒂小姐那样的褶边裙子？就这么想着想着，很快我就想象自己正帮她脱衣服。不是因为下流，而是真想知道里面穿的是什么。我看见她劳累了一天，回到她在女修道院的屋子里，脱下面纱，头发散落下来，然后长袍滑落到地板上。看得清楚里面是一袭飘逸的白色长袍，适度地遮盖又隐隐透出里面的内衣。这时，我只要再跨一小步，便会犯下不可饶恕的罪行，脱去她的内衣。我沉迷于那一刻，欣赏着全裸的修女，对教室里的事情浑然不觉。

就在这时，我听到有人在叫我的名字。

我的视线从修女牛奶般丝滑的赤裸上身转移到她的脸上，她正盯着我，衣服穿得好好的，脸夹在衣帽间。

"来，抓紧朗读，我们可没有一整天的时间。"她说。

"哦。"我回答。

"接着迈克的读。"我知道该怎么做，我需要站在桌边，清楚地大声朗读《天主教读本》，直到玛丽•劳伦斯小姐说"谢谢，坐下吧"。但问题是，那时我正发生小状况：那个成熟的、猖獗的小东西出来炫耀了。我那时还不确定那东西叫什么，它总是不经意间就来造访。

我低头看到深蓝色校服裤子像小帐篷一样支起来。我使出浑身解数祈祷自救：亲爱的耶稣、亲爱的造物主、亲爱的圣神，把它赶走吧！小帐篷却还是支着。天堂里的天使和圣人，求你们不要让我站起来；亲爱的圣母，请让她叫别人吧！

"嗯。"我在拖延时间。圣克利斯托弗、圣弗朗西斯、圣约瑟夫木匠，把它撵走吧！

我从书桌上拿起书，乱翻着书页，假装在找我要读的地方。亲爱的圣保罗与圣彼得、圣马太、圣莫妮卡，所有炼狱中的灵魂，帮帮我吧！

"快点儿，格罗根先生。"修女示意我不要再拖延时间了。

我深吸一口气站了起来，像往常一样敬了个礼。为了掩盖下身的窘态，我伸着胳膊尽量把书放低到腰部位置，但这却使我更难堪了，好像我在用下面的小帐篷支撑着课本。两个孩子"咯咯"地笑起来。我继续挣扎着，高声朗读："一会儿他们看见一只动物从雪中跳出来，是一只灰兔子，一跳一跳地向大树走去。"我把书移开偷看了一眼裤裆，还是挺着的。我的脑子飞速转动，搜索所有可能把我救出困境的人。亲爱的圣阿洛伊修斯、亲爱的施洗者圣约翰、亲爱的托马斯，亲爱的……任何人，求求你们，把它赶走吧！

我当然也想起了圣安妮大教堂。对，圣安妮！我的老朋友！她记得我的朝圣的。我去了耶稣受难经过的台阶（苦路十四处），汲取了圣水，跪拜过那些台阶，妈妈说过，只要我呼唤她，她就会听到，我现在需要她。亲爱的圣安妮，帮我搞定吧！就像你医好那些残疾人一样。求你，圣安妮，如果你能使瘸子走路、瞎子明目，你就一定可以帮我摆脱这麻烦事。

连她也不帮我。我继续读："不一会儿，一只兔妈妈和五只兔宝宝跑来吃东西了。"更多孩子在窃笑。如果修女看见我下身坚挺的样子，她就不会叹气了。终于她放过了我，"谢谢，请坐下。"她说着又叫了下一个学生朗读。我坐下来，低头看时，那种状况消失了。

在接下来的几周里，修女不断教导我们如何忏悔所犯的罪，一遍又一遍，我们反复练习忏悔礼仪：拉起窗帘，走进暗室，跪在隔幕前，等待神父打开我们之间的小窗户，然后我们开始忏悔："宽恕我吧，天父，宽恕我所犯下的……"天啊，我真是有罪。我产生过最猥亵的幻想，不仅觊觎邻居塞拉霍斯基太太，连耶稣的妻子也不放过。我们被教导修女们是耶稣的新娘，她们戴的婚戒就是证明。我曾经垂涎教堂的真诚侍者、耶稣的妻子，还想象出她脱光衣服的样子，我有大麻烦了，我下定决心说实话，只讲实话。修女说得很清楚，最大的罪莫过于在忏悔时说谎，因为那是在对主撒谎，不可饶恕。我如同一个万恶的罪犯独自走向绞刑架一般面对我的首次忏悔。

圣母庇护所是一个分期修建起来的教区，由三部分组成：一座宏大的砖砌女修道院，就是修女们住的地方；一座看起来舒服些的建筑是神父住的地方；还有这所包括一年级至八年级的学校。真正意义上的教堂还未修建，几年后才会在足球场上动工。因此这段时间里，学校的体育馆就充当教堂。临时教堂由简朴的灰色石块构建，辅以大块玻璃窗，内铺油毡地板。教堂前是粗陋的圣所，也是由灰色石块建造的，但是铺着厚厚的红地毯，显得很气派。高耸的十字架下有大理石圣坛，上面铺着厚实的亚麻布。圣坛和长凳中间是油漆过的橡木扶手，旁边还有红丝绒跪台，在那里，信徒们排队领取耶稣的身体，特殊情况时，还喝一口他的血。我们这个小教堂跟欧洲那些大教堂或者美国那些比较大的教堂比起来，真是小巫见大巫了。但对于我而言，它宏伟、神秘、充满吸引力，弥漫着焚香和蜂蜡的气味。

我就要在这个本该是体育馆的教堂里做首次忏悔。教堂的四角各有一个忏悔室，安装了一串串红绿彩灯和重量感应开关，开关连接里面的跪坛，用以提示里面有没有忏悔的人。由于我们二年级有七十个孩子，再加上郊区公立学校的孩子，神父不得不请来街对面天主神学院的神父帮忙。

四位神父过来帮忙，要面对一百多个孩子。这四位神父都去过我家吃晚饭，都知道我的名字。为了接纳第五位神父，门厅的衣帽间被用作临时忏悔室。孩子们被分配到五个忏悔室，我被分到临时忏悔室。没关系，衣帽间的门开着，我看见临时忏悔室像一个固定电话亭，隔得很严密。除非神父认出我的声音，否则他不会知道隔幕对面的那个亵渎修女的猥亵狂，是理查德·格罗根和露丝的儿子。他们夫妇是虔诚的信徒，是神父最得力的志愿者。

我排到了大概第二十位，前面的孩子挨个儿走进衣帽间，关上门忏悔几分钟，然后走出来。我一边等待一边练习忏悔词。原谅我吧，天父，为我所犯的罪。这是我第一次忏悔。早餐在我的胃里翻腾。我怎么能承认那些？"不洁的思想"根本不足以形容我的罪行。圣多明尼·萨维欧，孩子们的守护神，求您不要让神父认出我的声音。

我努力使自己坚强，我要说出实情，这样才能洗净我的头脑以接纳耶稣，从头开始，不再动淫念，不再挑逗，不再勃起。

胖子詹姆斯·库姆斯排在我前面，他从忏悔室里出来时做了件别人都没有做的事情：砰！他把身后衣帽间的门关上了。

轮到我了，我走上去扭动把手，我慌乱地扭来扭去，无济于事，门打不开。亲爱的天父，亲爱的耶稣，亲爱的圣神，天堂的天使和圣人，请让我把门打开。

我再次转动把手，这次更用力。我狠狠地瞪了库姆斯一眼，他耸了耸肩膀好像在说："我也不晓得会这样。"恐惧直蹿到我的喉咙，我几乎哽咽。里面的神父一定在想，下一位忏悔者怎么回事。我开始用我的肩膀撞门。门开了，神父站在那里，他是施罗德神父，他低头看着我说："小约翰·格罗根，进来，我的孩子。我们得说说撞门的事情，对不对？"

哦，主啊，让我现在就死吧！

他坐到了隔板后面，我则跪下，看着隔幕上他的影子，闻着他的刮胡水的气味，混杂着教堂里的霉味。我快速权衡着摆在我面前的两条路：永远进地狱还是眼前的羞辱。来不及多想，开始忏悔了。

"宽恕我吧，神父，为我所犯的罪。"我开始说，"这是我第一次忏悔。"

然后我开始谎话连篇。

施罗德神父认识我，他是我父母的朋友，几乎每周都来家里吃晚饭或午饭，或者单纯地问好。我其实可以讲真话，说出那可耻的秘密：刚刚七岁，就是个性变态；我本来可以面对应该面对的一切：来自父母、修女、校长的羞辱和谴责。如果我说了，神父一定会在忏悔室对我尖叫，我的同学也会听到。所以我选择了回避，实际上，遗漏一点儿小罪算不上说谎，我省去一些事情不说就可以了。

通过隔屏我在忏悔："我跟哥哥们打过十二次架，我顶撞父母六次，关于作业我对老师撒了两次谎。"

"还有吗？我的孩子。"

"真的没有了，神父。"

"继续说吧，"他诱哄着，"肯定还有别的事。"

天啊，他知道，他知道我有所保留呢。我得再告诉他点儿什么，任何事，只要不是那件真事。我开始编故事了。

"好吧，我偷了收音机。"

"你说的是收音机？"

"是的，神父。"

"你必须归还它，孩子。"

"我不能。"

"但是你必须那么做。"

"我把它扔进湖里了，神父。"

"天啊，小约翰，为什么呀？"

"我不想让人知道，而且我……"

第一次忏悔，洗净灵魂回到主的怀抱的机会，我却撒谎了，对神父撒了谎，也对主撒了谎。更严重的是，我知道无法挽回了，我在余生的忏悔中还会有谎言，因为我怎么能承认在第一次忏悔时说了谎呢？别无选择，我只有把这些罪带进棺材，我明白这意味着什么。

我才七岁就注定要下地狱了。即使新教徒、犹太教徒也远比我好。


# 4


我在港丘长大。在那儿我有两个玩伴，但我从来不把他们视为我的朋友。隔壁的女孩叫辛迪·安·塞拉霍斯基，她对我疯狂迷恋她妈妈浑然不觉。我家后面那个眼神总是凶狠的男孩是杰佛，七岁还让他妈妈给他擦屁股。他们可以作为偶尔的玩伴，而我所缺的是一位挚友。

1966 年，也就是在我九岁的时候，有一家人搬到了隔壁街区。我从没见过那样的家庭。父母操着一口省略尾音的爱尔兰腔英语，经常手里端着杯奶茶走来走去。那家父亲年轻时就从威尔士移居到美国，在通用汽车的一个工厂里工作，母亲则来自爱尔兰。他们的口音从来到美国那天起就不再改变了。他们名叫贝文和克莱尔，也就是有趣而顽固的卡伦夫妇，有六个孩子，其中二儿子汤米和我年纪相仿。

在他们搬来后不久，我就闲逛着去看汤米，发现他正和他的五个兄弟在散落着手推车、铲子和耙子的后院里干活。他家的车道上有一堆堆木屑，那是电力公司免费倒在那儿的。卡伦家的男孩们一次推一车，将这些木屑铺在他们四百多平方米的土地上。他们家就是在这个几乎全是沙子的地方建起来的。卡伦先生最大的特点就是节俭而有创造力。他是一个蓝领工人，却要养活六口人。他自然没有多余的收入去请园林公司铺浮土和草地，因此他和负责修剪树枝的工人达成一项协议。工人们同意将剪下来的树枝免费倒在他家，这样一来，他们就不用驱车很远去倒那些东西，还可以省下处理费。你可以称卡伦先生是有机园丁先锋。他从那个古老的国家带来了祖传的智慧：植物身上的东西——树枝、树叶、脱落的树皮和修剪下来的草，这些都可以分解成丰富的腐殖质，那是肥沃土壤和健康草坪的基础。他所缺的是金钱，但他用时间、精力和免费童工来弥补。他累得肌肉酸痛但还是满怀信心，他计划用将近两米厚的植物残枝来覆盖整个沙质土地，用一年时间让它们分解成沃土，然后他就可以种下草籽。

那年夏天，他们家就这样一车一车地堆起那么多的植物残枝与落叶。第一次去他家时，我刚跟汤米说了几句话，他就急匆匆地回去干活了，免得被他爸爸骂。我只能站在那儿看着。跟孩子们一起干活的卡伦先生最后终于注意到了我。他停下来，擦了一把额头的汗水，用他浓重的方言喊："嗨，你等什么呢？快把手从口袋里掏出来，拿起铁锹干活啊！"

多年来，我认识到那是卡伦先生的典型抱怨和招牌命令。把手插在口袋里是不能干活的，那是懒散的标志，证明你是游手好闲的人。几乎每个小时，他都会冲某个人（不管是儿子还是邻家小孩）喊："把你的手从口袋里掏出来！"他像童子军团长似的监督一群小孩。

第一天，我因为闲来无事，又不愿意无视他的存在，于是就照他说的做了。我从口袋里抽出手，抓过铁锹，开始铲那些覆盖物。尽管柔嫩的手掌上很快就磨出了水疱，但是我发现干这活儿还是挺有意思的，所以我天天都去帮忙。不久我就坐在卡伦家长长的餐桌旁和其他男孩一起吃花生酱三明治了。我和汤米很快就成了好朋友，我们的父母也一样。卡伦家和这个社区的大多数家庭没什么两样，也是天主教徒和教堂的活跃分子。卡伦家的六个男孩也跟我们一样，上圣母学校。

我和汤米一起挥汗如雨地忙着铺他家的草坪，但大多数时候我们都在玩儿。那年夏天，卡伦先生和我爸爸带我俩出去玩儿，并为我们买下了平生第一辆脚踏车。我和汤米看中的是施文牌的同一款车。这种车有着厚实的低压轮胎和特别结实的把手，足以承受两个人的重量。汤米挑了一辆金属红的，而我则选了金属蓝的。这下我们有交通工具了，终于可以想去哪就去哪了。

我和汤米骑着新车到处兜风。我们时而手离车把，靠惯性滑下平缓的下坡，时而费力地蹬着脚踏板，直着腰爬上坡。我们还骑着车去学校打篮球，骑着车穿越邻居的后院。

对于我们的夏日漫游，大人们只有一个要求，那就是不准离开社区范围。但即便是明令禁止，我和汤米有了新车后也不管那一套了。以前是因为没有交通工具，想出也出不去，现在有了脚踏车，可以想去哪就去哪，这对我们来说诱惑太大了，就像亚当面对苹果时一样。在距离我家八百米远的地方有一个小小的购物广场，里面有一家超市、一家药店、一家比萨店、一家炸鸡店，还有几家精品店。我和汤米第一次冒险去的时候，心怦怦地狂跳不止。我们小心翼翼地注意每一辆从我们身边驶过的汽车，担心被熟人认出来报告给父母。不过没人这么做，于是此后，那个购物广场就成了我俩的新据点。我们有时在那儿一待就是好几个小时，用攒旧瓶子卖的钱买糖和汽水。一小块夹鸡肉的煎饼卖两块钱，我们俩每人掏一半的钱买上一块，然后蘸点儿番茄酱一起坐在路边大快朵颐。

我们从比萨店偷来一盒盒火柴，然后在停车场展开"火柴大战"，互相朝对方扔燃烧着的火柴。有的时候，我们也会流连于音像店，并很快迷上了保罗·瑞维尔和奇袭者乐团、滚石乐队和海滩男孩，不过最喜欢的还是披头士乐队。

除了去广场闲逛，我们最常干的事儿还是骑车去湖边游泳。卡伦家对男孩没有太多的限制，只要不惹是生非就行。女孩们洗澡可能必须在早晨用热水洗，男孩就不一样了，冷水也吃得消。防晒霜是给皮肤娇嫩的人准备的，浴巾也是。汤米自诩是"硬汉"，每天洗完澡之后都不用毛巾擦，而是风干，冻得他浑身起鸡皮疙瘩。后来我也学着他的样子，洗澡都不带毛巾了。

有一次在湖边，我们三两下就扯下衬衫，跳进了水里。一到水里，我们俩身材上的区别便显露无疑。我身材圆胖、皮肤白皙，腰间是厚厚的一圈赘肉，胸部相比腰间的"游泳圈"倒是显得比较平坦。汤米和我正好相反：他身材精瘦，却很有肌肉，浑身没有一点儿多余的赘肉。阳光给他全身都镀上了一层古铜色，把他的头发也变成了明亮的金色。我对他天使般的面庞嫉妒不已。

有一天，我和汤米游向湖里停着的一艘小木筏，有一群和我们年纪相仿的女孩正坐在那儿晒太阳。为了在女孩们面前炫耀一下，我使劲一跃，猛地扎入水中。等我重新爬回到木筏上，那群女孩鼓动我再跳一次，我得意地又表演了一次。然后她们又让我跳，于是我就不停地爬上来、跳下去。那些女孩长着棕褐色的皮肤，个个都很苗条。我满眼都是她们苗条的胳膊，满耳听到的也都是她们"咯咯"的笑声。她们似乎被我的跳水表演迷住了。我对她们的关注很是受宠若惊。最后，汤米实在看不过去了，他紧跟着我跳下去，然后从水里冒出来，我们两人面对面，相距仅几厘米。"别再跳了！"他轻声说，"她们只是在嘲弄你！"

晚上，我摘了眼镜躺在床上，向所有的神明祈祷，祈祷天使、圣父、圣子和圣神都保佑我变瘦点儿，皮肤变黑点儿，身体变灵活点儿，就像汤米一样，成为女孩们爱慕的对象，而不是嘲笑的对象。

我和汤米四年级末了，由春入夏时，爸爸和卡伦先生带我们到城里的一个农场去认养流浪狗。有好几个月了，我一直央求父母要一只小狗，我向他们保证好好喂养它，不会因失去了新鲜感就逃脱责任。我家一直以来都养猫，先是露露，后是菲利克斯，就在菲利克斯老死的时候，迈克尔以小神父的身份给它念了最长的葬礼弥撒，几乎是鹦鹉迪基的两倍长。猫是不错，但是我想要一只狗。经过我几个月的软磨硬泡，爸爸妈妈终于顶不住了。我感觉是爸爸说服妈妈的，告诉她男孩和狗的渊源。爸爸小的时候，就拥有德国牧羊犬弗里兹为伴，给他并非一帆风顺的童年带来欢笑，伴随他一起成长。在农场上，爸爸告诉我们慢慢来、认真选，因为被选中的小狗可能会在以后的童年里一直陪伴我们。

汤米选中了一条黑色和棕褐色相间的杂种狗，并取名托菲。我则带回家一条不知道是什么品种的金色长毛狗，这条被我称作"肖恩"的狗胸前有一道白色的毛。我觉得它是我见过的最漂亮的小动物了。才过了几个星期，汤米的"托菲"就被一辆车撞死了，但是肖恩一直陪伴我度过了整个童年时光。

转眼间到了1967年。随着又一个漫长夏天的到来，父母平静的生活被打破了，越南战争爆发了。我的两个堂哥乔伊和温斯都被征召去打仗了，其他的堂兄弟则加入了爸爸的母校密歇根大学的学生反战示威游行。由于年初发生了飞船启动板着火烧死三名宇航员的事件，原本希望实现人类首次登月的"阿波罗计划"也很难付诸实践了。而美国城市的种族冲突一触即发，随时都可能引发暴乱。

姐姐玛丽乔早就不穿毛衣和百褶裙了，而是换上了喇叭裤和金属圆框眼镜，还经常和一些长头发、长胡子的大学男生来往，他们老是高呼着"罢工""自由"之类的词。每次她带这些人回来，父母都堵在门口，勉强挤出点儿笑容，表情尴尬地跟他们小声交谈。哥哥蒂姆已经进入天主教男子高中上学，十六岁的他让向来本本分分的父母十分头疼。星期天做弥撒的时候，他静静地坐在位子上，拒绝参与。夏天的时候他闹着要留长发，而父母则一直在想方设法地说服他，留长发的下一步就会走向毒品、性糜烂。他们更是不能欣赏他听的那些震耳欲聋、刺激神经的音乐。父母的脸上从此便布满了愁云。

一天下午，我游泳回来，发现妈妈一个人在起居室里伤心地抽泣。我用胳膊轻轻地搂住她，身上的泳衣还在往下滴水。

"妈妈，怎么啦？"我问道。

"是蒂姆，"她哽咽着说，"我失去他了。"

"没有啊，"我坚持说，"他没丢。我刚才还见他去游泳了，我在沙滩上看见他了。"

妈妈一下子哭出声来："你不懂，我真的失去他了，失去了。"我轻轻地拍了拍她的后背安慰她，终于弄明白了妈妈指的是蒂姆的心和思想离她越来越远。我对她说："妈妈，一切都会好起来的。"

她撩起围裙擦了擦眼泪，冲我挤出一个笑容："我正是那样向天主祈祷的。去把湿衣服换了吧！我去给你做点儿点心。"

当年非常流行动物乐队的一首名为《当我年少时》的歌，我和汤米将这首歌奉为圣歌。歌里面有一句是这么唱的："我十岁时学会吸烟，对女孩有了渴望。"学校才放假几天，我和汤米就觉得是时候行动了。不记得是谁的主意了，反正我们一起策划了初次买烟事件。

吸烟的念头在我们心头萦绕了好几个月。住在沙滩附近的小青年们，至少是那些比较酷的，都背着父母吸烟。如果你想被他们接纳，最简单的方法就是嘴里叼着烟。我的舅舅乔虽然是一位虔诚的神父，却也喜欢喝苏格兰威士忌，抽幸运牌香烟，还有球类运动。对于这些嗜好，我的父母可以忍受，却从不参与。他们知道大多数吸烟者都是在少年时期染上烟瘾的，乔神父就是。于是他们许诺如果我能坚持到二十一岁都不碰烟，就送我一块金表。然而金表的诱惑远比不上要酷的欲望。乔神父每周都对我家进行一次例行拜访，有一次他走后，我从烟灰缸里偷偷捡了他吸剩的一小截幸运牌香烟。汤米和我以最快的速度冲到了社区边的小树林里，悄悄地尝了尝。汤米用火柴点燃这一小截香烟，我吸了一口递给他，他也吸了一口。我俩被呛得直流眼泪，鼻子也不听使唤了，我们都猛烈地咳嗽起来。每人才吸了两口就够了。在这次的惨痛教训之后，我们想当然地得出一个结论：这种没有彩纸包装的幸运牌香烟只适合像乔神父那样的大人，而我们得找点儿适合我们吸的不太烈的烟，带过滤嘴的那种。大孩子们好像都在吸万宝路，也没见谁咳嗽或者气喘。我们需要的是一盒万宝路。

这个计划酝酿了很久。我们常去的购物广场就有香烟卖，但都在柜台里面。我们需要找一台掩人耳目的自动售货机。我们都清楚那意味着什么：我们必须得去八公里外的西尔万·兰斯保龄球馆。但我们都知道，自动售货机在大厅里，和保龄球道间仅隔着一面玻璃墙。在一个炎热的六月早晨，我们出发了。我们骑车穿过毗邻的齐果港镇，来到保龄球馆所在的村庄。我们找了个隐蔽的拐角处停好车，就朝球馆走去。从大孩子那里，我们早就知道一包香烟 35 美分，汤米带了 35 美分，我有 10 美分。

"我在外面把风。"我自告奋勇。

"为什么由你把风？"汤米反问我。

为什么？因为我早吓呆了。我担心自己的早餐钱打水漂。不过我还是骗汤米说："因为你跑得比我快啊！"汤米似乎接受了这个解释，没再说别的，抓起钱大胆地穿过人行道，推开灰色的玻璃门走了进去。他似乎去了一辈子。我假装漫不经心地扫视着停车场里的大人们，害怕被人认出来。当时还早，周围还很安静。终于，我看到汤米打开门朝我狂奔过来。见此情景，我以为得到了逃跑的信号，也全速飞奔起来。等他追上我的时候，我已经跑过了拐角，一条腿已经架在了脚踏车上。

"停下！停下！"他喘着粗气说，"东西没到手。"他张开手掌，上面只剩 10 美分了。"我刚把 25 美分投进去，就被一个工作人员看见了。"汤米在里面待了那么久，就是因为一直在假装研究墙上贴着的联赛赛规，心里却恨不得把剩下的 10 美分扔进去然后赶紧拉动操作杆。"给你。"他把剩下的 10 美分放在我手里说，"该你了。"

我的面子战胜了心里的恐惧。这项任务我是万不能拒绝的，那样会显得我是个不折不扣的胆小鬼。"你掩护，"我对汤米说，"看我的！"

进了大厅后，我心不在焉地瞥了一眼招贴板，又打量了一下糖果机，其实是在趁机透过玻璃门偷瞄里面的工作人员。趁他们不注意，我侧身走到香烟贩卖机旁，夸张地打哈欠，懒洋洋地伸了伸懒腰，心想：看看我！在保龄球馆的大厅就跟在家里一样放松，还是那么的慵懒。投币口就横在我眼前，我只需伸手把 10 美分投进去，然后拉动贩卖机拉杆。我摩挲着手里的硬币，努力集中精神。当！是金属碰撞的声音。我无望地看着我的硬币滚向地板，消失在贩卖机底下。我趴到地上，使劲儿往贩卖机底下看。这时门"咣当"一声打开了，我抬起头，看到一个穿制服的人走了进来，还是个大块头。我的心跳突然停止了。耶稣啊！亲爱的圣神、亲爱的圣父啊！请保佑我不会被抓起来！我想他一定纳闷儿一个小孩趴在贩卖机前的地板上干什么。我勉强冲他笑笑，一下子意识到他之所以穿制服是因为他是来送货的。他很快推着满满一推车的啤酒绕过我，进到了球场里面。万一他向球场老板打小报告怎么办？是待在这儿还是马上跑掉？我在心里做着激烈的思想斗争。不过我能肯定自己是没有勇气再待下去了。

出来后，我向汤米诉说了自己的两难境地。"你真是个笨蛋！"他说。我们俩花了快半小时的时间商量接下来该怎么办。我们现在有 25 美分在香烟贩卖机里面，另外 10 美分在贩卖机下面。比被抓更坏的可能就是别人进去买烟的时候拿走我们的硬币。现在也没法回头了，我们俩只能一起进去了。汤米自告奋勇去够贩卖机下面的 10 美分，而我的任务是小心提防着工作人员突然进来，并在汤米拿到那 10 美分后随时准备拉动拉杆。这次的行动比较顺利。汤米很快从机器下面够出了硬币，爬起来后看也没看就直接扔进了投币口。"快拉！快！"他命令道。

我已经吓呆了。"快拉呀！"他大声喊道。

我朝着万宝路的方向拉动了拉杆。随着激动人心的"当"的一声，贩卖机吐出一盒香烟，落在取物槽里。我抓起烟就要往外跑，突然意识到自己犯了个错误。汤米也发现了，"哦，不！"那语气就像刚刚目睹了一场事故。

我手里攥着的并不是气派的红白色彩盒的万宝路香烟。我在慌乱中拉错了拉杆，出来的是最近刚上市的提醒人们注意香烟危害性的一种烟，这种烟的尼古丁含量很低。没有比这更让汤米觉得羞辱的了。

"纯蓝？"他深吸了一口气，"噢，天主呀！这是女孩吸的玩意儿！"这真是奇耻大辱。我使劲儿盯着这盒香烟，眼睛一眨也不眨，我真想把它变成男人们才吸的万宝路，就像教士们把普通的饼变成圣体。我们俩就这么一直在那儿站着，却忘了自己还处于危险的境地。我们意识到自己正站在一个人来人往的走廊里，手里还握着干坏事的证据。"快把它藏起来！"汤米喊道。我把香烟顺着短裤前面直接塞到了内裤里。我们逃出大门，奔向我们的逃逸工具。"慢点儿，不要跑。"我尖叫着，同时撒开两腿比谁跑得都快。千万不能引起别人的注意。我们拽过脚踏车，飞跑着，一脚猛地踏上车脚蹬，另一条腿利索地跨上车座。这套上车的动作是经过反复演练的，我们试验过，这是使车速从零提到每小时15英里的最快方法。我和汤米都站在脚蹬上，尽全力使劲儿骑，把一天的怒气全撒在车上了。直到骑过了好几个街区，我们扭过头发现没人跟上来后，才敢放慢速度。就算我选了全世界最"窝囊"的烟又怎么样！我们反正也有烟了，那些大男孩也可以因此接纳我们了，我们也算长大了。我和汤米都坐回车座上，平静地骑过一个又一个熟悉的街区，这次我们没有像平常一样撒开双手或者吹口哨、大笑，心里只剩下成功后的喜悦和激动。"纯蓝，"汤米嘟囔着，仍然不敢相信，口气没有之前那么不屑了，而是有了一丝好奇，"该死的纯蓝。"

"真该死。"我说。我们俩都笑了。

从我家那儿穿过伊利大道就是一片长满高高的杂草的空地，空地后面有一节节木制台阶通向卡斯湖陡峭的湖岸，还有一段窄窄的沙滩。某天，那儿可能会盖起一座豪华的医院，但是现在被房主用来存放杂物。我和汤米把这儿当成了世外桃源。这个地方绝对隐蔽，完全属于我们两个人。湖边有棵大树，树干上有个树洞，我们把孩童时代搜集起来的宝贝都藏在树洞里。早几年，这个安全又干燥的洞里没准儿还藏过少女杂志和禁书，还有从大人们那儿偷来的酒和大麻。而这天，它成了收藏我们第一包香烟的绝佳处所。

我和汤米骑着车从保龄球场直奔我俩的世外桃源，把脚踏车在草丛里藏好后就来到了湖边的树洞。我们两下撕掉烟盒表面的玻璃纸，扯开箔纸，一人叼上了一根细长的烟卷。汤米给自己点着了，把火柴递给了我。我们俩吸一口，咳嗽一通；再吸一口，再咳嗽。呛得我们眼泪直流，头也昏昏的。老实说，那滋味并不比乔叔叔吸剩的那一小截幸运牌香烟好受，但是我们就是非要试试不可，那才酷呢。我和汤米每人吸完了一支烟，又分了一支。我们深深地陶醉其中，很自然地想起了我们在学校跟坏小子们学的脏话。

"该死的！"汤米歇斯底里地喊道，"真——该——死！"

"狗屎！"我也大声喊道，"臭——狗——屎！"

"见鬼！"汤米又喊道。

"妈的！"我又补了一句。

"狗娘养的！"

"浑蛋！"

我们就这样一边吸着烟，一边快乐地大声咒骂任何能够想到的脏话。喊声顺着湖水不知飘到哪去了。一方面我们明知道说脏话不好，但却还忍不住想说；另一方面我们对这种无法遏制的冲动又兴奋不已。我们以自己的方式向"圣母庇护所"的神父们和虔诚的天主教父母证明了他们给我们灌输的正统思想对我们根本不起作用。

摁灭了烟蒂，我们在手上搓了点儿松枝以掩盖烟味。我们穿过街道回到家，蹑手蹑脚地路过厨房，小心翼翼地经过忙着煮饭的妈妈身边，慢慢地走到楼上的卫生间。楼梯间的墙上挂着圣约翰和圣母马利亚的画像，他们用无比庄严的眼神盯着我们。我们进了卫生间就赶紧锁上门，往嘴里挤了点儿牙膏，使劲儿嚼了几下。我俩你打我一拳我打你一拳，开始狂笑起来。我们在卫生间躲了一会儿，等尼古丁的臭味散得差不多了，才敢又轻手轻脚地走过妈妈身边。看来我们没有暴露，要是让妈妈发现有什么不对劲儿，是绝不会善罢甘休的。

# 5

几个星期后，1967年7月的一个早晨，我们在漫天烟雾中醒来。整个底特律都笼罩在战火中。三个电视台轮番报道即时发生的暴乱，全家人也都围在电视机前，紧张地关注外面的局势。电视上的画面触目惊心。底特律是战区，就像电影里演的一样，只不过这些场景都是真的，而且就发生在我出生的城市，发生在距约翰公舍高速路半小时车程的地方。所有的街区都燃起了战火，到处是烧毁的汽车，消防员们从房顶上的枪手们手中抢下枪支，警察们在自己管辖的街区被打倒，恐慌的民众四处躲藏，寻找安全的地方。愤怒的暴徒一间一间地抢劫并焚烧商店。很快，装甲车载着一车车国民警卫兵轰隆而至，最后，连空军第82部也来到了凯斯大街。长时间以来，底特律一直都像是个火柴盒，装满了不平等和种族仇恨。而就在头天晚上，一名警察对一间业余酒吧实施搜捕——点燃了这盒火柴。

正当我们聚精会神地关注电视画面上的混乱局面时，电话铃响了。电话是温神父打来的，温神父是我母亲的弟弟，他在圣凯瑟琳大教堂做过神父，那个内陆城市教区曾经是那些波兰和意大利移民引以自豪的家园，他们初到这个城市时上班的汽车工厂，现在早已破败了。温神父说他需要帮助。他的管区现在拥堵着35个难民，绝大部分都是妇女和小孩。昨晚暴乱发生的时候，他们就涌到他门口寻求庇护。温神父和他的教徒们整夜都没合眼，在黑暗中从一间屋子爬到另一间屋子，随时提防着子弹划破窗户。他现在正忙着打电话，为难民们联系地方避难。

妈妈放下电话跟我们说："孩子们，有人要来我们家住上几天。"我们对这个消息一点儿也不惊奇。我的父母都是极富善心的人。他们所信仰的基督教信条之一就是帮助那些不幸的人。他们怀着传教士般的热情投身各类慈善活动。妈妈好像总是在烹制砂锅炖菜和为不幸的家庭收集旧衣物，而爸爸则经常拉着我们小孩子去拜访那些卧病在床的人。我印象非常深刻的一件事就是陪爸爸去肺病疗养所为病人送杂志，而像这样的事他每个月都去做，并且坚持了很多年。

我的父母不止一次把无人照料的病人带回家照顾。其中一个神父在做完背部手术后在我姐姐的房间住了好几个星期。他们还在圣母庇护所义务参加任何能想象到的工作，从换床单到领经。我父亲还常向红十字会献血。他常说的一句话就是："等你老了，你在意的就不是你得到了多少，而是你给予了多少。"

温神父知道，只要他开口寻求帮助，我的父母肯定不会拒绝。

一个小时后，温神父的黑色雪佛兰驶进了我家的车道，载来了满满一车的小孩。那场景十分有趣：数不清的头、四肢和身体躯干从各个角落伸出来。我真想知道他是怎么把这些小孩塞进去的。那些小孩一个个从车里挣扎着出来、站稳。他们总共有七个人，年龄从八岁到十五岁不等，每人手里都抓着一个薄薄的纸袋，里面装着他们那点儿可怜的行李。他们安静地站在车道上，看我们的神情就好像我们是异类。不过，从某种程度上来讲，我猜想我们对他们而言就是异类。即使在他们居住的社区被烧毁之前，他们恐怕也想不到能来这样一个地方：宽敞的大房子，公园一样的草坪，成荫的树木，还有湖泊和一直延伸到街道的湖滩。玛丽乔、蒂姆、迈克尔和我也用同样迷惑的、带点儿怀疑的眼神盯着这群小孩。那架势就好像目睹了一架飞碟降落在我家的车道上，然后从里面走出了一群火星人。这些小孩来自两个家庭：一个是波多黎各家庭和一个是波兰移民家庭。他们显然又穷又脏，穿着不合体的旧衣服。这些不速之客看起来都带着市井气，他们中的每一个，包括最小的，都像是那种"惹我你就死定了"的难缠角色。汤米·卡伦和我都自认为我们是属于那种很难对付的小孩，因为我们吸烟、说脏话。而那一刻我却意识到一个不争的事实：我们根本就不算厉害的，我们只是躲在父母温暖翅膀下却假装自己很强硬的城里小孩。这些家伙才是真的难对付呢。直到那天，我才有了一点儿模糊的认识：原来在底特律真的有一些地方，存在着满目疮痍的贫穷与无助。在此之前，港丘就是我所了解的整个世界，我所知道的就是夏天要上游泳课和骑马课，还有就是想方设法地偷偷吸烟。我们坚信自己是中产阶级——虽然我们仅仅拥有一辆车和一台黑白电视机。但是，我能从这些小孩的脸上读出来：他们把我们当成了不折不扣的上层人家，而他们自己则像是被空降到了奥兹仙境。

就在我们双方互相打量的时候，妈妈先打破了沉寂："好啦！大家都下游泳池吧！然后到湖里去。大热天的怎么能不下水呢！"她指挥着男孩子们到车库换衣服，女孩们则先上楼去。直到后来我才清楚她让我们游泳的用意，她是想找个借口给他们洗洗脏衣服，而直接说又怕伤他们的自尊。下到湖滩上，那些刚来的小孩都紧张地看着湖水，不敢下水。这时候的他们看起来似乎也没那么难以接近了。他们好像都挺害怕的。此时此刻，一直以来带给我无限乐趣的湖水对于他们而言却成了可以致命的威胁。他们中间没一个人会游泳。幸好我家那一小段卡斯湖坡度没那么陡，往深处蹚几尺远也不会没过腋窝，即使游到最深的地方水也就刚刚能没过一个十岁小孩的头顶。很快，我们就在浅水区打闹嬉戏，互相泼水，笑成一团了。阳光洒在我们湿漉漉的皮肤上，在这一刻，任何阶级的划分都烟消云散，而我们，只是一群贪婪地享受夏日阳光的孩子。

我们的房子总共有三间卧室。姐姐自己独占最小的一间，我和哥哥们住在大点儿的一间卧室。等我们在水里玩够了，妈妈就已经把我和哥哥的房间改成了女生宿舍。晚上，爸爸下班回来后，在后院给我们支起了平时野营用的篷式挂车，这便成了男生宿舍。

战事持续了五天五夜，也没有要停的意思。死亡人数已经上升到四十五人。前来避难的小孩们一直都和我们在一起，我们小心翼翼地靠近，渐渐成了朋友。有个叫里奥的男孩和我差不多大，我俩很快就熟络起来。我们一起游泳，一起骑车，一起溜到购物广场闲逛。汤米和我还带他去看了我们藏"纯蓝"牌香烟的秘密树洞。里奥很会吸烟，包括"吞烟"。他给我们示范如何把烟深深地吸到肺里，保持几秒钟不动，然后再从鼻孔里面呼出来。我和汤米都觉得这一招太酷了，足以用来在大孩子面前炫耀了。不过那种头晕目眩、胃里翻江倒海的滋味也着实不好受。

里奥还会一个我做梦都想拥有的绝招，那就是画画的天赋。我随便跟他说一个卡通人物形象，他就能马上画出来，而且画得惟妙惟肖，令人啧啧称奇。像超人、蝙蝠侠、闪电侠戈登、美国队长之类的，他都能画出来。另外，他还会照着《周日漫画》上面的南希、甲虫贝利和德哥伍德的形象画出一模一样的画。而我也就会画一些简笔画。我惊叹于他拥有如此的才能，尤其在我知道他这手艺完全是自学的之后，就更佩服他了。我成了他的忠实粉丝和学生。我记得他总是说："这太简单了，你就看着那些线条，然后照着画就行了。"在他的教导下，我已经能画一些简单的卡通人物了。而里奥也总是宽慰我："我早就跟你说没那么难了，你只要照着画就行。"

我们小孩子们整天忙着游泳、吸烟和画画，而妈妈则忙着干活。她成了"全职妈妈"，整天端着午餐吃的金枪鱼三明治或者晚餐吃的大号盘装的面条和炖菜来回奔跑。

吃饭之前照例要祷告。一般情况下爸爸（他如果不在家就是妈妈）会要求我们安静下来，然后自己独自祷告，他用指尖依次触碰前额、前胸和肩膀，并在嘴里念叨着："因父及子及圣神之名。"我们学着他的样子，一边拿眼瞄着眼前的空盘子，一边咕哝着老早以前背过的祷文：万能的主啊，感谢您赐给我们食物！求主降福于此食物，阿门。这些话是什么意思，我一点儿也不知道，也不感兴趣。但我很乐意背诵这些话，因为我知道，不说的话就没饭吃。这是我们家的一个小规矩，想被接纳就必须这么做。就像有的人家要求孩子进门必须先脱鞋，而我们家则要求饭前必须要祈祷。大多数饭前祈祷的时候，我会搞小动作逗哥哥们笑。最自豪的一回，是我撞见迈克尔偷喝了一大口牛奶。而祈祷一开始，他就只能屏住呼吸，以防被人发现。我对着他拼命地做鬼脸、挤眼睛。当我们说到"求主降福于此食物"时，迈克尔终于忍不住了，牛奶从他的两个鼻孔猛地喷了出来。当然，最后挨批的还是他。没有比这更有趣的了。

在家里，我最常流连的地方之一就是厨房旁边用屏风隔起来的走廊。家里没有空调，所以一到夏天全家人就在走廊里度过大部分时间。那儿有一张吃饭用的玻璃桌子，晚上吃过饭我们就围坐在桌边，听妈妈闲扯大萧条期间被一个寡妇养大的九个小孩其中一个的故事。妈妈的故事里总是有各种各样、丰富多彩的人物形象——酿私酒的波特叔叔、心胸开阔的露露姨妈，还有住在隔壁，总是被小孩子当作捉弄对象的芬克老奶奶。妈妈最爱讲的一个故事是有一次她冒充电话公司职员给芬克老奶奶打电话。她用她最平静的口吻说："我们要清修您的电话线路，由于好久都没清修了，可能会非常混乱，所以请您事先在地上铺点儿报纸。"打完电话她和哥哥姐姐们就跑到隔壁可怜的芬克老奶奶的窗户偷看，发现老奶奶真的照做了。

我的妈妈一直保持着孩童般的幽默感。她每天都能想出新的把戏，我开始怀疑她想要那么多孩子就是为了让她的那些把戏都有用武之地。我们中有人上钩的话，她通常都先抿着嘴，然后噘起嘴，使劲儿送上一吻。她还宣称自己会魔法，如果我们把头钻到她那件旧冬衣的袖子里，就能看到星星在天空闪烁。每次当她好不容易哄骗一个孩子钻到她袖子里看的时候，她就会念一些自编的咒语，念完后还问："看见星星了吗？"被骗的小孩如果在袖子里说："没有啊，没看见。"她就会追问："现在呢？"一边问还一边将一杯水顺着袖子泼到被骗者的脸上。这个游戏她百玩不厌。当然，每次只有一个人上当，并且我们大伙都成了同谋，不断地引诱朋友、同学和邻居来玩儿这个游戏。而我生性沉默的父亲每当见到妻子的恶作剧，都会微笑着点点头。

七个底特律小孩无疑成了我妈妈故事的新听众和各种小把戏的新展示对象。她每天晚饭后都乐此不疲地搞怪。还不到一星期，所有的孩子就都在那件旧衣服的袖子里被泼了一脸水，并且每人都得到了一个扎人的吻。开始的时候他们拿这个古怪的妈妈很是没办法，但是很快他们就都亲切地称呼她为"露丝妈妈",并真的把她当成自己的妈妈一样看待。

有几个晚上夜幕降临以后,我们围着后院微弱的炉火烤制棉花糖,我们躺在挂着露珠的草地上,仰望天空中的繁星。有好多星星那些底特律小孩都不认识,在他们居住的街区,终日见到的只是普通的路灯。然后我们会听到露丝妈妈大声提醒我们洗澡的时间到了——男孩今晚洗,女孩明晚洗,谁也别想逃脱,直至手脚都经她检验合格,确保绝对干净为止。

一周过去了,温神父来接孩子们回去,回到属于他们自己的、战争蹂躏后的街区。而这时,我们都成了很铁的朋友。事实上,我们比朋友还亲,就像表兄弟一样。大家一个个互相拥抱,并保证一定要保持联络。里奥送给我一整套全彩的动作巨星的画像。我给了他我的幸运兔游泳圈,我相信他比我更需要它。

"大家都上车吧!"温神父说道。这时候母亲给他们每人发了一个纸袋,里面装着叠放得整整齐齐的干净衣物,都是她帮他们整理出来的。然后给了他们每人一个大大的拥抱和一个深深的吻。这次的吻可没有丝毫恶作剧的意味。温神父的善举也有着残酷的一面。他把七个原本住在市区的孩子扔到有着美丽湖泊和清朗星空的奥兹仙境,让他们在那儿待到足以认识到幸福离自己是多么的遥远。让他们不得不面对我们童话般的生活,一个他们很想沉浸其中却又不得不很快醒来的梦境。而这也给我上了更加生动的一课。即便有着地域和阶级的不同,我们毕竟还只是一群爱玩儿、讨厌穿鞋的孩子。我们向同一个天主诵读同样的祷文,但是显然天主对我们的关照却不是一样的。我觉得这很不公平,我们在学校里学到的关于"人生来就是平等的"的说法也许是真的,但是我发现孩子们的成长过程却不可能平等。生活充满无限可能,我再也不能假装每个孩子面对的遭遇都是类似的,就像我再也不相信运动场是平的。

温神父慢慢地走回车道,里奥透过窗户朝我喊道:"谢谢你教我狗刨!"我也冲他喊:"谢谢你的画!"我不停地摆手,直到车渐渐消失在伊利大道的尽头。孩子们快乐的脸庞一直贴在车的后窗玻璃上,回望着我们。之后大概一年我们都信守约定保持着联系。后来，温神父转到了另一个城市的教区，从此我们便彻底失去了联络。

# 6

我的父母对四个孩子的未来怀着许许多多的憧憬，但是没有比梦想着我们其中一人将来从事神职这件事更迫切的了。如果给他们两个选择，一种是我们中的一个将来成为荣获诺贝尔奖的科学家，另一种是做一个教区神父，那他们绝对每次都选后者。爸爸常常告诫我们，神父就是主在地球上的化身。他们被赋予了神圣的道德判断力，行使主的职责。我的母亲也坚信这一点，并为自己拥有两个当神父的兄弟而深感自豪。她自己在高中毕业之后也差点儿进入女修道院修行，后来意识到自己真正的天职是成为一名母亲，为家人烘烤出全世界最美味可口的燕麦饼干。

慢慢长大后，哥哥迈克尔多多少少替他们实现了梦想。当别的孩子在玩西部牛仔与印第安人的游戏或者宇航员与赛车手的游戏时，迈克尔一个人待在地下室里练习传教。妈妈用灯芯绒和绸缎布头给他做了一件法衣，然后找来旧床单浆洗后缝上边作为祭坛盖布。又把她小时候用过的一个旧梳妆台改装了一下充当祭坛。迈克尔穿上妈妈亲手做的法衣和其他教会装备，看起来的确像那么回事，他自己也表现得按部就班、有条不紊。迈克尔万分庄严地披上他的祭服，为任何一个在他面前驻足的人祈神赐福。他做弥撒——用拉丁语逐字背诵整段的祷文，满怀激情地进行长长的布道游说。他还用一块块饼和一杯杯葡萄汁献祭，有时候也会在分发假想的圣餐时临时征召我来充当祭童。

迈克尔一边领玫瑰经一边焚香。他竖起耳朵，仔细聆听忏悔，可是据我所知根本没人在忏悔。我们有次带回一对小鹦鹉，鹦鹉先生和鹦鹉小姐，迈克尔还为它们主持了婚礼。毕竟我们大伙都希望它们能结合。后来有天早晨，鹦鹉先生死在了笼子里，而我们年轻的主婚人则四处奔走相告，为它举行了一场长达两小时的葬礼弥撒，期间光颂词就念了四十分钟。鹦鹉先生是一只很棒的鹦鹉，我们都很喜欢它，但是即便如此我还是惊讶于有人竟然可以用四十分钟的时间去赞美一只鹦鹉。我把整个葬礼的时间都花在欣赏塞拉霍斯基夫人裸露在无袖背心裙外面的、棕褐色的肩膀上了。对于有些事，一般的父母可能会觉得不能接受，而我的父母却给予了无尽的支持和慈爱，他们用无比的热情小心浇灌着哥哥萌发中的职业的嫩芽。妈妈提供给他烛台、赞美诗集、一个十字架和一个用来装葡萄汁的旧白镴酒杯。爸爸则虔诚地将哥哥的传教演习摄录下来，制成八毫米家庭电影。他们年仅十二岁的儿子，已然在向神职之路迈进，这正是他们做梦都期望的。

而我又是另外一回事了。迈克尔在地下室唱弥撒曲的时候，我正在做着完全不同的事。我的父亲一直以来都是摄影爱好者，还专门订了《当代摄影》。杂志本身其实挺无趣的，尤其是爸爸还把封皮撕掉了，因为上面一般都是些噘着嘴摆出撩人姿势的女模特。但是杂志背面的那些简短的分类广告却引起了我的注意，那些几乎都是摄影培训班的招生广告。广告里面都信誓旦旦地保证，任何人只要上培训班都能像职业摄影师一样风光无限。为了充分说明这一点，很多广告都附上了指甲盖大小的、相当惹眼的照片。照片上是一些袒胸露背的女人。有面向镜头微笑的，有搔首弄姿的，还有眼睛不看向镜头的；有在海边嬉戏的，有在公园的长凳上小憩的，还有斜靠在折篷汽车里的。她们有的穿比基尼，有的穿快滑到腰际的睡袍，裸露着香肩。我记得有张照片上的模特穿了一套骑手的装束：穿着及膝长靴、骑手短裤、戴着帽子，竟然还拿了一条马鞭，却唯独没穿上衣和胸罩。想想吧，一个女人在某天外出时忘了穿那些最重要的衣服，而是把自己完美、光滑的乳房大胆地裸露在外，这是多么诱惑人啊！我能躲在炉火旁耗上好几个小时，捧着这些杂志仔细地研究各式各样的乳房。我的天，这可比看希尔斯百货产品目录上的内衣宣传页带劲多了。比看《国家地理》都有意思。当我的哥哥在背诵圣餐祷词的时候，我却一头扎在了一幅幅袒胸露乳的照片里。汤米·卡伦搬到我们社区之后，也加入了欣赏性感胸部的行列。我们俩非常热衷于关注新照片，花了很多慵懒的午后时光讨论照片上乳房的大小和形状。我们为到底是丰满下垂的乳房好看还是小巧坚挺的乳房好看这个问题争得面红耳赤。我们俩成了鉴别女性乳房和胸罩的行家。据我们发现，一般在冷水里洗过澡后，乳房在微光照射下会染上一层彩虹色。我和汤米把观察乳房当成了一项工作。偷看女人胸部如果算是一种罪过的话——我知道肯定算是——可是过程显然一点儿都不像是在犯罪。我自然把这件事从我的忏悔列表上剔除出去了。

不知道是不是因为爸爸收藏的摄影杂志都快被我们翻烂了，还是因为同样对摄影产生兴趣的迈克尔也开始翻看这些杂志，爸爸妈妈有一天把我们俩叫到了厨房。桌上放着几本《当代摄影》，封皮都掉了。"这本杂志不错，上面讲了一些很有用的摄影知识，"爸爸先开了口，"但是它有的时候会刊登一些我们认为不好的照片，照片上都是一些半裸的女士。"我瞪大眼睛盯着他，极力摆出最无辜的表情，好像从未听过"半裸女士"这个字眼儿。"要是让我们知道你们之中有谁正在看这些东西，我们会非常失望。"爸爸接着说道。

"男孩子对异性怀有好奇是很正常的。"妈妈插嘴说，"你们在这方面有什么不懂的吗？有什么想问我们的吗？"

我还真有一个迫切的问题。我倒是知道女孩不像男孩一样有阴茎，但除此之外就一无所知了。在学校的时候，一个男孩曾经不无得意地告诉我，女孩们在那儿长着类似于小型法兰克福香肠的东西。还有的说她们那儿是个洞。有个男孩自称看见过他姐姐的隐秘部位并对天发誓说那儿根本什么都没有。我都十岁了，在这方面还是不开窍。我想得到一个地道的关于女性身体部位的解释，可又不打算向妈妈讨教。

"一点儿疑问都没有吗？"妈妈又追问了一遍。迈克尔和我都猛地摇了摇头。"那些可恶的广告，"爸爸咒骂着，"它们怎么能把这么好的一本杂志毁了呢？"

"我和你爸爸并不想让你们觉得，人类的身体是肮脏的。"妈妈打断他说，"实际上并不是。人类的身体是很美丽的。它是主的杰作，是美好的化身。"我想我当时一定是点头点得太用劲儿了，因为妈妈马上又补上一句："不过你们俩要跟我保证不看那些不好的照片。"

"我保证。"迈克尔说道。从他的语气中我听得出来，这个正在修行的年轻小神父说话算数。

"我也是。"我只好跟着说道。而桌子下面，隔着跑鞋，为了表明我言不由衷，我的脚趾头始终紧紧交叉着。

底特律燃起战火的那个秋天，我和汤米被雇为祭童。在我们两家，所有的男孩都必须无条件地为弥撒仪式服务，一点儿也不像足球比赛或者空手道比赛一样可以选择。姐姐玛丽乔却因为女孩不能为弥撒服务而逃脱了这项职责。开始的时候我总觉得不公平，不是因为我觉得教会这种剥夺我姐姐和其他女孩沐浴圣泽的资格的行为有悖于男女平等的思想，而是因为她可以逃避这项工作而我却不能。然而当我得知圣坛工作可以赚取秘密外快之后，我的怒气马上跑到九霄云外去了。这项额外的报酬就是：可以随便喝酒。我和汤米早就从几个信得过的目击者那儿得知，祭童可以大口大口地偷喝圣礼用剩的圣酒。父母对我和汤米答应去当祭童很是惊喜，而我们俩也欣喜若狂，因为此后每天早晨就都可以喝到鸡尾酒了。

别人说的一点儿没错。在我们服务的第一场弥撒仪式上，我和汤米同两个懂规矩的年长的男孩分在一组。他们带我们到圣殿外一个房间的衣柜里选制服。祭童的制服由两部分组成：一件前系扣的、长到拖地的黑色法衣和一条短的、勉强称得上教袍的白色亚麻布外衣，叫作祭披。祭披套在法衣外面，这样祭童们的整体装束看起来就是经典的白加黑了。穿上这身行头，若不是离近了能看出法衣和祭披的确长不少的话，我们简直就是缩小版的神父了。大部分法衣上都布满了蜡油，而且几乎每件上面都至少有一个不是被蜡烛就是被香灰不小心烧的洞。汤米飞快地选定了一件合身的法衣，而这对我来说就困难多了。长度正好的腰那儿都太瘦，好不容易找到一件肥瘦正好的，却太长了，下摆拖出老远，还直绊脚，穿上还不光等着摔跤了。最后终于找到了一件勉强可以穿的——腰部还是有点儿紧，但衣长只比脚多出几英寸。没办法，只能凑合着穿了。

大孩子们带着我和汤米熟悉日常事务，首先从点圣坛蜡烛开始。然后他们领我们去看圣器收藏室里面神父换祭服的小衣帽间。里面的架子上是一排排的玻璃调味瓶，还有一个水槽和一台装满一壶壶圣酒的冰箱。我们的任务就是给一个调味瓶装满圣酒，另一个装满水——这便是神父用来展示"圣餐变体"奇迹的重要原料。我们负责把这两个调味瓶都放在圣坛上。时机一到，神父就示意我们之中的两个把调味瓶端到他跟前。他一边背诵圣餐祷词，一边伸手接过酒倒一些在他的圣杯里，然后又接过水按比例加进酒里。这一比例说明了神父对早起后第一件事就是喝杯酒的容许。滴酒不沾的神父会用大部分的水兑上一丁点儿酒，不过大多数神父会把瓶子里所有的酒都倒上，而仅仅滴上一两滴水。

正当我们在大孩子的指示下往调味瓶里倒酒和水的时候，我们得到了关于秘密外快的暗示。"伙计们，今天早晨我们真走运，"一个经验丰富的祭童说道，"今天是多诺休神父做弥撒礼。'两口就醉'的多诺休。他可是滴酒不沾的。"汤米和我面面相觑，努力想搞清楚多诺休神父滴酒不沾究竟和我们有什么关系。另一个男孩朝我们挤挤眼，说："神父喝得越少，给咱们剩得越多。"

我第一次给弥撒仪式做祭童还挺顺利。大孩子们负责重要的任务，而我和汤米努力使自己看起来庄重一些。我跪拜了很多次，咕哝着从不曾熟记的祈祷词。一旦神父向天举起圣饼，我就负责敲响铜钟。当他举起盛满酒的圣杯时，我得再敲一次。敲钟可是一门艺术，不知怎么的，我两次敲钟的声音听起来都像是五级火警。

前辈们说的一点儿没错，多诺休神父仅往他的圣杯里倒了一小滴酒。圣餐后，他就用这些话结束了弥撒："弥撒礼成。愿主与你们同在。"然后我们列队从中间的过道走下。排头的大孩子手捧一个巨大的十字架，第二个拿着《圣经》，我和汤米跟在他们后面，我们身后是神父。我和汤米每人手里挥动着一支巨大的蜡烛，蜡烛放置在一个及地的铜支架上。这项活计相当具有挑战性。支架上的蜡烛像着火的标枪，差不多快赶上我们那么高了。每支蜡烛的头上都箍着一个铜质圆环，形成了一个槽，防止滚烫的蜡油从周边流下来。这项工作难就难在得一直拎着这个支架走过走廊，而槽里的蜡油一点儿都不能溅出来。我和汤米用汗津津的手紧紧抓着蜡烛，好像捧着炸药包，小心翼翼地走过走廊。我们俩都没出什么差错，我在心里默念着，谢天谢地，还好没被长长的法衣下摆绊倒。

回到祭坛后面的圣器收藏室，神父换下祭服，就回他的管区去了，留我们几个男孩收尾。我们吹灭蜡烛，叠好祭坛盖布，把两个调味瓶拿回衣帽间清洗、晾干。一个大点儿的男孩马上打开盛酒的调味瓶，猛灌了一大口，然后递给他的同伴。他的同伴也痛饮了一大口。"敬'两口就醉'的多诺休。"他边说边把调味瓶递给了我。我握着瓶子，心里明白喝下被神父变成圣血的圣酒可是不可饶恕的大罪。"喝吧，"其中一个男孩说道，"他们不会介意的，真的。"

我到底在顾虑什么呢？我们这不就是在按照指示清空调味瓶吗？浪费也是一种罪过。我把调味瓶放到嘴边，灌了一大口。热热的，有一丝甜甜的香味。可是一咽下去，我马上感到了一种难受的焦灼感，随之而来的感觉像是有股奇妙的暖流流遍全身。我干咳了两下，把调味瓶递给了汤米。我们又轮流喝了一口，就把整瓶酒都喝光了。我尽责地把调味瓶洗净、晾干，重新放到架子上之后，感觉自己的手脚都发麻了。等我再把自己的法衣和祭披挂起来，手脚已经有点儿不听使唤了。

出了教堂，我看到父母在外面微笑着等我。他们一直都坐在第一排观看他们小儿子作为祭童的初次亮相。"孩子，我们真为你自豪，"爸爸说道，"你在为天主做事。"我目光无神地冲他们笑了一下就赶紧转过脸去，担心把酒气呼到他们脸上。"不过下次，"爸爸建议道，"敲钟的时候轻一点儿。"

# 7

我的父母不仅是虔诚的天主教徒，还是出了名的节俭的人。他们对经济大萧条时期温饱都成问题的境况记忆犹深。如今，虽然他们已经住上了湖边宽敞的新房子，但他们仍旧保持着在经济大萧条时期养成的那些习惯。母亲把纸巾剪成两片用；早上泡完一杯茶后把茶袋放到炉子上烘干以备下次使用。父亲把用过的纸巾放在水盆边晾干后再用上一次甚至两次。他把它做成了一种"艺术"：第一遍用在需要一片新纸巾的事情上，比如可以用它擦碟子。这片纸巾的再度利用价值就不那么重要了，可以用它把洒在地板上的东西擦干净，然后那张身兼重任的纸巾被放入车库，父亲会用它来检查油尺。

父亲希望让每件东西都发挥它的最大效用。他用超大号的垃圾邮件的信封整理重要文件，细心地给每一份文件做标记。洗完车，他会喊遍整个屋子，"我有一桶非常好的肥皂水！谁想要？它棒极了！"据我所知，从来没有谁用过他剩下的肥皂水，但这并没有让他泄气，下次他还是老样子，喊道："谁需要肥皂水？来这里拿一桶干净飘香的肥皂水吧！"

他们谁都不愿意轻易丢掉东西。如果电灯或电器坏了，父亲会把它们放在地下室，或许将来维修时可以用上某个部件。在厨房里，到处都是瓶瓶罐罐，我们肯定是世界上收集淘汰的蛋黄酱罐子和黄油桶最多的家庭。有一天，我的母亲非常高兴地回到家。因为她用极低的价格买到了一套可以叠摞的甜食碗。接下来我才了解其中缘由：每个碗上都有三角洲航空公司的标志。"看，"母亲自豪地说，"它们不能完全叠摞在一起，三角洲公司不要了。"多年来，我每次吃冰激凌时，都幻想自己坐着三角洲公司的航班飞到了遥远的地方。

父亲没有更换坏了的面包机，而是想方设法地用结实的胶带粘住按钮来解决问题。面包烤好时，机器就会可怕地吱吱作响。当它为了把面包弹起而拉紧胶带时，机器开始剧烈地在柜台上振动。这暗示我们在面包机冒烟之前，要赶紧跑过去，撕掉带子。通常情况已经来不及了。但父亲总是同一个反应，甚至当他刮掉面包片烟了的部分时，他仍然会说："我喜欢烧焦的那面。"多年来，我们一直用旧的烤面包机，所做的唯一的维护就是每隔一两个月换一条新带子。

更能体现父母勤俭的标志之一就是我们用的割草机。在港丘，我们的院子很大，需要一台结实的机器来修剪草坪。临湖富裕的邻居们大多雇人修剪，剩下像我们这样的家庭就得自己修剪。几乎每个房主搬到港丘后做的第一件事就是买一个光彩熠熠的、带坐垫的坐骑式割草机。父亲甚至连想都不会想到这种奢侈品，相反他找到了一个可称得上古董的后推式割草机。到我读小学时，这台旧机器已经成为了一件生了锈的老古董：超大的老式割草板，突出的橡木把手和褪色的红油漆。消声器几乎不起什么作用，发动机的轰鸣声能淹没附近100码内的其他所有声音。有时，机器会以子弹出膛的速度产生回火。这时我会看见邻居畏惧地退缩，就像遭遇狙击火力一样。这台机器无论看上去还是听起来都像是《愤怒的葡萄》中俄克拉荷马州流浪的农业工人离开"尘暴区"，前往加利福尼亚前的那个场景。父亲却说"这台割草机完全符合我们的要求"，并嘲笑时髦的坐骑式割草机，说那些驾驶割草机的人就像马戏团的小丑一样。另外，他还声称很享受跟在割草机后面，随它在一阵蓝烟中轰隆隆穿过草地的运动锻炼。它虽然表面失去光泽，但性能良好，况且父亲又是一个熟练的修缮专家，如果需要的话，可以重装轴承并重建汽化器，确保割草机正常工作。

除草是我们父子每周都要做的事情。父亲用旧式割草机除草；哥哥蒂姆用驱动式除草机修整；我和迈克尔把水管盘绕起来，捡拾树枝，把碎条耙到一起。我比我的哥哥更喜欢庭院工作。父亲做各项家务时，我都跟着父亲，无论是种金盏花，给杜鹃花施肥还是修剪树篱（他会用一种复杂的木桩和系绳方式来保证草地完美对称）。我是父亲的助手，帮他取工具，做他的劳动力。我喜欢和他待在那儿。

如果说母亲是家里爱说话和讲故事的人，父亲则是听众。他总是默默地思考，而且很少漫无目的地闲谈。但在劳动时，他却表现出了健谈的一面。当我们一起工作，满手脏兮兮时，他会毫不拘束地和我分享秘诀和技巧。他总是寻找机会教导我，我想这种训诫是他的父亲用来教育他的。在木工房里，在锯木头之前，用砂纸打磨以及测量多次或许是重要的。在花园，他会指出一个蚁群复杂的社会结构，大自然如何巧妙地把剪下的杂草和树叶变成了丰富的植物肥料。有一次，我们又这样工作时，父亲终于鼓足勇气，给我上了一堂也是唯一的一堂性教育课。

我们修剪完草地，在橡树周围种上了牵牛花。他让我把水管拖过来浇花，但是水管太短了，他就让我从车库取一个更长点儿的，然后把它们接起来。

"约翰，把女接口（外接口）给我好吗？"父亲说。

我呆呆地看着水管的两端，不知道他在说什么。"什么？"我问。

"外接口。"他愤愤地说，好像要加上一句：你不会让我解释男女是如何结合的吧？

我拿起两个接口，注视着它们。到我十二岁这个年龄，我的兴趣已经从《当代摄影》月刊上女性的乳房转到了《花花公子》杂志上美丽无瑕的女性，这些杂志是一个叫马克西科尔斯基的同学借给我的，他住在附近，杂志是他父亲订阅的。我甚至在一次童子军野营中瞥见帕特温德哥哥的"图书馆"。一个破旧的皮挎包里装着许多被翻旧了的黄色书刊，里面的男人处于很兴奋的状态，女人的姿势好似看妇科医生时的样子。多亏那些画面，我对男女身体构造才有了清晰的概念（虽然我还是不太清楚他们究竟是如何融为一体的），但是看着花园水管的内外接口，我无法了解这和我在那些杂志上看到的有什么关联。我站在那儿，抓着水管的两头。我想我当时脸上的表情就像小狗肖恩接到解代数方程的任务时受到打击的样子。

"在这里。"我的父亲不耐烦地叹气说，从我这儿拽走两根水管。他举起带黄铜色线圈的一头，说："这是内接口，"然后举起另一头，"这是外接口。"他把内接口塞入外接口，开始用线扭紧。"像这样把内接口拧进外接口，"他说完，停顿了一下补充，"实际上就像这样。"

突然，我明白了父亲指的是什么了。实际上就像这样，呃……

"明白了吗？"他问。

我点了点头，张着大嘴发呆。如果我看起来震惊，不是因为我了解了人体构造，而是因为父亲选择了用这种道具来说明它。这很可能是人类历史上第一次如此展示性交行为，没有用小鸟和蜜蜂，没有用交配的狼，也没有用橡树和橡树果，而是用橡胶管的两端来展示。这恐怕也只有我的父亲能想到了。

"我明白了。"我回答。

"好。现在我们接着工作吧。"

就这样，我的性教育正式结束了。父亲已经履行了他做父亲的责任。在说这些之前，他无疑已经担忧了好几个月。他此后再没有和我提起类似有关性行为的话题。

其他的孩子，尤其是有哥哥的孩子，他们很乐意提供这方面的细节。在《花花公子》《阁楼论坛》和那本赤裸大胆的《快乐阻街女郎》（它花光了我和汤米所有的钱，描述了很多多姿多彩的故事，其中包括一个德国牧羊人的难忘遭遇）的帮助下，我通过慢慢拼合这些性知识的螺母和螺钉，懂得了那些部分是如何结合，以及为什么要结合。这一切都是大自然为了保证人类持续繁衍而采取的一种方式。

让我疑惑的是，如果性是如此正常和必要，它为什么又让人不好意思呢。如果上帝是万物的创造者，他不会犯错误、做错事，那么为什么神父、修女、我的父母、汤米的父母还有其他我认识的大人们都把上帝的创造视为难以启齿的、尴尬的事？这毫无道理。我的母亲可以看着盛开的玫瑰花丛说："瞧，约翰尼，这玫瑰是上帝创造的。没有任何别的理由可以解释如此完美的事物了。"但是当提到膨胀的阴茎、润滑的阴道，以及可以令男女废寝忘食的强烈的交配欲望时，上帝的完美杰作似乎有点儿，呃，不太完美。我想这就是为什么圣母不需要经历这些的原因。

那年的大斋节，父母劝我们每个孩子放弃某种特别的东西，对我们来说不容易放弃的东西，以此来纪念基督为拯救人们的灵魂而被钉在十字架上所做出的真正艰难和值得敬佩的牺牲。大斋节从深冬开始，起始于我最喜欢的圣日之一，圣灰星期三。节日期间，我们在额头抹上乌黑的几道，看上去就像年轻的消防队员，然后整天这样走来走去。节日持续六个星期直到复活节，目的就是给人们思考的时间。父母让我们在那段时间仔细想想，并找出有意义的事情。例如，放弃菠菜奶油沙司并不算多大的牺牲，放弃一些根本不可能发生的事情同样也算不上什么牺牲。也就是说，你不能放弃一样你可以用其他来替代的东西，比如，你不能放弃柠檬酥皮派，用苹果派或者南瓜派来替代。同样，在做善事时，无论如何你不能许诺做一些你应该做的事情，如清理垃圾或完成作业。你不能发誓每天早上刷牙。它必须是一次真正的牺牲，许诺的应该是你要付出努力才能办到的事情，是经过激烈的斗争才能完成的事情。

我想了又想才想出大斋节要做的最好的牺牲是什么。对于一个刚刚找到那种特殊快乐——一个人锁在浴室里独享《当代摄影》或是《快乐阻街女郎》的十二岁男孩来说，这将是一种终极挑战。

我要放弃最近使我最享受的事情。它曾经是一种快乐的源泉，同时又让我深感内疚，因为我知道这是一种罪恶。而基本上我每天，有时甚至是每小时都在犯。

我的这种牺牲既不是一个笑话也不是说着玩儿的，是非常严肃的。在我父母卧室的书柜上，我发现了一本关于人类性行为的天主教入门书。我读了所有关于手淫（或如书中所称的"自我污染"）的部分。手淫是一种罪孽，让人颓废，是人类肉体的一种弱点。它向欲望投降，也是一种自私的行为，因为每次手淫时，它都没有按照上帝的旨意，和神圣的子宫分享神圣的精子。我郑重说明，我已经做好充分准备，愿意和任何向我摇摆的子宫分享我的"军械库"里所有神圣的精子。我渴望分享它们，但我也不会过于妄想，装作这种事情很快就能发生，即使它有可能。

我和汤米现在有女朋友了。他的女朋友是卡伦·麦克金尼，一位金发女郎。即使在冬天，她的鼻子上似乎也有晒斑。我的女朋友叫芭比·巴洛，当她微笑时，她那明亮的、棕色的大眼睛总是闪闪发光，带格子的校服里面是少女的酥胸。唯一的问题是，卡伦和芭比丝毫没有感觉到她们是我们的女朋友。我们在操场上推推搡搡，戏谑地和她们开玩笑，假装我们多少有些讨厌她们。但其实每天下午，我和汤米都会在湖边吸着烟，滔滔不绝地讲她们的许多优点，并假设如果我们鼓足勇气向她们表白，现在我们会怎样呢？

我并不太担心书上讲的有关我罪孽中自私的那部分。如果可以的话，我会快乐地分享我的精子。同时，我想精囊会产生更多的精子。尽管每次射完精都要忏悔，但我还是频繁地手淫。我感觉自己因为手淫而倍受道德的谴责。我满脑子都装着肮脏的手淫行为，上帝绝不会来拯救我的思想了。我确信我在犯可怕的错误，是对上帝的严重亵渎，这只会增加我的罪过，几乎可以肯定的是我会下地狱。当父母问我决定在大斋节时要放弃什么的时候，我告诉他们这是秘密。他们总是尊重子女的隐私，这次也不例外。他们没有再问。"只要你尽全力，"父亲说，"在内心深处相信自己会做到最好，这对我们来说就已经足够了。"

我顺利地度过了大斋节的头一天。期待于戒掉手淫的坏习惯，我在前一天夜里疯狂地进行了手淫。节日的第一天，我的脑海中很少闪过肮脏的念头。第二天就不太顺利了。当芭比·巴洛爬单杠时，我瞥见了她的内裤——如此接近，又如此遥不可及——在后来和汤米讲述那些细节时，我越发躁动不安，满脑袋都是芭比·巴洛粉红色的内裤。第三天，从学校放学回到家，我无法抑制荷尔蒙分泌的欲望。圣子、圣神和圣父请赐予我力量，我真的很想实现诺言，但甚至连他们都无法给我诸如必要的克制力。离我六个星期的禁欲誓言不到三十六个小时，我屈从了我的意愿。我感到很羞愧。我发誓这只是一时失误，并在床上方的日历上用 × 做出手淫的标志，表明我的堕落。我发誓不会让历史重演。但是，随着时间的推移，我标出了一个又一个的 ×。我的日历到处都是 × 标记，记录了那些浑浑噩噩的日子，并提供了我罪恶的秘密生活的一张可耻的路线图。

"你的大斋节决心进行得怎么样？"父亲这几个星期都在问。

"我正在努力。"我轻松地说。我希望父亲可以对此做出乐观的解读。

"这就是我们要问的，儿子。"他回答，没有往下说什么。

# 8

复活节的前一周，被称为圣周。对于我们这个信仰天主教的家族来说，这一周是一年中最神圣且最重要的时间，它的地位甚至要高于圣诞节。之所以纪念这一周，是因为耶稣为我们的背叛献出了自己的生命。每个周日做弥撒的时候，我们都要念诵这些词："耶稣饱受本丢·彼拉多的折磨之苦。他的躯体被钉在十字架上，死亡并被掩埋。他屈尊于地狱，但正如《圣经》的预言所示，他在第三天复活，升入天堂，坐在了天主的右手边。"在圣周，人们不一定每天都要做这些祷告活动，但是我的家族却要严格按照习俗庆祝这个节日。庆祝活动从复活节前一个周日的棕榈主日开始。大约两千年前的那一天，耶稣和他的信徒们到达耶路撒冷，在专注于一周的宗教活动后，迎来了周日的复活节。这一天让所有的天主教徒都相信耶稣升入了天堂。从棕榈主日到复活节这一周之间的周四即领圣体日，耶稣和他的信徒们举行最后的晚宴。而周五即耶稣受难日[1]是耶稣被钉死在十字架上的那一天。

---

[1] 耶稣受难日的英文为 Good Friday。

这一天的名字总让人感觉名不副实，因为上帝的独生子在这一天被钉上了十字架。

不知道是什么原因让妈妈认为，我们家应该像一千六百年前的贵族那样庆祝领圣体日，即准备传统的犹太人的逾越节晚餐。妈妈对犹太教了解得不多，只知道它不是天主教，而那就意味着它不算是真正的信仰。但是妈妈知道，耶稣是犹太人，并且在地球上的最后一顿晚餐就是为了庆祝逾越节。既然这顿晚餐耶稣喜欢，那么我们这些芸芸众生当然也得喜欢。

在我们这片街区，由于人们对天主教无比虔诚，都具备做梵蒂冈的官方哨站的资格了。这片区域中有一些信仰新教的家族，另外就是修道院对面的卡巴西奈尔一家。他们家刚好和我们住在同一条大街的街尾。据我所知，他们是方圆几里内唯一的犹太家族。妈妈和卡巴西奈尔太太虽然是邻居，但她们很少交流自己的信仰。她们都认为有些事情还是有所保留，不要提及为好。

但是准备逾越节晚餐的事情打破了这个禁忌。妈妈想把这个节日准备妥当，并把这个想法告诉了卡巴西奈尔太太，而对方也乐意提供帮助。这两个一拍即合的女人可以在电话里聊数小时，妈妈几乎疯狂地写下逾越节的注意事项和卡巴西奈尔的家族料理秘方，包括逾越节薄饼汤、由苹果和坚果调成的一种逾越节酱。自然而然地，她们聊得越多，对彼此所信仰的宗教就越了解，所谓的神秘感也就越来越少。

一天晚上，妈妈宣布我们要在即将到来的领圣体日举行逾越节晚餐。听到这个消息我无比激动。我禁不住尖叫起来："我们有酒喝了！我们有酒喝了！"卡巴西奈尔家有一个和我同岁的男孩。我告诉他，当一个祭童的好处是可以偷喝到祭祀的美酒。而他则告诉我摩根大卫和马尼舍维茨葡萄酒的诱人醇香。

逾越节终于来临。妈妈把我们都叫到桌子旁边。我们发现桌子上摆放着各式各样的、稀奇古怪的食物。爸爸在长形桌的主座落座。而我作为家里的幼子，有幸地以发问来开始仪式。

"爸爸，今晚的一切有什么特别的含义吗？"我感觉妈妈已经向我传来了闭嘴的信号，而我也小心翼翼地避开哥哥们的目光。我知道他们一直在伺机报复，因为我总是能够让他们在本该严肃的时刻大笑不止。

爸爸顿了顿，理了理思路后，开始给我们念他借来的一本逾越节手册。这本犹太教的祷告读本里，讲述了以色列人民如何在埃及通过斗争摆脱奴役的故事。爸爸解释道，我们吃的这种饼叫无酵饼，是为了纪念犹太人的先祖忙于斗争，而没有时间让他们的饼发酵。我们蘸盐水吃的香芹和苦菜则是为了纪念先祖的磨难和泪水。我的嘴里填满了那些像木头屑一样的干饼，眼睛则因为苦菜的味道呛得眼泪直流。经过对比，我认为在戒斋期每个周五吃的天主教式的炸鱼条已经没那么难吃了。

不仅如此，我们吃的水煮蛋，代表春天和复活。苹果混合酱是为了纪念犹太先祖们作为奴隶修建金字塔时所用的灰泥，我不得不承认妈妈做出来的苹果酱也犹如混凝土那样坚不可摧了。饮酒成为当晚的一个高潮，虽然葡萄酒的味道让我想起了葡萄糖咳嗽糖浆。当即我就下了一个结论，天主教徒在饮圣餐酒的能力上绝对更胜一筹。

"要小口地啜饮，不要大口地吞咽。"爸爸告诫道。他当然不知道，我作为一名祭童，这些酒对于我来说简直是小菜一碟。

吃过这些菜后，妈妈又端上来一盘烤羊后腿。这道食物是为了纪念第一位在逾越节牺牲的先祖。"嘿，这听起来和我们天主教的羔羊有同样的含义！"我说道。我开始明白天主教徒和犹太教徒不再是我以前所认为的那样不同。除此之外，今天的逾越节晚餐还触动我产生了另外一些想法，而这些想法肯定不是妈妈借这个节日所想要传达的。当我的爸妈想要把天主教和犹太教的传统结合在一起时，我坐在那里，这些想法就这样突然蹿到我的脑海中。世界上不止有一种真理，也不止有一个被天主选中的民族。或许不是我们家族，也不是卡巴西奈尔家族，也不是世界上的任何一个人。天堂不专属于哪个特定的宗教，也不单单服务于哪个宗教。天主不会那么不公平。这个世界上或者存在着一个"我爱人人"的天主，或者压根儿就不存在所谓的天主。

无论妈妈举办逾越节晚宴的初衷是什么，她现在至少为一个鸿沟架起了桥梁。此后很多年，她和卡巴西奈尔太太都是最为亲密的朋友。而逾越节则成为我们家族每年都要举行的活动。

如果一年之中有那么一天能够让最最懒惰的天主教徒也来到教堂，那就是复活节。教堂内的祈祷区被挤得水泄不通，神父也不得不增加额外的弥撒来应对这种拥挤的局面。每个祭童都被安排了硬性任务。我的任务是帮助神父完成 11 点钟的弥撒。那场面真可谓是人山人海。每个长凳上都挤满了人，就连教堂的侧边和后面的墙都挤满了一层层的人。唱诗席被挤得水泄不通。被玻璃包裹着的婴儿房，也挤满了妈妈们和啼哭的婴儿。许多白色的百合花成排地摆放在圣坛上，使得整个教堂都洋溢着让人喘不上气来、几乎使人失去嗅觉的香味。所有妈妈们都带着自己的女儿们盛装出席，那摆动着的新裙子在春天的空气中掀起了一股让人兴奋的气息。我感觉一场盛大空前的摇滚音乐会正在举办，我则是舞台上的主唱。

领圣体时，前来祈祷的人们排着队，依次来到圣坛前面的栏杆前。我的任务就是站在神父旁边，手里端着盛放着圣体的金盘子。当神父开始用圣体招待前来祈祷的人们的时候，我就把金盘子放在祈祷者的下巴下面。除此之外，还有一项任务是临时而又不确定的。万一神父笨手笨脚地把圣体弄掉了（这种情况几乎在每场弥撒都会发生），我得努力去接住。如果我能成功地用盘子接住圣体，神父就能按部就班继续弥撒。但失手的时候更多，一旦掉到地上，神父就得亲自弯腰捡起来，塞到自己嘴里吃掉。

有些神父非常有技巧，他们能够准确地把圣体丢进祈祷者张开的嘴里，避免身体接触的同时，还能够不掉到地上。但是大多数的神父谨慎小心，避免把天主的圣体掉到地上亵渎神灵。结果是他们在分发圣体的时候接触到受领者的舌头或者嘴唇，一个接着一个。站在旁边的我，亲眼看着神父的拇指和指尖沾满了唾液。大量的细菌在成排祈祷的人群中散播，这足以拉响高级别的公共卫生警报，但是在场的人似乎毫不在意。与一群将升往天堂的信徒们共享一滴小小的唾液又有何妨？况且，很难想象天主的圣体已经进入你的身体，而你却因为神父分发圣体技术的欠缺而得病。如果耶稣能够用五饼二鱼喂饱五千人[1]，又能够起死回生，那么他也能够保证祈祷者的喉咙不会感染病菌。

我一边给神父端着金盘子，一边瞄向圣坛的栏杆处。映入我眼帘的是胸部像花蕾般微微隆起的可爱的芭比·巴洛。她穿着一条颜色柔和的裙子，头发上绑着和裙子颜色搭调的发带。这是我第一次看见她没穿蓝色格子校服，那些校服让人看起来像是在女子教养所。我几乎忍不住要大声地喘气。她看起来是那么美丽、飘逸脱俗，仿佛就是在这个春日要升到天堂的人儿。她似乎在整个祈祷人群中向我飘浮而来，马上就轮到她在我面前跪下受领圣体了。我吸了一口气，挺胸收腹，让自己看起来更高一些。

就算我的法衣在腰部的位置那么紧，在脚部那么累赘，可那又怎样？我从未像现在这样无比骄傲地穿着这身行头站在圣坛之上。终于轮到她了。芭比在神父面前跪下，垂下她的眼帘。我把金盘子送到她下巴的位置，并仔细地看着她。她轻启那迷人的嘴唇，伸出她的舌头受领圣体。她咽下圣体并做了祷告。就在她要转身离去的时候，她看了我一眼，微笑了。那只是一个微微的露齿笑，是同班同学相互认出来的一种笑，但她眼中闪耀着光彩，让我的心顿时变得无所适从。属于天堂之人的芭比·巴洛向我展示了福音般的笑容。我的眼睛再也无法离开她的身影，我看着她回到队伍，再次下跪。她又再次向我报以微笑，这让我差点儿把手里的金盘滑落掉。

弥撒快要结束的时候，我和其他祭童像往常一样站成一排。我小心地举起一根巨大的及地蜡烛，跟在一个手拿《圣经》的男孩后面。神父宣布

---

[1]《圣经》中记载的主耶稣在世时所行的一件神迹，是唯一一件在四卷福音书中都有记载的神迹。耶稣用孩童贡献出的五饼二鱼不仅喂饱了五千人，还剩下了十二篮子的零碎。这个神迹说明了耶稣是神的儿子，是人类的救主，他的救恩会降临到每一个愿意跟随他的人。

弥撒结束，祝福每个祈祷的人，告诉他们平静地享受爱并永远虔诚地信仰主。这个信号发出后，风琴演奏者就开始弹奏，紧接着整个集会的人群都随着音乐唱起赞歌。这是一年中最为隆重的祈祷活动的完美结局，活动后，神父会走下圣坛，加入到我们声势浩大的行列中，同我们一起从中间走过。我的眼睛扫过人群，刚好看到芭比手拿赞美诗，而她那扑闪扑闪的眼睛也正在看着我。我偷偷地回笑了一下，紧紧地握住手中那根巨大蜡烛的铜制手柄。那动作看起来就像是一个武士手里举着长矛一样。这时，神父给了我们一个提示，我们迈步向前走下台阶。当我们的行列走向教堂的后墙时，我用非常具有男子汉气概的眼神盯向前方，她怎能不为此所动？我又偷偷地快速向芭比扫了一眼。而她也正盯着我看，同样用她那扑闪扑闪的眼睛。

就在那一秒钟，可怕的事情发生了。起先不知道是什么拽了一下我的法衣，紧接着这股拉力变成了更有力的拖力。鞋头被拖在地上的衣服皱褶缠住。烛焰离我的脸就只有几厘米的距离，我赶紧稳住手里的长蜡烛，并努力让自己的鞋从那些褶皱里解放出来。我想，只需稍微抖动一下，用脚把绊脚的衣服踢开就可以了。我有信心能够挽回困境，绝不失误。但是我的脚刚一接触地面，我就感觉整个法衣都紧紧地箍在我的肩膀上。感觉就像是有人在地板上凿了个洞，从洞里拽着我的衣服。"哇！"我忍不住大叫了一声，声音甚至盖过了风琴的声音。我做了最后的挣扎和努力，快速跨出另一条没有被缠着的脚，来让自己保持平衡。就在那危急时刻，我的思路还在惊叹自己的能力：在整个危险过程中我能够让那个超大个儿的蜡烛保持平衡，保住了大部分蜡油没有被洒出去。但不幸的是，我还是被那可恶的衣服给绊倒了。我那只没被缠住的脚做了唯一能做的事：它划出了一个巨大而优美的弧线，就像是人们在踢足球时候的动作。腿是踢出去了，但踢中了蜡烛的铜制手柄。我的手紧握着手柄的中部，结果变成了一个蜡烛往后倒的支点。蜡烛底部向前，头部自然往后。多么简单的物理现象啊！

滚烫的蜡油浇在我身上，我的头发和前额满是蜡油，皮肤也被灼伤了。蜡油顺着眉毛流到我的眼皮上，火辣辣的疼，就像是有人用烧红的铁烫在我的脸上一样。我听到"呀！呀！呀！"的惨叫声，这声音听起来好像不是我自己发出来的一样。比这更糟糕的事情，最糟糕的事情，比蜡油灼烧我皮肤更严重的是，我的眼镜！没有它，我跟瞎子没什么区别，而它现在全部盖满了蜡油，透过它已经看不到任何东西。脚边的衣服被扯裂了，双脚得以真正解放，我以最快的速度调整了平衡。但现在，我看不到任何东西。我开始在走道上摇摇晃晃，像瞎子一样弄不清方向。我撞到后面的男孩，撞向长椅。我听到神父在我身后低声说了一句："愿主保佑！"我拼命地盯着被盖住的镜片查看，从中找到了一个没被蜡油遮住的小孔，透过它我才看清外面的一点儿情况。这感觉就像是透过满是蜘蛛网的洞口看东西一般。我的第一件事情就是确定自己的位置。我走过走廊，回到队伍中。接着，我在人群中找芭比。或许她的头正因为祈祷而低了下去，或许她正在看她的赞美诗集，或许她什么都没有注意到。

当我的目光终于找到她，她正站在她爸爸妈妈旁边。她的目光正直直地盯着我。几秒钟前的那个甜美的、扑闪着眼睛的微笑已经不复存在，取而代之的是一个张着嘴巴的大笑。芭比正在狂笑中，笑得前仰后合。整个集会的人群都像是在大笑。其他祭童也在大笑。我想，神父肯定也在笑。谁能责怪他们呢？我看上去就像一个从蜡像馆跑出来的瞎子。

我从蜡油镜片中盯着看那些站在我面前的男孩们，我拨开他们，朝前走去。走过芭比身旁，走过我那面部已经扭曲的爸爸妈妈身边，走过每个人，走出了教堂的后门。稍后，在教堂的圣器储藏室里，我把眼镜泡在热水里，努力剥落沾在头发和眉毛上的蜡油。其他的祭童们，起初因为我在公共场合的丢人行为而偷着"咯咯"笑，后来逐渐开始同情我。他们让我享用所有的祭祀美酒，而我也欣然地接受了这一切。

# 9

底特律的暴乱让每个人都变得提心吊胆，许多城市家庭都不敢在市区继续住下去，纷纷以低价卖掉房子搬到郊区。1968年6月6日，也就是罗伯特·肯尼迪议员在洛杉矶国宾大酒店遇刺的第二天，原本住在市区的一家子搬到我们斜对面的一个新的承包商兴建的房子里。那天，我们一家人一直黏在电视机旁，但是我的目光却时不时地透过起居室的窗户注视着对面后院的卡车，打量着我们的新邻居。虽然离得很远，但我能看到他们家有五个孩子，最大的跟我年纪差不多。

他的名字叫罗纳尔多，是世界头号强队底特律老虎队的球迷。他走到哪都穿着印着老虎队标志的夹克，并且总在后口袋里揣一本老虎队的场刊。他到这儿的第一天，当其他人都在为五年内肯尼迪家族连遭两次暗杀[1]而惶恐不安时，我和汤米正策划着该如何以港丘特有的方式来"迎接"这个新成员。

这个男孩的个头刚刚到我肩膀，身材消瘦、脸色苍白，满脸雀斑，他的脚指头像鸽子的爪子一样向里抠着，膝盖向内翻，腿部呈X状。汤米径直走向他，二话没说，就用双手向他胸部打去，一下子就把他打倒在地。然后，我们嘲笑他的老虎队夹克，在他的老虎队场刊上踩来踩去。我觉得这样做有点儿不太好，但是汤米却觉得让这个新成员明白自己的地位很重要。当我们看到罗纳尔多既没有哭也没有逃的时候，我们决定接纳他。

---

[1] 1963年11月22日，约翰·肯尼迪夫妇到达拉斯城为连任拉选票时，约翰·肯尼迪被刺身亡；1968年6月5日，时任纽约州参议员的罗伯特·肯尼迪在加利福尼亚州进行的民主党初选中遇刺身亡。

汤米这家伙很小就表现出讽刺观察家的潜力，很快就给罗纳尔多取好了新名字——石头。当然，石头的外形看上去更像是根不屈不挠的树枝，这使"石头"这个昵称显得更加具有讽刺意味。我们欢迎他加入我们的秘密组织——"烟鬼、暴怒者、偷酒贼"三人组。原先的忠诚二人组立刻发展为三人组了。

第二年夏天，名为萨克瑞利的一家搬到了卡伦家后面。萨克瑞利先生和他太太从小在意大利长大，身上带有许多意大利这个古老国度的特质。萨克瑞利先生说着蹩脚的、带着意大利口音的英语，这让我想到我们这里卖意大利面酱的小贩。而他太太则一点儿英语也不会讲，她不会开车，而且很少走出她的厨房。她活着就是为了做饭：无论白天还是晚上，番茄、蒜和小牛肉的香味都会充满整个房间，飘出窗外，整条街都能闻到。萨克瑞利一家自己做意大利面，自己动手和面，自己做香肠，自己酿葡萄酒。跟社区里的其他孩子不同，他们家的六个孩子可用不着偷酒喝。饭前，他们其中的一个会被派到地下室拿酒，然后全家共饮。

在萨克瑞利家中那半打孩子中，年龄和我差不多大的孩子叫安东尼。他拥有天使般红润的脸颊和一双大大的棕色眼睛，这让社区的女孩子们都为他倾倒。汤米、石头和我很快做了一个方案。如果让他加入，我们就可以实际检验异性相吸到底是怎么回事。其次，他的妈妈可以给我们做很多美味的食物同时还听不懂我们在说什么，一箭双雕。最后，他还可以为我们提供源源不断的免费的酒。方案通过，汤米宣布："布袋，你入伙了。"于是，我们的三人组，就变成四人组了。

其实，如果算上我的小狗肖恩的话，我们这个组织一共五个成员。无论是去湖滩还是篮球场，无论是去我们的吸烟树还是彼此的家，我们走到哪里肖恩都跟我们形影不离。它生性乖巧，全家人给它取了个昵称——圣肖恩。它不必用皮带拴着也会紧跟着我。每当我吹一下口哨，它就会跑过来，高兴地领着骑自行车的我穿过街区。上学的时候，它有时会在课间休息时不请自来，加入我们的足球比赛。它陪我们在湖滩玩儿，一玩儿就是好几个小时。它有时会潜到水里，出来的时候嘴里叼着大块的石头。它甚至在我们骑自行车去购物广场买糖果和炸薯条的路上跟我们赛跑，并且乖乖地在商店外面等我们出来。

肖恩是邻居们院子里的常客，很受大家的欢迎。邻居们对狗都很宽容，不会介意肖恩没有狗绳拴着就从他们的院子里穿过，也不会禁止狗在湖滩上撒欢儿。只有一个人在抱怨，那就是彭伯顿老头。人们已经记不清他是什么时候退休的了，他就像埃及金字塔一样是个老古董。彭伯顿老头的家挨着外区，对面是潟湖。这个老头每天都要花大把时间在一些鸡毛蒜皮的事情上。他会趴在草地上把蒲公英亲手摘掉，雕刻院子里的篱笆，给花篮子浇水，爬到楼顶拔野草。这都不算什么。他甚至用肥皂水来清洗他的车道。如果他发现邮箱盒旁边的白色鹅卵石中长出了野草嫩芽，他就立刻用火焰机把野草种子一并烧毁。他的房子拥有大型观景窗，可以欣赏到港湾和更远处的湖泊。这个院子，连同房子的大窗户，就像是杂志里的风景画一样完美。但有一点不足的是，他的家和外区中间有一段未界定的边界线。彭伯顿老头家碧绿色的草地连接着一段公共区域，这让他几乎抓狂。每家每户穿过外区登上自己家的船或湖滩时，都会不可避免地贴着彭伯顿老头家的院子边走。老头几乎每时每刻都在盯着并发出嘟囔声。如果是小孩子侵犯了他的领地，他就会大声叫喊："你们侵犯了个人领地。"最后他忍无可忍，在他领地边上画了一个巨大的箭头，提醒那些经过的人保持警戒。社区的孩子们对此熟视无睹，其中也包括我的狗——肖恩。

彭伯顿老头任命自己为邻居法则的守护者。哪个小孩要是触犯了他那些所谓的苛刻法则，就会遭到他的训斥。他会尖声大叫："这不是游乐园！""不准大喊大叫！""不准在码头上跳来跳去！""不准扔沙子！""不准把玻璃容器拿到这儿来！"青春期的少男少女们会把傍晚时分的湖滩作为约会的最佳地点，不约而同地在太阳落山后聚集到湖滩。彭伯顿老头就会打开他装在屋顶的聚光灯对准这些少男少女，同时打电话给警察。我那习惯了自由奔跑的小狗肖恩是最让他头疼的了。他会朝着肖恩咆哮："狗不允许去湖滩！"我糊弄地答应一句："好的，彭伯顿先生！"第二天，肖恩照旧跟着我去湖滩游泳、打闹、潜水。

当我们的"忠诚四人组"集合在一起的时候，想要干坏事的念头就会蠢蠢欲动、无法自控。每当这个时候，我们就会把彭伯顿老头家当作我们实施坏事计划的第一目标。我们四个的爸爸妈妈们通常都不清楚我们到底在哪里，因此我们可以在邻居家疯玩到半夜。卡伦家的人以为我们在萨克瑞利家，而萨克瑞利家的人以为我们在格罗根家，依此类推。这简直是完美的安排。有些夜晚我们甚至在其中一家的院子里野营。那些睡在帐篷里的日子无比美好，尤其当我们得知邻居家的女孩子们也在外面露营时。我们四个的家几乎排在一条线上。我家在石头家后面，石头家对面是汤米家，汤米家后面是布袋家。我们在天黑后还可以互相看到对方家的状况。天一黑，就是我们开始出去夜游的信号。我们派对的目的地是街角拐弯处卖糖果的商店。汤米可以神不知鬼不觉地从"伯尼农场"商店里偷出几瓶酒，塞在自己短裤的裤裆里。在他偷酒的过程中，我们其他人则绕到收银台，想办法转移收银员的注意，通常是摸索着找零钱或者让汽水咝咝作响。汤米是如何偷酒成功的，我到现在都搞不清楚，因为偷盗行为无比明显。短裤里塞着的酒瓶，让他看起来像是地球上最被上天青睐的十三岁男孩。拿到鸡尾酒之后，我们躺在一片高高的草丛中，安全地躲过聚光灯，抽着万宝路香烟，传递手中的酒瓶。酒喝到一半时，我们中的一个还不忘策划另一起对付彭伯顿老头的方案。

我们把狗屎放在他的邮箱盒里，在他的车道上倒机油。我们把从街头到街尾搜集来的垃圾倒在他家院子里。在我们所有的优秀方案中，最杰出的一个就是我们蹑手蹑脚地走到彭伯顿老头家房子边，把他放在那儿的独木舟偷出来，吊到旁边一棵树的树枝上。

邻居中有很多小孩，而所有的小孩都和彭伯顿老头作对。这让彭伯顿老头不知道该从谁调查起。所有的小孩都是嫌疑人，而最有理由对他有意见的、年龄稍大的小青年，遭到的怀疑也就最多。

爸爸也稍微怀疑起来，但没有确凿的证据。他会苦口婆心地对我说："别刁难彭伯顿老人家。你们要尊重他，也要尊重他的生活空间。总有一天，你们也会变老，就会明白这一切的。"爸爸对天主教的金箴非常痴迷，他常常念叨的一句话就是："记住，约翰，'你想要别人怎样对待你，你就要怎样对待别人'。"

卡伦先生相对来说就没那么成熟老练了。一天下午，他把我们这群小孩召集到车道前，脸凑近我们跟前说："现在，把你们的脏手从胯口袋里伸出来。认真给我听着，如果让我发现是你们或者其他邻居家的孩子在一直骚扰彭伯顿先生，我会毫不客气地把你们踢飞。孩子们，你们听明白没有？"我们低头看着地，默默地点点头。我们已经完全心领神会了。

接下来就到了7月4日——美国独立日。这一天，松湖乡村俱乐部将举行大型烟火晚会。这是一个私人高级俱乐部，豪华的高尔夫球场倚傍着松湖。这儿离我们的社区很近，骑自行车就可以轻松到达。和社区里的很多孩子一样，我、汤米和布袋在这个俱乐部担当球童。我们的工作内容是费力地扛着高尔夫球袋，把9根高尔夫球杆递给打球的人（如果我没有记错的话，石头来过一次后就再也没有出现过）。捡够18个球洞就可以赚到4美元，通常还会拿到50美分的小费。紧凑一些的话，我们甚至可以在一天内捡完两场球。这活儿干起来吃力又累人，但可以拿到钱却是件美事。这些钱足以让你在乡村旅馆买到一个价值1.79美元的比萨。除此之外，球童还有其他的小特权。如果你不介意躲闪一下洒水车，或者是割草机，你就可以在星期一免费打高尔夫球了。你还可以在球童休息室里抽支烟或是听一听黄色笑话。

在7月4日这一天，所有球童都被允许前往俱乐部观看烟花表演。俱乐部的成员们坐在球道边舒服的躺椅上观赏。我们这些球童的待遇也不坏，坐在停车场的一处用绳索围起来的角落里观看，这个角落离发射点只有几尺之遥，是一个绝佳的观赏点。你可以看到那些放烟花的人先是配置火药，接着填充到一根铁管中，点燃导火索，然后跑开。只听"砰"的一声，烟花冲向湖面上方的天空，幻化成一道绚烂的彩虹，如同呼啸着冲向天空的彩色飘带。我们班上的另外两个同学在社区的庇护所住着，同样也是这里的球童。他们跟我们一起观看烟花。其中一个我们称呼他为"狗仔"。之所以赐给他这个称号，是因为他总是愁眉苦脸的，即使是在他笑的时候。不仅如此，"狗仔"看上去也非常具有猎犬的特质，仿佛他的基因链中就有狗的特征存在。另一个同学就是我们所熟知的"毒神"。他能得此名号，要归功于他的百毒不侵，即使穿过一大片有毒的常青藤，他身上都不会出现一丁点儿痒的迹象。他是一个被领养的孩子，有着与生俱来的叛逆性格。对比来看，我和汤米就像是天使。"毒神"对数酒瓶子的事情乐此不疲。他一直数着自己从伯尼农场商店偷来的酒瓶子的数量。终于有一天，他骄傲地宣布，他积分牌上的纪录已经超过 100 瓶了。

我们六个人就这样和其他球童一起围坐在发射地边上，因为惊叹而张大嘴巴。那些绚烂夺目的冲天烟花从离我们只有几尺远的地方发射，然后在我们脸的上方炸开。这种感觉就像你在火箭发射地周边，亲自观看它是如何升入太空一般震撼。就在这时，我们注意到了一个惊天大事。放着烟花的纸箱子就静静地躺在警戒线里，最让人兴奋的是，没有人看管它。

放烟花的人只顾着一遍遍地点燃烟花。他们通常抓上一个或两个礼花炮就跑到几尺外的发射地了。我记不太清楚我们是怎么突发奇想，或者我们是否曾认真地讨论过，也记不清楚是我们中的谁，撩起警戒线，跑到纸箱子前。但我肯定，绝不是我。这真是一个糟糕的主意，一支 M-80 型号的烟火就能炸掉凯文·莫科奈尔的三根手指（这是几年前，一支烟火因导火索出了问题而发生的意外）。但是接下来发生的事情，快得已经来不及多想了。我们趁着夜色，贴着停车场的边缘，用松树做掩护，带着一枚即将要被点燃的、长达四英尺的礼花炮。"我的天主啊！我的天主啊！"我嘴里一边发出"嘶嘶"的声音，一边赶紧追上伙伴们。"愿天主保佑！愿天主保佑！"我们从高尔夫球场的后门溜出，跳过栅栏。为了不被人发现，我们避开所有的大道，穿过一个个后院和树丛。这支礼花炮很重，我们两人一组轮流上阵。终于到达我们喝酒的安全地点了。我们带着我们的战利品，躺倒在草丛中，屏住呼吸听外面的动静。没有任何声音，这样看来，也没人注意到我们。当我们的恐惧退去，我们开始陶醉地想着，如何使用刚刚得到的军火。仅仅是握在手里，就会为它着迷。你几乎可以感受到它肌肤下面所蓄积的巨大能量，随时随地等待我们发布命令。我们列出了几种方案，最后我们一致同意，拣日不如撞日，就是今天了！谁来做我们的观众？非彭伯顿老头莫属。没有人比他更适合当我们的观众，更值得观赏这一切，更有可能做出令人难忘的回应。

这项计划汇集我们所有人的智慧，规模宏大、内涵丰富，简直是热闹非凡、引人入胜的巨篇史诗。这项计划是所有玩笑中的最高境界，是人生中最为叛逆的越轨行为。完成这项计划，我们就完成了一次质的飞跃，即使在恶作剧的世界中退休，也能保住我们世界级恶作剧大师的名誉。我们计划在彭伯顿老头家的院子里施放烟火，就在那大型的观景窗前炸开。我们知道这个老头会坐在窗户后面，在黑暗中监视我们这帮小青年，看谁会拿着啤酒和毯子，沿着他的房子溜到河边去。他想窥探一切？那我们就让他一次看个够。

我们在乡村俱乐部已经学习了如何放烟花，那看起来非常简单。先是把烟花放在铁管里，接着点燃导火索，然后跑开，简单得连傻瓜都会。我们抱着自己的战利品，穿过草地，穿过康马斯街道，来到港丘。我们沿路寻找，终于找到一根合适的铁管。那是建筑工地上一根废弃的下水管道，大概有半英尺宽、三英尺长，是完美的烟花发射管。

几分钟后，我们俯卧在外区的一棵苹果树下。从这个制高点望去，彭伯顿老头家一览无余，静静地矗立在黑暗中。我们的目的地是彭伯顿老头家前院的一个灌木丛，那儿是一个施放烟花的绝佳隐藏点。趁着夜色，我们两个两个地蹿了进去。老头家的灯没有跟踪过来。

狗仔和汤米开始用他们的脚后跟踢草皮，挖了一个潜坑。毒神接着把找来的管子插在坑里，使铁管能够直立。我们还做了精心的测量，保证发射的弧度能够让烟花刚好在老头家房子的正上方炸开。布袋和我负责把烟花放到铁管中，接下来的一步就有了难度。大家面面相觑，该派谁去点导火索？谁将对影响整个世纪的大事负责呢？我肯定不去，在这种情况下，我乐于当一个懦弱的人，躲在大家的后面。接着是布袋、石头和狗仔也相继退缩。最后，汤米冲上前来，从毒神手里抢过火柴，说道："我不入地狱，谁入地狱！"

他划着了火柴，慢慢地靠近礼花炮，我们看到他的手颤抖着挪到了导火索前。一片寂静，什么事情都没有发生。就在那一瞬间，我以为这是一颗哑炮，心里稍微松了口气。当我正要发出惋惜的唏嘘声时，导火索上蹿出一个火星子，就像夜空中的一颗星星那样闪耀，燃向了礼花炮。汤米赶快和我们一起后撤。可就在撤退的时候，汤米的脚不小心绊了一下铁管。这直接导致，我们的烟花不会在老头家的房子上空炸开，而是冲向了他的屋顶。

"这下完蛋了！"汤米喊道。

"彻底完蛋了！"我们也一起喊道。

这时，汤米冲了过去，双手抓住了铁管，想把铁管回归原位。导火索还在继续燃烧，映亮了他的脸。此时，导火索已经燃烧了三分之二。他再次使劲扶正铁管，但还是失败了。导火索马上就要燃尽了，时间所剩无几。汤米再次用力，想让铁管更牢固地插进土里。接着他转身和我们一起跑开，匍匐在地。我们为汤米的英勇而感动，但接着却无比失望。铁管再次歪了，甚至比上次还要歪。烟花的发射角度很低，看起来像是要在离我们只有几尺远的草坪上爆炸。

我们赶忙捂紧了耳朵。我不断地祈祷着。随着"砰砰"的震耳欲聋的爆炸声和晃眼的闪光，烟花从靠近水平线的位置呼啸着而出。它擦过彭伯顿老头家整洁的草皮，飞过隆起的灌木丛。当礼花炮冲着房子飞去的时候，我们惊得目瞪口呆，全身僵硬，无法呼吸。烟花以螺旋的飞行轨迹直接冲向了房子中那些精致的窗户。这个过程只有短短几秒钟的时间，但对于我们来说却很漫长，感觉像是在慢镜头回放。我的脑海中呈现出这样一幅画面：彭伯顿老头在他家窗户后的椅子上摇摇晃晃着，一脸惊恐的神情。他开始明白自己立刻就要奔赴黄泉了。我不禁想："亲爱的上帝，我们到底做了什么？"

砰砰！又是两声巨响。是烟花猛烈地撞击两个玻璃窗之间的砖墙发出的声音。如果再偏三英尺，它就会冲破玻璃，飞到屋里去了。伴随着一声巨响，烟花在砖墙外面迸裂。接着是一阵尖叫声，烟花四处乱蹿起来。飞溅的火花星子点了草皮。爆炸还在继续，发出了绿色、红色、蓝色的烟火并夹着耀眼的白光。一团团呈螺旋状的烟花在草地上打着滚，乱蹿着，一簇簇火球也在草地上乱弹着，到处乱飞。

过了一会儿，终于平静了下来。我们躺在那儿，盯着笼罩在地面上空数英尺的烟雾。"他妈的！"有人嘀咕道。紧接着，毒神以迅雷不及掩耳之势，抬起双脚，向沙滩飞奔而去，无人能及。我们其他人也紧随其后。

"真他妈的彻底完蛋了！彻底完蛋！"汤米还在继续骂道。

"至高无上的天主、上帝、老天爷、各路神仙们，一定要保佑我啊！"我在心里默默地祈祷着，"保佑我们不要杀死彭伯顿老头！保佑我们不要烧毁他的屋子！保佑我们不要被警察抓住！"

我们渡湖而过，沿着湖岸一直朝前走，不停地走，直到码头的空地，我们吸烟的秘密场所。敢肯定的是，现在警察一定到了彭伯顿老头家。我们冒着被砍头的危险，顺着街道往家的方向走。周围一片漆黑寂静。我们慢慢爬过一片空地，几乎就要到达各自家所在的街道了。这时，忽然听到汽车引擎的声音。"快趴下！"汤米低声吼道。我们匆忙平趴在地上。我们的呼吸因紧张而变得急促，这声音听起来很大，简直大到可以暴露我们的藏身之处。起先，有一对车前灯的光束扫过我们，接着是一束聚光灯。警察巡逻车继续排查街道，用发出强烈光束的灯，排查每一块草坪。等到灯光消失，我们迅速穿过街道，分头散开，朝各自的家走去，彼此没说一句话。

屋里，爸爸还没有睡。

他问道："烟花看得怎么样？"

"非常好！"我答道，"好得不可思议！"

"那就好！"他说。没等他说完，我就匆忙走上了楼梯。

第二天一早，我在屋里焦急地走来走去。表面看上去很冷静，但事实上，我正在挖空心思地想，我们到底造成了多大伤害。我仔细地观察我的爸爸妈妈，但是他们没有表现出任何知情的样子。每次电话一响，我就蹦起来去接，但都不是找我的。最后，我终于忍不住了，背起书包，告诉爸妈我要去游泳了。

"好吧，亲爱的，"妈妈说，"等你回来的时候，刚好吃午饭。"

来到外区，我尽量不盯着彭伯顿老头的屋子看。根据经验，只有犯罪的人才会在第二天早晨，盯着犯罪现场呆呆地看。而我坚决不能这么做，仅仅匆匆地扫上一眼，都要冒极大的危险。我要掩饰自己，像是在去晨泳的路上凑巧经过一样。我抬头看看树，遥望一下蓝色的天空，或是停下脚步感叹一下湖边的景色。然后，我巧妙地把自己的头转向彭伯顿老头家的院子。接着，一切都闯入我的眼中。被烟花炸到的砖墙变得黑糊糊一片，树篱笆被烧得残破不全，遮阳篷和挡雨棚都已经被烧焦，草皮上更是一片片被烧焦的痕迹。在那一片狼藉中的是彭伯顿老头，他在尽力地收拾那片废墟。就在我看向他的时候，他也看向了我。以往的那种充满了蔑视、怀疑和谴责的目光不再，取而代之的是一种被打败的眼神。他已经是风烛残年的老人，受到了巨大的打击。在他那充满泪水的眼睛里，我看到了一个问题："为什么？为什么这些小孩要这样对待我和我的院子？"我无力回答这样的问题。我的眼睛望向别处，继续沿着湖滩走，小心地避开他在码头上的标记线。我很想转身向他道歉，告诉他我们所做的一切，以及我们并不想造成这样的局面。但是，我没有这样做，我只是继续朝前走，没有回头。

游泳后，我绕过邻居家的院子，回到自己的家。我不愿意面对那个老人。

这次回到家，爸爸已经知道了彭伯顿老人家发生的烟花爆炸事件了。他从卡伦先生那里得知，而卡伦先生又是从萨克瑞利先生那里听说的。一个传一个，消息很快传遍了整个港丘。

"你知道这件事情吗？"爸爸问。

"不，我不知道。"

"一点儿风声都没听说？"他继续追问。

"一点儿都没听说。"

他盯着我的脸，说："最好别让我发现是你干的。你明白吗？"

"我肯定没干！爸爸。"我一副信誓旦旦的样子。

7月的那个闷热的夜晚，我躺在床上。窗户外的蟋蟀叫个不停，吵得我无法入睡。我在心里默默地祈祷着："天主、上帝、老天爷、各路神仙，请帮我向彭伯顿老人转达我的歉意吧！告诉他，我们不是故意的。告诉他，事情没有他看到的那么惨不忍睹，那只是个坏主意而已。感谢慈悲的你们保佑，没有让事情变得更加糟糕。"

# 10

圣母庇护所的修女们是出了名的残忍。她们制定了严格的纪律，稍有不慎，甚至在毫无原因的情况下她们就可能让你尝到皮肉之苦，还有那接连不断的威吓。修女们简直就是把这种中世纪的折磨方式当成一种享受。在天主教的教育模式中，体罚是个重要的组成部分。每个修女都随身带着一根十二英寸长的钢尺，就像警察都备着一把枪一样。钢尺看起来不大，不过挨上一下足够人疼的。修女们带着它在我们的课桌中间走来走去，看到哪个孩子不守规矩了，没有任何前兆地，就一尺子挥下去。抽在身上之前，尺子和空气摩擦，发出"嗖"的一声，那声音听起来就叫人害怕。她们最喜欢打我们的手指、胳膊、膝盖，还有大腿，有时候还打后脑勺。递纸条的，打！嚼口香糖的，打！盯着窗户外面发呆的，打！铅笔握得不对的，打！打！打！打！

如果谁捅了大娄子，修女们就会搬出更厉害的家伙，像是粗大的木制戒尺，更恐怖的还有橡胶做成的教鞭。犯错的孩子会被当众鞭打，那真是又疼又丢脸。他们会被叫到教室前面，背对着大家，两腿分开，用手撑着黑板。好像没有女孩子被这样责罚过。受罚的男孩子得保持这个姿势，等着修女把教鞭拿来。修女们总是不紧不慢地去取教鞭，这个等待的过程尤其煎熬，甚至不亚于挨打的那一下疼痛。"啪！"重重的一声，打在大腿后侧。体罚就算是结束了，不过更糟糕的还在后头，转过身来面对全班同学时的那份羞愧才是最让人难熬的。有些男孩子忍不住哭了出来，有些使劲眨眼试图不让眼泪掉下来，有些男孩子表现得很坚强，不但没有哭，而且嘴角还挂着一丝得意的笑。不过，无论怎么努力地掩饰，黑板上那两个湿乎乎的手掌印却清清楚楚地被大家看在眼里。他们可以固作坚强，脸上表现得很镇定，但两个清晰的手掌印却暴露了受罚的孩子心中所有的恐惧与惊吓。这个时候，班上的孩子们哄堂大笑，修女也得意地笑出声来，仿佛在告诉大家：好好看看吧，自作聪明的人是怎样的下场！

修女们折磨我们的方法可不止这么几招。那些年里，我被揪过耳朵、扯过头发，还被打过耳光。曾经有一个修女从教室扔出一个黑板擦，正好砸在一个学生的额头上，那身手，精准得就像职业运动员一样。记得上七年级的时候，我花了好几个小时，装饰了一支用过的雪茄盒子，用它来装铅笔和钢笔。当时，我正坐在我的位置上写作业，把雪茄盒开着放在旁边。不承想，那个从没给过人好脸色的玛丽·爱德华修女从我身边走过，一下就把雪茄盒推到了地上，里面的文具撒了一地。我至今都没想明白我是哪里得罪了她。"把东西捡起来。"她冷冷地甩下一句，走开了。我只得趴到地上把东西一样一样地捡起来，班上的同学都在偷偷地笑我。不过这也不是什么新鲜事了。出于某些原因，妈妈曾经用玩笑的口吻说起这么一件事情：她当年在教会学校读书的时候，二舅抓了只苍蝇玩儿，有个修女就命令二舅把那只死苍蝇吞下去。强迫一个二年级的学生吞下一只昆虫的尸体！还真是体现了基督教的精神！修女们简直就是虐待狂。

然而，那个时候我们没有一个人认为那是虐待，至少我们的父母每次听到我们抱怨后，总是一样的回答："如果修女认为你们应该被绑着手，然后用九尾鞭[1]教训一顿的话，我想她们肯定有充分的理由。"修女虽然还不能像神父那样完美，说什么做什么都是对的，不过也差不多了。要是她们决定打我们、骂我们，在父母看来都是我们自己造成的。

我想对于那些生活俭朴且孤独的修女们而言，孩子们受惊吓后发出的尖叫声已经成为她们仅有的一种乐趣了。不过在圣母庇护所里有一个人例外，那就是南希•玛丽修女。她很年轻，也就二十五岁到三十岁的样子。她衣着朴素，但是光洁的皮肤加上甜美的笑容，让她显得与众不同。其他修女们显得又老又保守，脾气乖戾，做起事情来还很死板。南希•玛丽修女却很不一样，她穿着一件及膝的裙子，上身是衬衣和短外套，看上去特别精神。要不是她的脖子上挂着十字架，还用头巾包住额头，几乎看不出她是一位修女。

所有学生都喜欢南希•玛丽修女。她是个真正信奉"耶稣会怎么做，我就该怎么做"这一信条的人。她恪守对天主的誓言，对待任何人、任何事都怀有慈悲之心。不论你犯了多大的错，像忘了写作业、在课堂上讲悄悄话、在操场上和同学们打架，她从来不打我们，也不骂我们，说起话来总是和声细语的。每当有孩子犯了错，她就会把那孩子叫到身边，静静地看着他。她的眼睛是美丽的棕褐色，当她盯着你看的时候，没有任何责难或者恐吓的意思。她会握着双手，说："好吧，让我们想想怎么才能解决这个问题。"和那些凶巴巴的修女比起来，她就像是迷失在一群饿狼里的小羊羔。

---

[1] 由九条皮带编成的一种英国古代刑具。

我想我们当时应该对南希·玛丽修女更礼貌些。

她是宗教课的老师。她的职责是让我们了解一些关于宗教信仰的奇迹。她和善的性格让我们很容易地和她亲近起来，而且她还能让原本有些枯燥的宗教内容变得生动有趣。她有个很好的点子，就是让我们挑选喜欢的乐队所演唱的歌曲，在做弥撒的时候播放。我们会把自己喜欢的唱片带到学校，像西蒙和加芬克乐队、鲍勃·迪伦，或者大门乐队，我们一起听歌里所唱的内容。南希·玛丽修女会选择主题合适的歌曲让我们一起讨论。大部分歌曲都很闹腾，不过她给了我们很大的自由度。我记得有一次我们放的是披头士乐队《帕伯军士孤独之心俱乐部乐队》这张专辑里的《生命中的一天》。还有一次我选了一首奇想乐队的《厌倦了等待》，南希·玛丽修女竟然也同意了。至于这首男孩女孩相互表达爱意的歌曲和宗教有什么关系，我也说不清楚，不过她却很大胆地同意了。她总是想办法让世俗与宗教之间不要泾渭分明，因为她认为只有那样，才能显得天主和我们生活的每个部分都息息相关。在我的极力怂恿下，汤米决定试一试南希·玛丽修女的忍耐底线。

庇护所没有餐厅，大家就在课桌上吃午饭。记得那是我上七年级的一天，南希·玛丽修女向大家宣布了一个新点子。她定了一个"唱片日"，在那天，我们可以带自己喜欢的唱片在午餐时间播放。她会准备好电唱机，在吃三明治的时候，让我们轮流播放自己喜欢的歌曲。"大家好好听歌词哦，"她笑着对大家说，"听听看歌手唱了什么，想要表达什么，歌曲的内容和你们的生活有什么样的关联。"说过这些后，她就走出了教室。南希·玛丽修女采用的是"信任"教育法，她认为老师没有必要拿着棍棒站在学生身后督促，而是应该给予学生充分的信任，像对待成年人一样对待他们，学生就会表现得像成年人那样。一个女生选了一首《花儿不见了》。另一个学生选了一首彼得、保尔和玛丽翻唱的鲍勃·迪伦的《飘在风中》。然后有人播放了一首飞鸟乐队翻唱的《铃鼓先生》。接着汤米站了起来，他也带来了心爱的唱片，还是夹在课本里偷偷带进学校的。他带了一张富格兹乐队的唱片，这绝对不是南希·玛丽希望在午餐时候播放的，她怎么也没想到我们会带这样的唱片来学校。

这个乐队唱的都是些淫秽歌曲，算得上是我听过的最下流的歌了。后来有些乐评人把这个乐队称为朋克音乐的鼻祖，说他们为雷蒙斯、性手枪还有其他的一些乐队铺平了道路。但当时，他们对于我和汤米而言只意味着一件事——天主教学校的最大禁忌。有首歌一开头就阴阳怪气地唱道："我感觉就像是家里的一坨屎，一坨屎，一坨屎。"另外一首的副歌部分旋律朗朗上口："你喜欢大咪咪吗？是的，我爱死大咪咪了！"还有一首则像首小曲："我们爱大麻，我们想做爱，我们喜欢靓妹，我们对什么都无所谓。"

不过在所有歌曲中最要命的是那张唱片中的第三首歌《超级女生》。不像披头士和滚石乐队的那些歌曲，唱些关于男孩女孩牵手，凝望对方的双眼，或者晚上一起出去玩儿之类的事，这首歌的歌词非常露骨。

我也不知道是谁说要放这首歌的。我只记得好像有人提了一句：如果我们播放这首歌，南希·玛丽修女会是怎样的反应？大家一听，就来劲了，我们要是真的放了这首歌呢？哇！那该有多刺激啊！一个假设带来了一个疯狂的主意，接下来，就升级到行动了。这件事情让我彻底了解了汤米：如果你不想看他做出什么疯狂的事情，就千万别去怂恿他。

汤米拿着他的唱片走到教室前面，朝空荡荡的走廊里扫了一眼。没有人！他把唱片从硬纸套里抽出来，放在旋转的唱盘上。和平常一样，我吓得不知该怎么办了。别！汤米！我在心里大声地说，赶紧住手，还来得及！只见汤米斜着身子盯着唱盘，找准了位置，把唱针放了上去。

"好了，男孩女孩们，"汤米模仿南希·玛丽修女的口气对大家说，"我希望大家仔细地听，去理解演唱者要表达的意思。用心地听歌词，看它们和你们的生活有怎样的关联。"他稍稍停顿了一下，然后熟练地把唱针放在了第二首和第三首歌之间的位置。

汤米把唱机的音量调到最大，整个教室都能听到电唱机本身呲呲啦啦的声音。他走回自己的座位坐下。音乐响起，开始是一段闹哄哄的吉他前奏，随后我们就听到了那些露骨的歌词。声音开到最大的时候，音乐已经走样了，不过歌词倒是听得清清楚楚。那震天响的声音充满了整个教室，楼道里也能听得很清楚。歌中这么唱道：

"我想要一个女孩，一个像天使一样的女孩和我做爱。"

歌词里满是"做爱"这样露骨的词句，它们就像一个个燃烧的火球，冲进走廊，塞进圣母庇护所的每一个角落和楼板的每一道缝隙。那声响真是太大了，我都怀疑我妈妈是不是在隔了四家住户远的厨房里也能听见。"我想要一个女孩，一个像天使一样的女孩和我做爱。"

歌曲的第二段开始唱道："我想要一个女孩，一个……"班上的同学不会知道后面是什么。只见南希·玛丽修女冲进教室，她的脸红得不能再红了。她跑得太快了，头巾松了，像一面小旗子在风中飘舞，不过此刻她完全顾不上那些。只见她冲到电唱机跟前，"啪"的一声把唱针扇到一旁，动作快得就像一道闪电。唱针划过唱片，传出一阵塑料撕裂的声音。随后，教室陷入一片死寂。她双手拿起那张唱片，把它举过头顶。不过并不是像神父在祝圣时把面包举过头顶那样，神父会把掰碎的面包小心地放回小推车里，而南希·玛丽修女却是使劲儿把手中的唱片捏碎，碎片撒落了一地。她把残留在手中的唱片狠狠砸到地上，然后用脚猛力地踩起来。她尖叫着、颤抖着，本来就涨得通红的脸变得更红了。十字架在她脖子上来回乱晃，被她甩到了身后。突然，她停了下来，低着头，闭着眼睛，站在那里一言不发，但我们却能听见她沉重的呼吸声。几秒钟后，她把十字架拽回胸前，拿起来放在嘴唇上亲吻了一下并画了个十字。"谁也不允许离开这间教室，"她的声音听起来平静了许多，"直到我知道这是谁干的！"她的嗓门儿又升高了，"是谁？是谁放了这么下流的东西！"

我扫了一眼汤米，他的脸看起来像白粉笔那么白，没有一点儿血色。我立马就明白怎么回事了，他的书桌上躺着那张富格兹乐队唱片的封套。这可真是百密一疏，我们自认为完美的计划却唯独忽视了这个细节。那一刻不可能再把它藏起来了。汤米用手盖住封套，我和他都紧紧盯着前方。

没过几秒钟，南希·玛丽修女就看到汤米手下的那个封套了。她把汤米叫到了校长办公室。没过一会儿，我也被叫了进去。我是汤米的帮凶，下场自然也好不到哪去。

校长是玛丽·艾诺尔修女，她把我和汤米隔离开，汤米待在她的办公室里，我被带到了大厅对面的那间很小的医务室。她先处理汤米，我只能在那间小屋子里等着，手脚冰凉。终于，小屋子的门开了，玛丽·艾诺尔修女走了进来。我原以为她会勃然大怒，不过她看起来更多的是难过。

"格罗根先生，跟我说说吧。"她开口了。我以为她要质问我关于如何跟汤米两人播放富格兹乐队唱片这件事，但是她接下来的问题却出乎我的意料。"你有想过你将来要成为什么样的人吗？"她严肃地问道，"你想做一棵把根深深地扎进泥土里，枝丫高耸入云的参天大树？还是想当一撮只能在风中摇晃，永远也长不高的杂草？"我眨巴着眼睛，盯着她看。她究竟在说什么啊？我完全是丈二和尚——摸不着头脑。

"你出生在一个很好的家庭。你的父母撒下了一颗很好的种子，这颗种子完全有实力长成一棵高大的橡树。但是你却选择混迹在一堆杂草里，而不是长成一棵参天大树，成为一整片森林的领袖，高高地俯瞰所有树木。杂草只能一事无成，它们没有根，很快就会被其他树木的树荫遮盖。难道你就想像杂草那样吗？"

艾诺尔修女把脸凑近我，又严厉地问道："你到底想成为什么？高大结实的橡树？还是阴沟里的杂草？"我一声不吭地坐在那里。说实话，我既不想成为橡树，也不想成为杂草。我就想做个简单的小男孩。而且，如果说成为橡树就意味着出卖汤米（在我看来修女指的就是这个意思），我宁可当一撮杂草。汤米是我最好的朋友，我们要一起成长。

"橡树还是杂草？"艾诺尔修女又问了一遍，"只有你自己才能做出决定。"她让我坐在那里好好想，想清楚摆在我面前的两条路。在她走出小屋的时候，她又转过身来，重复了一次："橡树，还是杂草？"

父母接到了学校的电话。那天晚上回到家，在讲述白天发生的事情时，我绞尽脑汁，尽量把我们的过错讲得不那么严重。这次事件让父母亲再次坚信，摇滚乐就是个魔鬼，把他们的孩子引上邪路。几年前，我曾经高声唱着滚石乐队的《一起欢度这夜晚》在家里激动地乱跳，把妈妈吓坏了，她没收了我的唱片，教训我说："男女的结合是圣洁的，不能被亵渎。只有圣洁的婚姻才能得到主的庇佑。"

富格兹乐队在那个年代和其他乐队比起来简直是个异类。在和爸妈讲述事情经过的时候，我竭力想要撇清关系。我跟他们说那都是汤米的主意，我事先根本不知道那是一张什么样的唱片，也不知道他打算播放什么样的歌，更不知道他会把音量调到最大。我坚持说我是被冤枉的，因为我是汤米最要好的朋友，所以修女们就很自然地认为我是他的同伙了。对于把责任都推到汤米身上我觉得挺过意不去的。但是，我知道爸妈不可能碰到卡伦夫妇，所以也就不可能去求证我说的到底是真是假了。而且，我相信就在我试图把自己撇得一干二净的时候，汤米也在和我干一样的事情，对爸妈撒谎，说一切都是我的错。在此之前我们就这样干过。在我看来，这不就是朋友之道么。爸妈狐疑地看着我，然后一如往常地，他们相信了我的话，不过，至于好心的修女们给我的惩罚，我也是罪有应得。

接下来的一个礼拜，汤米和我被要求每天放学后到修道院进行汇报。尽管我们把富格兹乐队还有"做爱"这么下流的词句带到学校，我们并没有被鞭打、敲手指，或是拧耳朵。但鉴于我们的行径如此恶劣，我们受到的惩罚是之前没有任何一个学生受到过的。我们被带进属于圣弗历克斯修女的神秘住处，交由她管教。

修道院的外墙由砖砌成，从外面看是个非常壮观的建筑。走进去后，会闻到油炸食品还有地板蜡的气味。里面有个小小的教堂，摆放着一些红色的玻璃小罐，里面点着用于祈祷的蜡烛，修女们平时就在这里祷告。另外，修道院里还有一些小小的、看起来简直有点儿像牢房的房间，那些就是修女们休息的地方。汤米和我两人负责清洗三层楼所有的地板以及地板和墙连接处的护壁板。其实这个工作也不算太糟糕。每天干完活，修女们都把我们带进厨房，给我们一人一杯牛奶，还有一盘和她们晚餐一样的食物。我记得大多数时候她们吃的都是清炖肉和蔬菜。

有一天下午，正当我们跪在地上用板刷来回擦地的时候，突然听到轻轻的"咔嗒"一声，是门闩被打开的声音，只见一扇门在我们面前打开了。从那扇门里走出一位上了年纪的修女。那位修女看起来有点儿不一样，马上我就发现究竟哪里不一样了：她没有穿和其他修女一样的衣服，而且头部的妆戴也不一样。取而代之的是一件花花的家居服，还穿着一双拖鞋。最让我们吃惊的是她没有戴面纱和头巾。她有一头长短不一的灰发，看起来像是用发油梳到了脑后。她脸上皮肤松弛，布满了皱纹，要不是头顶的帽子箍住了额头，或许脸上的皮肤显得更加松垮。我们仰着头盯着她看。她完全不像我们学校里那些严厉、一本正经的修女，看起来就是一个疲倦的老妇人。过了一小会儿她才注意到我们，她一看到我们，就立马走开了，穿过走廊，消失在走廊的尽头。

"哇！你看见了没？"汤米满脸惊奇地问我。

"哇！"我也好奇得很。

接下来，我们一边干活儿，一边四处张望，偷偷地注意那些壁橱，还有通往楼下的楼梯，一边偷看还一边用力听是不是有什么奇怪的声音。学校里一直有个传闻，说修女们有一条秘密的地下通道，连接修道院和教区，修女们可以在夜深人静的时候和神父们有所往来。我和汤米两人很想打探个究竟。可是和我们想象的完全不同，我们能看到的只是一个极度压抑的地方，简直像个黑洞，没有一丝光线可以从这里逃脱。那些壁橱里和楼梯下面听不到一点儿声音，更别提什么笑声、音乐或是谈天的声音了，能听到的只有一些祷告着低声说话的声音，还有就是鞋子和地板之间的嘎吱声了。

想想也不公平。神父们住在足球场的另一端。神父们的房子和社区里的房子没什么两样，宽敞、温暖又舒适。他们家里都会有一个管家、一个厨师、一台彩电、一组音响、一张标准大小的台球桌、一个酒窖，还有一个储备充足的吧台。他们到晚上总爱喝点儿鸡尾酒。

可是再看看修道院，这些舒适的设备一个也没有。修女们衣食俭朴，潜心修行。据我所知，她们唯一的娱乐活动就是傍晚的时候结伴在社区里散步。怪不得她们平日里如此严厉，在修道院擦地板的这些日子可算是让我见识了这群"外星人"都怎么生活了。难怪这些整日穿着棕色毛衣的修女管教起学生来严厉得不带一丝怜悯。她们不是什么妖魔鬼怪，她们只是一些女人，一些把自己献给了天主和教堂的女人。在我看来，她们中间的大部分人是寂寞、孤独且意志消沉的。我忍不住想问一句，如果天主真的在掌控我们的命运的话，如果他真的像人们说的那样仁慈且伟大，为什么他要这么残忍地对待这些决意献身侍奉他的女人们呢？为什么对他的那些男侍们如此优待？对我的爸爸妈妈而言，事情本来就应该是这样，男人和女人用不同的方式侍奉天主。在他们看来，神父就该受到人们的敬仰，享受舒适的生活；而修女们则乐于被剥夺享受生活的权利，乐于过那种清心寡欲的生活。我完全不能认同这样的看法。在我看来，修女们享有她们应有的权益，拥有属于自己的守护神。她们应该像圣女贞德那样，为信仰而战斗。可是，回过头来看圣女贞德最后的下场，我们在学校里都学过，她被当作一个异类分子活活烧死。

就像我们期待的那样，南希·玛丽修女最终原谅了我们。就像耶稣会宽恕任何曾经身负罪恶的人一样，南希·玛丽修女恢复了往日甜美的笑容和亲切的眼神。我和汤米都没有再去弄一张富格兹乐队的唱片。不过，重要的是它大胆地喊出了那些脏话。我们把那张唱片看成对更大荣耀的牺牲，我们要让修女们明白，战斗远未结束，我们可以根据自己的意愿长成任何一种树，成为任何我们想成为的人。我们坚信，如果富格兹乐队知道了这件事，他们也会表示赞同。

# 11

我的父母是那种很容易哄骗的类型。无论我给出的理由多么荒诞，有时候即便在所有的证据都指向我的情况下，只要我极力摆出一脸无辜的表情，他们也必定会买账，或者至少是假装买账。有一次在野外露营时，爸爸逮住我们一群人在帐篷里吸烟。我谎称隔壁营地一个不认识的大孩子给了我们两支烟尝尝，仅仅是"我们当中的一些人"吸了——结论就是我只是一个旁观者。这明显就是在扯谎。他只需闻闻我的口气或者手指就能揭穿我。但是他竟然相信了，就像他相信车道下面的下水道里找到的《阁楼》肯定是被哪个邻居家的小孩藏在那儿的一样。爸爸不傻，也不天真，他只是相信他想相信的，那就是他每周日都沐浴圣礼、每月做一次忏悔的儿子是不会让他们失望的。他和妈妈似乎总是假定我是无辜的。

大多时候，我都愧对于他们这种睁一只眼闭一只眼的信任。但是有一次我被错怪了，从那以后我再也不把他们的这种信任当成理所当然的了。

湖边的那棵吸烟树，除了作为我们一伙人用来藏匿香烟、偷偷说脏话、存放从伯尼农场偷来的东西的据点之外，也是我一个人打发时间的好去处。我独自前往的那几次，最常做的就是坐在那儿盯着湖水发呆。从小，父亲就给我灌输了热爱大自然和野外的思想，我可以在小树林里坐上几个小时，幻想着野外生存的情景。我还是童子军时，父亲就经常带我到树林里，教我怎样把太阳用作指南针，怎样用松树枝做成单坡屋顶，以及怎样从森林植被中找到可食用的植物。能找到的相关书籍我都读过了，我知道怎么用树枝做夹板固定受伤的腿。我还会用树藤编绳子、用鹿角漆树沏茶。生火是我最引以自豪的拿手好戏。即使再潮湿的环境下我都能找到引火的木柴，把它们摆放得透气通风，小心翼翼地照看微弱的火苗，让火慢慢着起来。

经过反复演练，我练就了仅用一根火柴就能把火点着的绝技。每次练习完我都小心翼翼地把火完全弄灭了才离开。

升入八年级不久的一个寒冷的秋日，放学后，我一声口哨叫上肖恩就直奔吸烟树。肖恩把鸭子都赶到了水里，从水底叼上来几块石头。我决定点个小火。我从白桦树上撕下几片树皮用来引火，又捡了一些易燃的木柴，把它们堆成圆锥形，只用了一根火柴就点着了，火焰上方飘起了几缕稀薄的烟。我坐在欢快燃着的小火堆旁，又开始幻想自己是在加拿大育空地区探险，浑身上下只有一把折叠刀和一块打火石。天色渐暗，太阳向湖面沉下去。我把小火堆弄灭，又把余烬踢到沙子里。二十英尺以外的水面上是邻居家的木头船坞，挤在边上用来过冬。船坞下面有几块烧焦的浮木和一堆乱七八糟的用过的火柴，看样子像是刚点过篝火。我在心里嘲笑道，哪个笨家伙用了那么多火柴才把火点着啊！除此之外，我一点儿也没多想。

我吹了一声口哨，唤过肖恩。想到自己在一个清爽秋天的傍晚能带着自己的狗出游，我感到格外的兴奋，于是开始欢快地奔跑起来。我冲上陡坡，飞快地穿过野地往家跑去，那架势好比后面有一头发怒的狗熊在追赶我。肯定是我在狂奔的时候被辛普森先生撞见了。辛普森先生就挨着空地住，是所有邻居中脾气仅次于老彭伯顿先生的大人，他曾经不止一次把我们一伙人从空地上赶出来。

不一会儿我就到家了。正洗手准备吃饭的时候，门铃响了。我打开门，发现是辛普森先生，他要找我爸爸说几句话。爸爸闻声走过来请他进去。他们俩在门口小声交谈了几句，然后爸爸走了出去，并把身后的门关上了。两人站在寒风中谈了一会儿，爸爸才又进来了。从他脸上的表情看，我知道出事了。

"你刚才穿过街道去湖边了？"爸爸开口问我。

"没错啊，"我说，"我带肖恩去游泳了。"

"你玩儿火柴了吗？"

爸爸知道我用一根火柴就能点火的技术。我惊奇的是他的措辞。我告诉他我点了一个小火堆，在旁边烤了一会儿火，临回家前已经把它弄灭了。

"那你为什么跑呢？"爸爸又问。

我的大脑飞速地运转着，该怎么说呢？总不能说从火堆旁狂奔而过，只是为了享受那种轻风拂面、心跳加速的感觉吧？"我就是想跑了。"我说。

爸爸这才说："辛普森先生以为你想把他的船坞点着。他看见你跑过去，等回去看时，发现了一堆燃过的木柴和火柴，附近的木炭还有余温。你是唯一一个去过那儿的人。"

"爸爸。"我说。

"这不是小事，约翰。辛普森先生想报警。"

"爸爸，不是我干的。我也看见那些火柴了，但真不是我。"

这些话听起来跟我之前撒过的谎一样苍白。没错，我是带着火柴去过那儿，也的确点过火，旁边的沙土里确实还有冒着烟的木炭，我也的确是从现场狂奔回来的，可我真的和这件事一点儿关系也没有啊！

"爸爸，真的，我真没……"

"我知道不是你干的，"他打断我说，"我会跟他解释的。"然后又加了一句意味深长的话："我相信你。"

这些年来，我有太多的理由让他不信任我。而这次，也是第一次，我需要他的信任，他也的确给了我一份信任。他宁愿相信我说的，而不信一个大人的话。我真想扑到他怀里，给他一个大大的拥抱，让他知道这次真的没有信错人。但是作为一个格罗根家的男人，我还是以格罗根家特有的方式表达了这种情感。不拥抱、不亲吻，甚至从不说"我爱你"。我猛地向他伸出手，他紧紧地握住，使劲儿摇了摇——一个结实的、格罗根式的握手。

"好了，吃饭去吧！"爸爸说道。

八年级很快过去了。临近毕业时，伙伴们都在讨论升入一所新建的高级公立中学的事。中学距离果园湖路几公里远，那儿有游泳池、网球场、干净的跑道、阳光明媚的校园，还有音效很好的大礼堂。为了增添活力，走廊上都铺着色彩鲜艳的地毯。这所学校的建立得益于社区缴纳的税款，因此，几乎所有孩子都去那儿上学。汤米要去，石头、布袋和狗仔还有周围所有的漂亮女孩都要去。我指的是所有人，除了我。

我的父母一直都把让子女终身接受天主教式教育这件事看得非常重要，绝不可能让这种教育终止在八年级。他们给我在赖斯修士学校报了名。那是一所天主教男子中学，距离我家半小时车程，在底特律最富有的地区之一——伯明翰。去赖斯修士学校上学的孩子们的父母，都是我曾经做过球童的那所乡村俱乐部的成员。这些孩子在十六岁生日时，收到的生日礼物不是卡马罗牌就是火鸟牌汽车。在我之前，蒂姆和迈克尔已经去那所学校上学了，他们都给我描述过学校的修士们使用的那些虐待性的惩罚条例，这让人感觉毛骨悚然。相比这些新奇招数，圣弗历克斯的修女们所使用的那些倒显得老套、过时了。蒂姆讨厌在那儿度过的四年，他提起那儿的严格、奢华、伪善和强行灌输的宗教教义就汗毛直竖。赖斯修士学校让蒂姆对天主教信念产生了敌意，而我父母当初送他到那儿的本意却是希望能增强他的天主教信念。迈克尔的传教热情早在几年前就已经消退了，但他仍然热爱关于天主教的一切事务。他在那儿倒是待得很舒坦。而我，根本不想离开我的朋友圈，尤其是我那三个特别要好的死党。但我还是接受了家里的安排。那儿是格罗根家的男孩该去的地方，就像格罗根家的女孩必须去马利亚学校，一所只收女孩的天主教学校。马利亚学校就在赖斯修士学校隔壁，和男校之间隔着一条护城河。玛丽乔和蒂姆目前正在天主教大学就读，迈克尔到秋天也会去一所天主教大学。看起来，这对接受天主教教育模式的我们来说都是注定的。在这件事上，我向来节俭的父母毫不吝惜口袋里的钱。

在被滚烫的蜡油泼过以后没多久，我就永远收起了法衣，不再做祭童的工作了。但这并不意味着我可以选择不去参加弥撒礼。在我们家，做弥撒和呼吸一样重要，你必须无条件地参加。每个周日的早晨都是一样，妈妈总是用她的那支羽毛叫醒我们，一边挠一边说："快醒醒，小懒虫们。

该起床了，可不能赶不上做弥撒哦！"

　　几乎每个周日，爸爸都去祭坛边帮忙。他是传道师，负责诵读经文、传达病患者的意愿、唱赞美诗和带领众教徒做礼拜答复。他甚至还在圣坛围栏里帮忙分发圣体，就站在神父旁边。爸爸相当认真地履行天主教教徒的职责。每当来到圣体前，他都恭敬地屈膝半跪，把头埋得低低地祈祷，竭尽全力大声地唱颂词。妈妈则跟他不一样，即使是教皇亲自要求，她也不能准确地把歌唱完。爸爸有一副好嗓子，并且丝毫不羞于把它展示出来。他闭着眼都能唱颂歌、背诵祷词，因为他把每句歌词和祷词都深深地印在了脑海里。每次献祭的时候，神父一向天举起圣体，爸爸就会深深地弯下腰，用一个拳头抵住胸口，好像见证了一个多么伟大、耀眼的奇迹。爸爸的虔诚一点儿都不是伪装的，然而有些人却不这么想。据我们所知，有一个高傲的神父，嘲笑地称爸爸为"圣理查德"。实际上，爸爸只不过是沉浸在信念的喜悦中，不管旁边有没有人看着，他都一样。爸爸总是最后一个睡觉。有时候我半夜起来上厕所，瞥向父母的房间，发现他跪在床上，头埋在离他熟睡的妻子几寸远的被子里默默地祷告。

　　我妈妈也一样。她在领圣体的时候必定会哭。我的意思不是说小声抽泣，而是大声号哭。就像太阳每天会升起一样，她每次都会哭。每次列队走过圣坛围栏，她都会双手交叠，恭敬地低下头，但是看起来却很平静。如果认出队伍里的熟人，她还会微笑着打招呼，甚至会挤挤眼。然而等她吞下圣体、回到长凳上重新跪下之后，眼泪就会像断了线的珠子一样顺着脸颊流下来，就好像刚刚收到全家死于海难的噩耗。按规矩来说，所有人在受领圣体后都应该重新跪下，但妈妈是以一种完全折服的姿势跪着：脸埋在手掌中，伏在前排座位的后面，大颗大颗的泪珠顺着脸颊滚落到地板上。天主现在就在她体内，而她根本无力抵挡这种召唤。

　　领圣体礼结束后，神父一般会在圣徒们继续跪着的时候，例行公事地在圣坛那儿清理圣杯。清理完，他就会宣布："请全体起立。"然后所有人都站起来了。所有人，除了我妈妈。她仍然保持跪着的姿势，低着头，脸埋在手里，抽泣着，吸着鼻子，深深地沉浸在和天主的交流中。我小的时候，还觉得妈妈这种呼天抢地的架势很有意思，但是随着年龄的增长，我开始害怕那种在人群中引人侧目的感觉。我多么希望别人站起来的时候她也能跟着站起来，然后压低哭泣的声音。有时候直到退堂诗都结束了，人都走光了，她还在埋头大哭。看到她这样真让人惊奇。她完全地投入了，忘却了周围的一切。我惊奇于这一切是如此的自然——吞下一小块圣饼，竟然能引起那么大的情绪波动。我也想学。我吞下一块圣饼，使劲儿闭上眼，尽量想象天主就在我体内。但是我什么也感觉不到，除了感觉胃里有点儿焦灼，我想那是主在暗示我已经禁过食了，该吃早饭了。为什么呢？我想知道为什么我就不能像妈妈一样感受到同样的福佑呢？也许是因为我做错事情了。我极力地集中精神，学着妈妈的样子把头埋在手中，期盼着天主能进入我的灵魂，但还是什么感觉都没有。即使天主真的来过，也是悄无声息地来。我也不在乎了，很快我就学会了一边虔诚地做祷告，一边胡思乱想。

蒂姆有时从学校回来，总选择父母没去参加的弥撒，我却从未怀疑过他这么做的原因。然而就在一个周日全家照例去做弥撒的时候，我尾随在他后面，不经意间发现了他的秘密。他把我带到一边，悄悄地问我："你是进去呢，还是跟我走？"一开始我不明白他是什么意思，但是很快我就意会了。他根本不想去做弥撒。他也从来没去过。那天我才得知，蒂姆早在多年以前就不参加弥撒礼了，只要让他逮到机会，他就会谨慎地溜掉而又不被爸妈发现。若是被他们发现了，肯定不得了。

蒂姆的一个打掩护方法就是在弥撒开始的时候经过教堂，从门缝往里看。他知道爸爸总是会问是哪个神父站在祭坛上，这并不是想考考他的孩子，而是觉得这个问题很有意思。他紧盯着神父们，就像是赌马的人紧紧盯着赛道上的马一样。为了在爸爸那儿签个到，蒂姆总会淡淡地回答一句"施罗德神父"或者任何一个蹦到脑子里的名字。

"咱们得盯紧了神父，那样咱俩就有一个小时可以打发了。"蒂姆说道，

"我一般去圣玛丽学校溜达。"

圣玛丽学校是一所天主教私立学校，包括高中部、大学部和神学院。从我们社区直走穿过商业街就到了。这所学校的办学宗旨就是培养未来的神父。男孩们满十四岁就可以去——住的是宿舍，吃的是容易长痘的、油腻腻的食物，而且每天上课前还要做弥撒。如果他们想继续升职深造的话，还得上八年然后等着参加授任仪式。翘掉弥撒礼去一所天主教学校闲逛，听起来似乎有点儿不合情理。但要说是为了欣赏圣玛丽学校宜人的风景就不足为怪了。那儿可称得上是地球上最美丽的景点之一了。圣玛丽坐落在一个高坡上，可以俯瞰果园湖。我们社区正因此而得名。这所学校在很久以前曾是一所军事研究院，院子里林立着城堡般的红砖建筑和内战前就种下的橡树。我和蒂姆慢慢地沿着绿树成荫的校园小路溜达了一会儿，然后坐在草地上望着湖水发呆。蒂姆留着略长的头发，衣着品位也十分独特，在我看来酷毙了。他愿意跟我分享自己的秘密令我倍感荣幸。我俩心里都清楚，一旦被抓住就等于背叛了全家。

能在圣玛丽学校待上一个美妙的夏日，即使要忍受密歇根漫长的恶劣天气也是值得的。大自然的造物奇迹比比皆是——洒满面庞的阳光，穿过发丝的轻风，还有围着我们欢唱的鸟儿。泛起涟漪的湖面经细碎的阳光一照，闪着炫目的光芒。蒂姆眯着眼望着湖水，说道："这是我的宗教体验方式。"他的话令我猝不及防，因为在此之前我从未意识到除了被家长、教堂和学校灌输的宗教体验之外，还有其他的方式。我想了一会儿，终于决定这也是属于我的方式。从那以后，只要蒂姆放假回来，我俩就相约在每个周日的早晨从弥撒礼上溜出来，跑去和大自然亲密接触一个小时。我们也会进行兄弟之间的交流，并打趣地将这一新的信仰方式命名为"蒂姆和约翰式的礼拜"。当时的我并没有意识到，那个夏天会成为我人生的转折点——从那之后我不再试图去感受和父母同样的宗教狂热。哥哥蒂姆不在家的时候，我很少逃弥撒礼。但是即便是人在那儿了，也只是机械地背诵着祷词，心却早跑到地球的另一头了。

　　9月份，汤米和其他孩子都升入了西布卢姆菲尔德高中，而我去了赖斯修士学校。唯独倒霉的毒神没上公立学校，他父母乘船把他送到了科罗拉多州的一所寄宿学校，从此便很少露面了。我的其他朋友现在都能随心所欲地穿牛仔裤和T恤衫了，还开始蓄长发，而我每天早晨都要穿着衬衫、海军裤和休闲鞋去赖斯修士学校报到。

　　我毫无怨言地接受了这种新的生活模式，从一间教室到另一间教室，在教友的监督下，安静地坐在自修室学习。我又结识了新朋友，但他们跟汤米、石头和布袋不是一类人。我的新同学们几乎都在圣瑞吉学校长大。圣瑞吉学校是距离赖斯修士学校一个街区远的一所天主教小学。他们形成了一个小圈子，而我则像是一个完全被排斥在外，又好奇地窥视他们的陌生人。我想即便是他们邀请我参加课外聚会，我也会因为路途遥远而作罢，因为妈妈每天要开两个小时的车接送我上下学。然而我却从未被邀请过，因此这种顾虑纯粹是多此一举，毫无实际意义。我渐渐地学会了独处。

　　开始的几周，我那帮老友们仍然会在每天傍晚相约去湖边或者吸烟树，或者去圣玛丽学校的足球场后面。他们向我描述了一个全新的世界，一些新的人物——有很多漂亮女孩、很酷的高年级男生和日益增多的瘾君子。他们还绘声绘色地给我讲了一些追女孩的趣事，但都是以失败告终。我也跟他们说了一些我的近况。说实在的，真没什么值得一提。唯一的亮点就是芭比·巴洛的父母把她送到了我们学校隔壁的马利亚女校。我有时候能远远地瞧见她在护城河对岸踢足球或者等车，然而我从来没靠近过她。她就如同海市蜃楼般远远地闪着光，美丽而遥不可及。

　　一天放学后，汤米从口袋里摸出一支烟，在鼻子下面嗅了嗅。这支烟和我平时见过的烟不一样：中间更粗一些，两头是弯的。"是时候来点儿真家伙了。"汤米一边兴奋地说道，一边把烟点着。大家还是照老规矩一人尝了一口，轮到我的时候，我并没有急着吸一大口，而是犹豫着：我根本就不敢碰，也不想碰大麻，但是又怕失去朋友。他们早不知什么时候已经背着我吸上了大麻。他们已经舒舒服服地过上了另一种全新的生活，而我感觉自己一天天落伍了。我叼着那支烟，闻着辛辣中透出的烟草香味，小心翼翼地防止把烟吸到肺里。我想起天主教教友们在健康课上曾告诫过我们，只要一小口大麻就能引发严重的毒瘾，过不了多久就会变成一个为了满足毒瘾而入室抢劫的疯狂的瘾君子。

汤米注意到了我的不对劲儿。"别光叼着啊，"他命令道，"吸啊！"

"我在吸呢！"我撒谎说。

转眼间已是叶落满地，秋去冬来，我的老朋友们已经彻底离我远去了。既没吵架也没起冲突，他们只是渐渐淡忘了我。他们现在已经有了新朋友和新的社交圈。渐渐地，他们不再给我打电话，也很少来玩儿了，更不邀请我周末出去闲逛了。大半年的时间，我都是一个人度过的。在学校是一个人，每天晚上也是一个人。我在圣母庇护所教区当勤杂工负责接电话，每个小时可以赚一美元。在家里，大部分时间我都是待在地下室戴着耳麦，一遍一遍地听鲍勃·迪伦的《洛兰兹忧伤眼睛的女人》和《苍凉行》。爸爸妈妈注意到了我的变化。

他们会在吃饭的时候问："在学校待得怎么样？"现在，家里只剩下我们三个人了。迈克尔在那个秋天也离家去了一所天主教大学。

"还好。"我一般这么回答，或者是"还行"。我说的是真的。学校的生活没什么不好，也谈不上好，只是……无趣。

"那么有什么新鲜事吗？"他们会接着问。以前吃晚饭的时候我总是像打开的话匣子，连珠炮似的汇报我一天的见闻，甚至包括我犯的错，为的是逗他们笑。

"没什么。"我这样回答道。

1972年的春天，一天爸爸妈妈把我叫到了跟前。还是妈妈说，爸爸在一旁沉默地点头赞同。"宝贝，我们想过了，"她说，"要是你今年想去西布卢姆菲尔德高中，那就去吧。我们不反对。你自己决定。""无论你选择去哪，我们都支持。"爸爸补充道。

我简直不敢相信自己的耳朵。我深知让孩子接受天主教式教育对他们来说是多么重要，他们始终把它看成塑造良好品格和坚定信仰的必要条件。然而，他们也眼看着赖斯修士学校是怎么改变蒂姆的——变得像乌龟一样整日缩在自己的壳里，和外界隔绝了。现在他们也在眼睁睁地看着我日渐憔悴，眼看着欢愉远离了我的生活，眼看着我的精神快要萎靡。最终，他们害怕像失去蒂姆一样失去我，那种恐惧感似乎战胜了他们对宗教式教育的热情。

现在决定权到了我的手里。赖斯修士学校也并非一无是处。十四岁的我就已经认识到了它优秀的学术研究。有两位老师令我印象深刻。田径教练斯塔克老师教"傻瓜都会的新生数学"，虽然他们不这么叫，但事实上是这么回事。我的数学学得很费劲儿，这成了当工程师的爸爸最头痛的事，因为这对他来说就是小菜一碟。但是斯塔克老师能把原本难懂的数学讲得深入浅出、风趣生动，再加上他自己有点儿口吃，不知怎么的让他看起来美中不足，就跟我一样。我喜欢上了他。平生第一次解开了一道代数方程式时，我激动得不能自已。

另一个值得一提的是麦肯纳先生，我的英文写作老师。同学们对他既怕又恨。他这个人脾气焦躁，简直就像北极的冬天一样冰冷，没有一点儿幽默感。他对我们的要求高得出奇，而且没有更改的余地。他要求我们每周写一篇论文，一旦发现拼写错误就打零分，发现涂改的痕迹或者字迹潦草就扣掉一半的分数。他训练我们的写作技巧和措辞能力，告诉我们要珍惜每一个词，要像打磨珍贵宝石一样对它们加以润色，在公诸于世之前，尽最大努力把它们变得完美。写作对我来说不成问题，但是我通常字迹比较潦草，又杂乱无章，因而从他那儿只能得到一个又一个不及格或者刚刚及格的分数。期中的时候，他给了我一个优。没有任何溢美之词，就是一个简单的"优"，而这正是我需要的。他给我们设定了一个超高标准，一个我曾经深感不公的标准，一个绝对不可能达到的标准。然后不断地推动、鞭策我，终于使我达到了这个标准。我长这么大第一次觉得原来自己在某些事上可以做得很好，甚至胜过那些聪明的孩子。

但是即便如此，我还是决定离开。我根本就不属于赖斯修士学校，就像海豚不属于沙漠一样。经过几天的认真考虑，我跟爸妈说了我的决定。在接受了九年的天主教式教育之后，我决定不再继续下去了。爸爸妈妈果真如他们所说，默许了我的决定，并开始为我办理转学手续。

一学期要结束了。我向斯塔克老师和麦肯纳先生告别。麦肯纳先生鼓励我继续坚持写作。我记下了他语重心长的话语："当你想去从事一项事业，那么这项事业中必定有你追求的东西。"最后一天，我去学校清理完自己的抽屉、收拾好书本后，就彻底自由了。第二天就开始放暑假了，我又可以在慵懒的夏日里游泳、晒太阳、出去闲逛了。还有，在我去报到之前，我的父母可以反思同意让我转学去公立学校的决定是否正确。


# 12


道奇公园就在卡斯湖的对面，离港丘的直线距离也就一英里。站在外区我们可以看见道奇公园那一片巨大的湖滩，救生塔树立其间，停车场里的汽车在阳光的照射下泛着微微的光晕。道奇公园里有纵横交错的小径，几百英亩的树林是人们徒步旅行的好去处。不过人们最为熟知的还是公园的这片湖滩。每年夏天来临，周边各个学区的年轻人蜂拥而至。人们来到这里，不仅仅是因为能在湖水里畅游，能在沙滩上享受日光浴，更因为这里是个非法毒品的使用场所。每个晴朗的夏日，道奇公园都会散发出一种小型伍德斯托克音乐节的气氛。沙滩、人行道和野餐的区域挤满了上千名皮肤晒得黝黑的青少年和成年人。这些人大多都穿着牛仔短裤，男孩们赤裸着上身，女孩们穿着露背装或是比基尼。音乐爱好者集结成群，用吉他和小鼓宣泄他们内心的狂躁。大麻和绿叶油的气味在空气中弥漫，毒贩们公开叫卖他们的货品。孩子们在摇头丸和大麻的刺激下，或是舞步癫狂，或是身形飘忽，或是躺倒在沙滩上直勾勾地盯着天空，统统被笼罩在毒品带来的迷幻中。报纸已经开始报道这里日益严重的毒品问题。有些人被逮捕，公众希望能有更加严厉的措施来解决这个问题，这样家长们才能放心地带孩子来湖滩游泳。

尽管港丘也有湖滩，但我所在社区的每个孩子都把道奇公园看作最理想的去处。在沉闷的密歇根东南部地区，道奇公园就像是人们过条河就能够拥有的海德阿什布利[1]。我曾经去过几次，也是在夏天。那个时候爸爸还没察觉到日益浓烈的大麻之风，当他发觉这点后就不再允许我进入公园了。我也尝试着和他争辩，但是他很坚定。"你的朋友是不是都去那里不关我的事，"他说，"你不能去。咱们街道的那头就有一片很好的湖滩。"

今天是暑假的第一天，我发现人们都已经在为去道奇公园而蠢蠢欲动了。从赖斯修士学校回来后的一天我碰到了汤米，他说："接下来的这个派对将会给所有的派对画上句号。"他们打算和狗仔的哥哥一起搭车去湖滩。"你也应该跟我们一起去。"汤米说。这可是这么多个月来我第一次收到他的邀请，天晓得我是多想和他们一起去。"不，"我回答道，"我爸爸不让我去那儿。"

第二天早上我去了潟湖。四年前，那个时候我十岁，爸爸准备了一艘帆船，这给了我们很大的惊喜。虽然他不善于驾船，但他觉得一艘帆船对于家庭的夏日聚会来说是个不错的工具。此外，我们的房子有个天然的码头，这样的便利不用白不用。

那艘船是英式单桅纵帆船，看起来锃亮锃亮的。甲板由涂了防水油的柚木铺成，上面放着几张长椅，都是用漆过的红木制成的，可以同时让五个人舒服地坐在上面。爸爸和妈妈（妈妈从来没踏上过那艘船）给那艘船起了个名字，叫"玛丽安"，这其实是我那个还未出生就死掉的姐姐的名字。爸爸从此开始了学习驾船的历程，就像他对待生活中出现的任何挑战一样，

---

[1]　20世纪60年代曾为嬉皮士聚集吸毒的地方，位于美国旧金山。

埋头苦学，一丝不苟。他找来专业书籍、手册、杂志阅读，不但如此，还参加了一些讲习班。爸爸简直就是把一项休闲的业余活动变成了工作量巨大的差事。玛丽乔和迈克尔一直都不喜欢帆船，不过蒂姆和我倒是有很大热情，而且我们用的是一种爸爸永远没法做到的方法——全凭直觉。我们从来不看书也不研究，只是简单地感受风向，然后随风而行。很快，蒂姆和我就能自己驾驶帆船了。我们经常带上我的"忠诚四人组"的伙伴汤米、石头还有布袋。蒂姆当船长，我们是船员。我们把船头的三角帆抚齐，调整好角度让船保持平衡。那个时候我上九年级，我的航行技术已经相当可以了。当船长没什么了不起的，了不起的是我可以独自驾驶一艘帆船。在假期的第一天，当我得知大家都准备前往道奇公园后，我就独自一人驾驶帆船出行了。

我并没有想要违背爸爸的意思，这一点我很确定。可是当我航行了几分钟后，我就开始朝着道奇公园的方向行进了，并给自己的行动找理由。他没说过任何不要靠近道奇公园的话呀，我在心里自我辩解道。靠近点儿看一下能有什么坏处呢？我心里这么想着，驾船驶过了标示游泳区域的浮标。这时我想，或许我可以靠岸待一小会儿，舒展下筋骨。反正这也不能算是进了公园，只是在边缘嘛。我看准了湖滩边一块泥泞的平地，然后把船驶往那个方向。当我的船触碰到湖滩的一刻，我意识到：在湖滩上稍微走一下然后马上回到船里，爸爸肯定不会知道的，他怎么可能会知道呢？我放下帆，径直朝那个嬉皮士人海走去。时间还不到中午，但空气中弥漫的大麻味已经浓重得足够让人感到兴奋了。

这片广阔的湖滩在从道奇公园分离出来的人工岛上，和公园的其他部分之间隔着一条运河。游客们一般都把车停在公园，然后通过一座桥走到湖滩上。我的帆船停在靠近公园的运河岸边。一踏上通往湖滩的桥，我就感到自己正在靠近一个巨大且喧闹的毒品市场。

毒贩们沿着栏杆排列开来，几乎是肩挨着肩，声调低缓地向人们叫卖着手里的毒品，例如大麻、安眠酮、醾斯卡灵。一手交钱一手交货，所有的交易都一目了然。大麻我并不害怕，对于其他毒品倒是还有些恐惧。即便我带了钱，也没打算买任何东西。但是这一路走来真叫人毛骨悚然，到达湖滩后我折回来，再次从那些正在交易的人们身边经过。我一边慢悠悠地走着，一边看着眼前嘈杂的一切。

当我过桥的时候，竟然碰见了赖斯修士学校的一个同班同学。"嘿，咱们搞点儿钱去。"我不明白他在说什么。"这很容易，"他说，"你就走到别人面前，告诉他们你饿了，问他们是不是有多余的零钱。"为了给我做示范，他走到一群年纪稍大一点儿的青年人那里，和他们攀谈起来，过了一会儿手里拿着一个25美分的硬币走了回来。他如法炮制，又从另外一群人那儿要了一个25美分的硬币。

"好，现在轮到你了。"他说。

我扫了一眼周围的人群，把目标锁定在一个看起来稍微比我年长几岁的女孩身上。她正盘着腿和几个朋友围坐在毯子上，看起来应该不难对付。"嘿，你有多余的零钱吗？"我问道。

"什么？"她回问我。

"有没有多余的零钱。我饿了。你有没有多余的零钱？"

"多余的什么？"

"多余的零钱，"我提高了嗓门儿，"有没有多余的零钱？"

"不好意思，没听清楚，再说一遍？"

"多——余——的——零——钱！"我几乎用喊的了。这女孩好像听力有点儿问题。

"我听不见。"她招呼我再靠近一点儿说，并且把手放在耳边。

"零——钱！"

我们这么来来回回几遍，简直要手脚并用了。我发现她所有的朋友都在大笑。有的笑弯了腰，互看一眼，更夸张地笑起来。有的哼哼地轻笑两声，有些轻蔑的样子。我马上发觉，他们是在笑我。那女孩根本没有听力问题。

"算了算了。"我嘀咕着转身离开。

"大声讲出来嘛，小家伙，"她在我身后叫道，模仿老太太的语气，"再来一次？"

"哎，真不走运。"我的那位同班同学一边说，一边留下我自顾自地朝反方向走去。

我没见到汤米或是庇护帮的其他人，我想再去那个毒品交易的桥上走一次，就是觉得好玩儿。我在桥中央的位置停下来，眼前的这一切让人有种虚幻的感觉——空气中弥漫的味道，还有从烟雾中透出的或浓重或稀释或如彩虹般多彩的画面。我发现一辆卡车轰隆隆地朝桥的一头开过来，车身被帆布蒙得严严实实。不一会儿，又一辆同样的卡车在桥的另一端停下来。我觉得奇怪，怎么两辆垃圾车在同一个时间来了呢？突然，车上的帆布被掀开，从车上跳下来一大群戴着头盔、背着武器的防暴警察，手里挥舞着木制警棍。他们封锁了桥的两端。刹那，无数的袋子、瓶子在空中乱飞，都被扔进了运河里。那场面让我想起《圣经》故事，只不过这落下的不是以色列人得到的甘露，而是大麻和酶斯卡灵。

警察们大声地呵斥，命令大家按照他们的指示行动，还有警察在拍照。很显然，他们已经盯上这里的交易很久了，很清楚他们要抓的都是些什么人。我拼命从混乱的人群中往外挤，想赶紧离开这座桥。

"现在谁也不能上桥或者下去。"一个警察用他手里的警棍朝我胸前狠狠地来了一下。我赶紧掉头，可是在桥的另一端碰上了同样的情况，警察已经筑成了一道人墙。"我只是想来买点儿小吃，"我向警察解释道，我害怕极了，声音都在发抖，"我过桥的时候被人流挡在中央了。"那个警察戴着一副眼镜，留着个板寸头，看起来年纪并不大。他看了我一眼，凶巴巴地对我说："赶紧走，别在这儿待着。"一边说一边把我推了出去。

桥是下了，但是我却在小岛的这边，可我的船还在桥的另一边呀，中间隔着一条充满了污水的运河。好在我没有被逮捕的危险，打算在那儿等着看好戏上演了。一大群孩子从湖滩向那座桥聚拢，人流越来越多、越来越急，不一会儿就听见有人开始骂骂咧咧。

"去你妈的！你们这些猪！"我听见有人开始骂脏话。人群里有人学猪叫，伴随着轻蔑的咒骂声。警察们用警棍把人群往后推。

"退后！退后！"警察大声嚷着。

"滚！去你妈的！"

"哼哼哼！噜噜噜！"

突然，一个瓶子从我身后朝警察的方向飞过去，不偏不倚正好砸在那群警察里。接着是第二个瓶子，然后就是一连串的瓶子，像炮弹一样砸向警察。接下来的场面更壮观了，但凡能扔的东西都开始在天上飞起来，易拉罐、酒杯、装防晒油的软管、吃了一半的热狗。一部分警察退到桥上，把毒贩们也拉到桥上并用手铐铐住他们。一部分警察背过脸去，等他们再转过来的时候，已经戴上了防毒面具。也就几秒钟的工夫，第一个烟雾弹就在我们这边的人群里炸开了浓烟。有个男孩用衬衫捂住脸，急忙向前跑，捡起烟雾弹扔回去。可是，烟雾弹一个接一个地扔过来。

双方僵持的局面持续了接近两个小时。警察逮捕了计划逮捕的人后，缓慢撤离了。聚集的人群也渐渐散去。我知道我在岛上待的时间太长了，得赶紧回去。我匆忙穿过桥，回到湖的那边，幸好我的船没被弄坏，我支起帆赶紧往回开。

《奥克兰新闻报》是一家本地报纸。它的前身是《庞蒂亚克新闻报》，爸爸小时候还给这家报纸送过报。那时的庞蒂亚克还算是个不错的城市，不像如今只剩下些濒临倒闭的工厂，现在可再没有一个公司想和这座城市的名字扯上关系了。《奥克兰新闻报》是份晚报，每天下午4点派送到各家各户。

我到家后也就一个小时光景，电话响了，是石头打来的，他在电话那头喘着粗气。

"老天！你知不知道报纸上都有什么？"

"都有什么啊？"

"你上头版啦！你的照片，他妈的上头版了！你就站在那些乱扔瓶子的小屁孩旁边。"

"等等!"我立马跑到门廊捡起报纸,打开一看,一张照片占去了头版一半的篇幅。照片里有一张愤怒和嘲讽的脸,是个青少年,抡起胳膊正要扔出一个啤酒瓶。他身后几步远的地方站着一群流里流气的小孩。离他们不远处,一个矮胖、戴着黑边眼镜、穿着松垮的大裤衩的男孩孤零零地站着。"他妈的,"我大叫,"是我!"照片里的我眼睛盯着扔酒瓶的男孩,嘴巴张得老大,看起来就像是嗑了药,刚刚被突击搜捕。

"真他妈的倒霉!"我忍不住又骂了一句。得赶紧想个法子躲过这劫。

我挂了电话,确认妈妈没在身边,然后拿起报纸头版藏在 T 恤衫下跑上了楼。我把报纸藏在床垫的下面。我急匆匆地又跑下楼,把剩下的报纸散乱地铺在桌子上,让它们看上去尽量自然一些。随后我把蒂姆和迈克尔叫到我们楼上的房间里。

"最好是有什么好事啊。"蒂姆显得很不耐烦。我把床垫下的报纸抽出来递给他。

"天啊!"蒂姆惊呼一声。

"你死定了!"迈克尔说。

"我该怎么办?"我简直慌了神儿。

"肯定不能让爸爸看到。"蒂姆说。

"不管怎样都得藏好它。"迈克尔说。

"你们得替我保密啊,"我几乎是恳求的语气,"爸爸每天一回来就读报纸。"他俩都答应一定替我保守秘密。

毫无疑问,像往常一样,爸爸吃过晚饭后就坐在客厅里那张他最喜欢的椅子上看报纸。我在楼上坐着,静静地数着时间。一千零一秒,一千零二秒,一千零……

"谁拿了报纸的头版?"从客厅传来他低沉的声音。

没人回答。

"有谁见过今天报纸的头版吗?"还是一片沉寂。"蒂姆?迈克尔?"

他朝楼上喊了一嗓子。

"没见过，爸爸。"他俩异口同声。

"约翰？你在楼上吗？是你拿了报纸的头版吗？"

"不是我，爸爸。"我答道。

"妈的。谁总是在我看报纸之前就把报纸拿走？"报纸这事儿让他特别生气。要是哪次妈妈打扫房子，早了一点儿把报纸给清走，肯定被爸爸说一顿。

"露丝！"爸爸朝厨房喊，"是你把今天的头版扔了吗？"

"我没有啊，亲爱的。"妈妈答道。

我躺在床上，屏住呼吸，期待爸爸就这么算了。他的怒气持续了一会儿，顺带骂了其他一些让他不顺心的事情，然后才坐下来看《国家地理》杂志。"妈的，"我听见他自言自语起来，"我是付了钱的，都没看一眼就不见了。"

我朝蒂姆和迈克尔看了一眼，用手指比画出胜利的手势，"搞定。"我动动嘴唇，没敢出声。

第二天早晨，蒂姆和迈克尔还在睡觉，我醒了睁眼躺在床上，脑子里开始回想前一天发生的事情。也太巧了吧，我想，公园里那么多人，怎么就拍了我，还上了头版呢？起码我没有像其他小孩那样扔瓶子啊。想到他们会遇上什么麻烦，我忍不住开始偷笑。一切都结束了，想来觉得挺搞笑的。这故事可真够精彩，可以好好跟学校里那伙人炫耀一番了。他们会知道在赖斯修士学校的一年并没有让我改变。我都不用添油加醋，有照片为证啊，头版，照片的中心位置，还有随后的一场暴乱，警察甚至动用了催泪瓦斯。还有什么能比这些更刺激的吗？谁也不能否认我的这份荣耀。至于我之前担惊受怕的事情，都已经结束了。

正当我躺在那儿自我陶醉的时候，门铃响了。我听见妈妈的声音："哦，丹神父！见到您真是太高兴了。快请进，来杯咖啡怎样？"是丹·沙利文神父。他是一位助理神父，几年前来到我家所在的教区。我在教区办公室做勤杂工时，他就是我的监督人。他刚到教区不久就解决了一个祭台侍者盗酒事件，措施得当，之后再也没有类似事件发生了。

丹神父已经是我家的一个好朋友了，他常来我家，而且常常是吃饭的时间。妈妈总是会加一副碗筷，他也总是欣然接受。他这点儿蹭饭的伎俩明显得很，不过妈妈并不介意。能和一位神父在一起用餐，对妈妈而言是一份巨大的荣幸。而且能让神父来家里吃饭，妈妈觉得她的厨艺在这片教区应该是数一数二的了。不过，今天丹神父并不是为了吃饭而来。

"您看昨天的报纸了吗？"他问妈妈，"您看到约翰了吗？"他的声音听起来挺愉快的，就像刚刚发现我发表了一个告别演说一样，他应该是觉得我露脸了。

"约翰？我家的约翰吗？"妈妈还搞不清丹神父具体指的是什么，"在报纸上？"

"就在头版！"丹神父的声音里竟然透出一丝炫耀的意味。"看！"他带来了他的报纸，生怕我家没有报纸似的！老天！

蒂姆看着我，脸上一副同情天底下最倒霉的倒霉蛋的神情。我又开始数数了，一千零一秒，一千零……

"约翰·约瑟夫·格罗根，你给我滚下来，立刻！"

我从床上一骨碌爬起来，抓起一条裤衩就往身上套。"我说立——刻！马——上！"妈妈咆哮着嚷道。妈妈的身高也就五英尺，不过当她厉害起来的时候，可是相当吓人的。我和兄弟们背着她给她起了个外号——"小拿破仑"。

下了楼，妈妈把我痛打了一顿，一边打一边不停地质问我当时都在想些什么，谁允许我去那里了，就不知道干点儿好事，他们含辛茹苦把我养这么大怎么就养出这么个笨东西。即使在丹神父离开之后，妈妈还是死死咬住这件事不放。她的质问像炮弹一样劈头盖脸地砸过来：我为什么要做这样的事情？难道就不觉得羞耻吗？她苍天大地乱喊一气。又提到这样的事情如何给家族蒙羞，我当时怎么就没有考虑过家族的声誉，将来人们说起格罗根家族都会怎么讲！妈妈就像个拳击手，对着她的对手狂揍一气。"我就知道我们不该让你转学到西布卢姆菲尔德，"妈妈怒气冲天，"我就知道这是个错误。我们是不是该把你送回赖斯修士学校啊？你是不是希望那样，祖宗？"

接下来的一整天我都在自己屋子里待着。晚上爸爸回家后，我的待遇就更加惨烈了。那是我见过爸爸最生气的一次。看着他那样发怒，我几乎认为他能扇我个耳光。爸爸从来没有打过任何人，甚至对苍蝇都不曾下手。他能把苍蝇一把抓住，然后把它们好好地放到窗外。如果他给我来一记耳光至少能说明他有多生气。不过，那天动手打我的只有妈妈。

我不仅违背了爸爸一次又一次重复过的教诲，还乐意和那些吸毒者和毒贩子为伍。从爸爸谈论这些人的言语中，我明白他是怎么看待这些人的。更糟的是，我非但没有避而远之，反而混迹于那些骚乱分子的队伍里，给聚众闹事的人煽风点火，对维护社会治安的警察没有丝毫敬畏。而爸爸恰恰是个严格遵循社会秩序的人，在他眼中警察是必须被尊重的。

"但是，我并没有……"

"住嘴！"他厉声呵斥道。爸爸从来没让我们住嘴过。"我不想听任何理由。你给我听着，如果让我再发现一次，一次！你对警察不尊重，我一定会把你打得满地找牙！听明白了没有！"

这是我第一次，也是最后一次听他说这么严厉的话。我知道他会说到做到的。"知道了，爸爸。"我小心地回答。

那个暑假剩下的日子里，我不是在院子里忙活就是在教区办公室打杂。从好的一面看，我知道在我到学校报到之前，西布卢姆菲尔德高中的学生一定都知道了我的光荣事迹：在恶名远扬的道奇公园毒品暴乱中被抓。不听老人言没给我带来什么乐趣，我对爸爸妈妈也感到很抱歉。不过，相对于声名远扬而言，这样的代价算是很小了。我开始明白，生命中充满了交易。

# 13

随着夏日时光的流逝，爸爸妈妈逐渐平静了下来。他们不再威胁着要把我送回赖斯修士学校，也不再疑惑他们到底哪里做错了。渐渐地，他们放松了对我的禁足惩罚，直到我又能够自由地航行，游泳，闲混在湖滩上，试图吸引那些躺在毛巾布毯子上的长腿金发女郎的注意，但通常是徒劳无功。我不再去道奇公园，不管怎么说，在警察突袭之后，我听说它跟之前不太一样了。

一周有五天晚上，我都在教区长的住宅里工作到9点。夏日的夜晚，那里死一般寂静，有些夜晚连个电话或门铃的声响都不会有，神父也很少出现在那里。我会用阅读托尔金的作品和在地下室中打台球来消磨掉三个小时的时光。到了9点03分，我就穿着牛仔短裤和T恤衫到家了。经常是到了9点13分，敲门声响起，汤米出现在门前，石头和布袋也通常尾随其后，问我愿不愿意到邻近的地方散步。到邻近的地方去散步就是出去吸大麻叶烟，然后去聚会用品商店买点心吃的暗号。到了十年级开始前的那个夏天，汤米已经把自己变成了一个十足的大麻热爱者。他是我们之中最勤劳的小工人，负责修剪邻近地区所有的草坪，并且把大部分挣来的钱攒起来买大麻。他经常提来一个小塑料袋，并且出奇的慷慨。即使我们几个很少回报他，他也无所谓。在他看来，吸大麻本来就是一种交际活动，从来不是指单独享受。他总是很乐于同我们分享他的藏匿品。

汤米的眼睛总是布满了血丝，眼皮也一直耷拉着，明显能看出他对大麻的喜爱。为了能看得清楚些，他会把头向后倾，眯着眼睛使劲儿瞅，通常还嘴巴微微张着挤出半个怡人的微笑。他在那个夏天选了一个中意的词，可以适用于所有场合：可疑的。对于汤米来说，这个词可有多种含义，从可疑的到太棒了，而通常它仅仅是个表示赞同的声明。

"可疑，哥们儿，"他会点着头说，"绝对的可疑。"或者有些时候说："不容置疑，绝对不容置疑。"在他高中小集团的领导层里，汤米算得上一个靠吸大麻出名的榜样人物。

石头和布袋对大麻就没那么钟爱了。他们从来不会拒绝递过来的大麻，但也极少自己去买。我就更矛盾了，我总是努力地假装深深吸进去，却又担心吸的量太大了，担心某一天醒来时会突然变成一个无可救药的瘾君子，那样我的生活可就全毁了。反吸毒组织运用的恐吓策略对于我非常奏效，但这并不能证明我不喜欢吸大麻的感觉。我们每吸完一根大麻，就会觉得这个世界上的每样东西和我们所处的境界都变得欢快起来，就连简单的评论也变得深刻得无法想象。一天晚上，我们花了很长时间讨论《花花公子》上面的造型。汤米充满激情地发表了一番反对背部摄影的言论。他认为他们这样做只是浪费笔墨，"如果我想看臀部的话，可以在镜子里看啊！"他说道。我当时这样想：哇，真正的花花公子。这就是我们为数不多的产生灵感的片段。

每次我们深夜"散步"之后，我就会溜回家，立即给自己准备一大份点心，经常会有许多块涂满花生酱和果冻的吐司。我把它们排列在长桌上，给自己倒一大杯牛奶，然后狼吞虎咽地吃起来。爸爸妈妈经常对我深夜狂吃甜点的行为加以评论：

"天哪，约翰，"爸爸会说，"今天没人给你东西吃吗？"

妈妈会添油加醋地说："我发誓这个孩子绝对饭量超级大。"

即使他们当真把我贪吃甜点跟毒品联系起来，他们也从来没有表露过。我会带着心满意足且飘飘欲仙的饱足感，道声晚安，和爸爸来一个格罗根式的握手，然后回屋睡觉。

我继承了父亲母亲勤俭节约的品德，所以我觉得用辛辛苦苦赚来的10美元买一小袋大麻真是太可耻了。以我微薄的薪水来说，那可相当于我工作超过三个晚上的工钱。并且，有汤米不断地同我们分享他的大麻，也没有必要自己去买。我从父亲那里遗传了喜爱植物的本性，去年夏天我就在一直照顾后院的一小块菜地，上面种了西红柿、辣椒、茄子，还有豆角。那是九年级结束后的夏天，我又往我的地里添了一种新植物：一棵枝叶繁密的大麻。

我对种植大麻的迷恋是从学校放假前的那个春天开始的，当时汤米抱怨说他最近买了过量的大麻种子。我对自己的园艺特别认真，种植的蔬菜还没发芽时，我就把它们放在屋子里，以便它们能够在适宜的季节迅速生长。那个时候，我的卧室看起来就像个温室，窗台上摆满了悉心照料的幼苗。忽然间我眼前一亮，冒出了一个极好的主意：汤米有多余的种子，而我又有足够大的阳台。对，就这样，简直太棒了！就像耶稣变出更多的饼和鱼的那个奇迹一样，我将会使这些小小的、没人要的种子变成自家菜园里生长茂盛的大麻。我取了一把饱满的种子，在夜里把它们浸在湿湿的厨房纸巾中间，让它们在有泥炭苔的纸杯里发芽。种植在西红柿和万寿菊之间的大麻幼苗并不显眼。况且，我的父母几乎不认识任何毒品，尽管爸爸最近才买了一本好像叫作"了解您的孩子知道哪些毒品"的书。我十分确信即使有一棵大麻过来敲门并且介绍它自己，他们也不会认出来。

一天，父亲走进我的卧室并停下来欣赏我那些壮实的幼苗。我的植物还非常小，一簇簇标准的五叶锯齿形的大麻科植物抬着头冲他笑。我依旧保持冷静。我相信，即使一片大麻叶子过去咬他屁股，父亲也不会认出它来。

"这边这些是什么植物？"他问道。

"哪些？"我回答，"是说万寿菊吗？"

"不，不是万寿菊，"他接着说，"这边这些。"

"哦，茄子啊。"

"不对，不是茄子。是这些。"

"哦，那些啊，"我惊呼道，好像终于解开了某个困惑了毕生的疑团，"那些，那是从理科班一个项目中搞来的。我们，嗯，我们需要种植一些单子叶植物和双子叶植物的样本。法隆老师告诉我们说如果我们愿意的话可以把它们拿回家。"父亲非常怀疑地盯着我。"那些就是双子叶植物。"我补充道。

"双子叶植物？"父亲问道。

"是啊，双子叶植物。"我非常确信我已经满足了他的好奇心，并且为自己用飞毛腿一般敏捷的思维了结了此事而感到高兴。

"双子叶植物。"他又说了一遍。

"双子叶植物。"我又重复道。

他迟疑了一下，向门口走了两步，然后说："好吧，那你把它们扔了，不然我们就见见你的理科老师，跟他谈谈这件事。"

完了！爸爸知道的显然比我料想的要多。就像很多关于他孩子的事情一样，我敢断言他知道，就是不想去弄明白。我猜想这就跟几年前他在帐篷里抓到我们吸烟差不多，他仅仅想让它们消失，然后他就可以当作什么也没发生过了。

我扔了那些植物，还留下了一棵，因为那棵最茁壮，我怎么也不忍心丢掉。我把它隐藏在街道对面一块空地的杂草丛里，用削掉底部的塑料牛奶盒做成钟形盖子为它遮风挡雨。当天气变暖且适宜植物生长的时候，我就把它放在西红柿苗旁边，并且我再次确信父亲是不会注意到的。我那粗壮的小盆栽在大亨和布兰德维因[1]之间茁壮地生长着，而且确实也有几个礼拜没被发现，从我的道奇公园禁足开始，到它的生长速度超过附近植物前都没有露馅儿。很快它的高度就超出周围掩盖物一英尺了。我说不清为什么我没能意识到这愚蠢的境况，也许只能归因于一个十五岁孩子独有的思维特点，我简单地认为，不就是客厅窗前的一棵生长繁茂、高度远远超出种植在周围的西红柿的大麻吗，谁会在意呢？

后来的一个周六，在爸爸出去除过草后不久，我去查看我的菜园，发现大麻已经不见了。一个显眼的洞留在了它被拔掉的土地上，还有一些残

[1] 两个西红柿品种。

留的根。在混合肥料堆旁边，我发现了已经萎蔫儿的大麻残棵。为了确保我不再把它插回地里，爸爸已经从茎部把根剪掉了。

他没能想到的是，他的儿子可以把大麻残棵从土堆里捡回来，再把叶子晒干。当我弄完之后，我便有了足够的干叶子可以多卷几根烟抽。一天，我同石头去往购物广场，就顺手点了一支，我俩都咳嗽起来，还有点儿喘。这是我吸过的最刺鼻的东西，比乔神父吸过后踩灭了的幸运牌香烟还要差劲儿。就任何一种能对精神起作用的东西来说，我们还不如去吸铅笔屑，我菜地里长出的大麻带给我们的只有头疼。尽管那样，我依旧无论去哪都带着几根。就像任何一个农民一样，我对自己的收成感到骄傲。虽然我知道它不值得吸，但是有自己的大烟放在口袋里，怎么说也觉得值了——并且在汤米取出他自己的供给时，我觉得自己在揩油的想法会少一些。我可以这样说："可以吸一支我的啊！"虽然我知道他们从来不会拿去吸。

暑假的最后一天到来了，这是个苦乐参半的日子。社区的孩子都去湖滩度过这一天，让自己沉浸在每一缕可及的阳光中，因为他们知道，这是新学年开始前最后一个可以享受的日子了。我一边呼吸着湖滩上防晒霜、水藻和香烟的混合香味，一边在头脑中为那些有着油亮腹部和双腿的女孩们拍照，想把她们存储在头脑中，以便下个季节可以接着欣赏。

那天晚上，汤米和布袋过来找我。石头没有来，我们之中他学习最好，所以他的父母不希望他在开学的前一天还出去瞎逛。"我出去散散步。"我冲爸爸喊道，然后就冲出了门。

"不要在外面待得太晚，"他在后面招呼道，"明天就要上学了！"

我们三个兴致异常高昂。明天早晨，会是我第一次接受公共教育。汤米和布袋大声讨论着他们的经验，告诉我那儿简直棒极了。听起来，西布卢姆菲尔德好像是一个道奇公园的室内翻版，有曲线漂亮的女孩、调皮的男孩和毫不掩饰的吸毒活动。按照他们所描述的，没有人真正去上课，而是去停车场和指定的吸烟场所玩儿一整天，聊天儿、调情和吸烟。随着我们从伊利大道走向外区，黑夜中充斥着我们的笑声，我们嬉戏打闹着碰撞对方的身体，就像是在玩碰碰车。

我们正好走到了彭伯顿老人的家前,我们身后不知道从哪开来一辆车。我先是听到了粗厉的无线电广播的声音,然后就是低沉的汽车引擎空转的"隆隆"声。一辆汽车已经靠近,车灯也灭了。我刚看到车门上写着"服务与保障"的字样,一束亮光就刺得我们睁不开眼。汤米本能地突然转过身去,开始横穿彭伯顿的草坪,光打在了他的后背上。

"就在那儿!"一个警察大声喊道,"那个金头发的小孩刚扔了什么东西。"他们下了汽车,向汤米追去,喊着让他停下来,汤米停住了。"不要动!"他们又冲我和布袋喊道。

在他们袭击汤米的时候,我伸进衬衣口袋,掏出两支大麻烟卷扔在草丛里。然后溜达着走向他们。

"好,面朝汽车站着,卡伦。"警察们知道汤米的名字。他们一人搜他的身,发现了卷纸和一个小烟斗,另一个寻回了汤米扔掉的小塑料袋。他们命令他坐在后座上并关上车门,接着转向了布袋和我。我认出年纪大点儿的那位是格洛弗中士,专门负责这个镇的事情,年轻点儿的是赖斯勒警官,当他还是个少年的时候就住我家旁边。

"你们身上有东西吗?"格洛弗问道,"不要跟我撒谎。你们带了什么?"

"什么都没有。"我们一致否认。

"我们只是出来走走。"我说道。

两个警察盯着我俩,他们看起来几乎快要相信我们了。汤米才是已经被盯了好几个月的人。

"坦诚地说,我们真的什么都没有。"布袋说,他那两个大大的棕色眼睛看起来像又大又清的两潭水。

为了使我俩看起来更加无辜,我附和着说:"如果你们愿意的话可以随便搜身。"这些话还没完全脱口而出时我就知道我犯了个大错,因为我看见布袋的脸顿时变白了。

"那我们开始搜吧。"中士格洛弗说道,然后他们把我俩都推向巡逻车,开始从上往下搜。布袋注视着我，我想那眼神就跟犹大叛变时耶稣看他的眼神一个样。"什么都没有，是吧？"中士格洛弗一边从布袋的前裤兜里掏出一个黄铜哈希管一边说道。我忘了布袋有哈希管。"你给自己赢得了一次免费去警局的机会。"他说，让布袋同汤米一块坐在了后座上。

就像我预想的结果一样，我清白了，并且他们也没在草丛里发现那两支大麻烟卷。赖斯勒带我走到警车的后面，凑近我说："你认识我吗？你记得从你还是个小孩的时候咱们就是邻居吗？"我告诉他我知道。"你知道这会给你父亲带来什么吗？你知道这会使你父亲遭受多大打击吗？"我耸耸肩。"你的父亲是个伟大的男人，你意识到了吗？你知道你父亲有多么伟大吗？他不应该遭受这些，这会杀了他的。你想把你的父亲送进坟墓吗？"

我觉得他说得有点儿好笑，但我还是低着头并望着自己的脚。

"那好，你还参与什么勾当了？"他问道，"迷幻药？兴奋剂？镇定剂？不要蒙我。还有什么？"我发誓我从来没有试过那些东西，确实我也没有。"只是偶尔吸回大麻。"我说，他看起来相信了我的话。

"你想让我把你和你的同伴一起送到警局，然后让你爸爸来领你吗？这是你希望的吗？你想让你父亲看到你被关押了？"我回答说我不想。接着他又说了一遍这会给父亲带来什么，也许会是伤心欲绝地突然死亡。"如果不是因为我很敬佩你的父亲，我就把你这个浑蛋拉走了。我才不在乎你呢，可是我在乎你的父亲。"

我点头表示我明白。

"我打算这么做，"赖斯勒警官说，"我想让你转过身往家走。你要径直走回家，规规矩矩的，懂了吗？我会监督你，我会仔细观察你所走的每一步。明白没有？"

"好的，长官。"我回答。他走到车旁，和格洛弗中士一同坐在了前面。接着车就开走了，汤米和布袋一块回头从后车窗看我。他们看起来并不生气，更没有显出被出卖的样子，仅仅是被吓坏了，恐慌、渺小和脆弱出现在他们的脸上。我有点儿想跟他们在一起，我不想他们离开的时候没有我做伴。

直到警车在拐弯处消失了，我才开始往回跑，能跑多快跑多快。但我没有像警官赖斯勒要求的那样直接跑回家。我穿过邻居家侧面的草地，跳过了一道又一道篱笆，从一个个后院穿过，最后来到了石头家门前。

他应答着并且迅速猜到肯定出事了。

"发生什么事情了？"他低声问。

"你先出来。"我说道。

他关上门，跟着我走到黑暗中，来到几排灌木的后面，我们可以躺在那儿不被发现。我非常确信巡逻车随时会回来巡查一遍以确认我没有违背他们的话。我发出粗粗的喘息声，感到我的手在发抖。石头仔细地听着我复述整个事件。当我说完了，他想了一会儿，而我在旁边等着他说一些安慰的话。他问道："你的意思是你让他们搜身？"确实是，我知道整个复杂的故事中导致布袋被带走的关键就是我。我没有单纯地站在那里，而是让警察搜了自己伙伴的身。是我让他们干的，好像我同他们是一伙的。"如果你们愿意的话可以随便搜身。"正是因为说了这句话，我的好朋友被抓走了，而当时我只是为了保住自己。

石头和我躺在潮湿的草丛里，望着灌木丛后的卡伦家和萨克瑞利家。十五分钟后，我们看到卡伦先生发动他的敞篷小型载货卡车开走了，他驶出他家车道的时候，他的汽车前灯还轻轻地扫过了我俩。几分钟后，萨克瑞利先生也跟着开车出门了。我们在那儿等了好像有几个小时，而实际上大概只是四十五分钟，两辆汽车就都回来了，接着两个父亲赶着他们的儿子默默地进了屋。

我最好的三个朋友中有两个已经被逮捕了，而我没有。第三个还试图弄明白我为什么会建议警察搜身。第二天早上我将第一次出发去那个被称为公立高中的未知的、有点儿令我胆怯的世界。我对我将会受到的迎接有种不祥的预感，十分不祥的预感。

卡伦和萨克瑞利家的灯熄了之后，我向石头告别，又穿过一个个后院回到了自己家中。我发现爸爸坐在他的椅子上，读着报纸，用筷子夹着花生米吃。

"今晚不吃点心了吗？"他问我。

"不是很饿，"我回答，"我这就去睡觉。"就像每晚睡觉前都要做的，我们握了握手，然后我就上了楼。

在接下来的几个星期甚至几个月，赖斯勒警官都坚守着他的诺言，只要他一经过，就会把巡逻车开到我们房前的水泥路上。如果我在屋外，他就会在汽车挡风玻璃后面紧紧地盯着我。有时候，他会花上一个小时的时间坐在那儿做他的文书工作。如果爸爸跟我一起待在院子里修剪草坪或者耙树叶的话，赖斯勒就会看着我的眼睛，然后看看院子那头未察觉的、还在旧拖拉机后面小跑着忙活的父亲，又接着看我，我几乎都能听到他说过的话：你知道这会给他带来什么吗？

爸爸一辈子也不会明白警察为什么总会把车停到我家屋前，有那么多地方供他们停车和填报告呢。他也没有注意到其实一直都是同一个警察。"他们又在那儿呢！"爸爸会说，惊奇得好像发现了自然界的一大奇观。"真该死！他们有整个果园湖村庄可以巡逻，却在每个倒霉的周六都把车停在这里坐着，简直有规律极了！"

"我不知道，爸爸。"我会这样回答。

"嘿，我也搞不清。"他会挠下头接着干活。

我很害怕有一天，好奇心会驱使他走到巡逻车前，敲敲车窗询问警官到底发生什么事了。但他从来没有这么做，赖斯勒警官也从来没有出卖我。

是汤米的爸爸让我差点儿露了馅儿。从警察局带回他们儿子的几周后，卡伦先生和夫人晚上出来散步时经过我家。我从旁边房间无助地望着妈妈发现了他们，并且开了前门。"哎，你好，贝文！嗨，克莱尔！"她大声招呼着。不要，妈妈，不要这样做！我心里祈祷着。卡伦先生是我最不希望见到的人。他一定知道他儿子被捕的时候我也在场。如果汤米没有告诉他的话，警察也一定跟他说了。拜托了，妈妈，不要这样……"来喝杯咖啡怎么样？"唉，妈妈！他们走到了车道上，而我迅速跑上了楼不让他们看见。卡伦先生极其容易发火，并且从来不会说委婉话。一次，当一个少年在一场交通纠纷中冲卡伦先生伸了伸中指，他就载着他的妻子和六个孩子追了他好几英里，最后在红绿灯那儿赶上了那个孩子，跳过好几辆车，直接堵过去敲他的挡风玻璃。我的胸口有点儿发紧并且感到自己的胃不断地搅动。我几乎能听见他激动地说关于逮捕的事情："我真想知道他们为什么会放走你们家孩子。"

卡伦先生并没有那么说，他有点儿令人难以捉摸。我站在他们看不见的楼梯顶上，努力听着每一句话。刚开始只是一些令人愉快的闲聊。妈妈给自己和卡伦夫人泡了茶，爸爸拿出了两瓶啤酒，然后话题就转向了孩子。

"咱们街坊邻里再也别跟我谈论孩子的事情了。"卡伦先生说，"他们都是天使，不是吗？都太完美了，可爱的小天使。只有我儿子不是。"

我听见妈妈紧张地清了清嗓子。

"如果是关于大麻，那肯定是卡伦家的男孩们干的。如果是酗酒，那也必然跟卡伦家的男孩们有关。如果附近发生什么事了，锁定卡伦家的男孩们就行。事情发生的时候参与的肯定不只有他们，但是他们必然是受指责的那几个。"接着他变了声调模仿一个被宠坏的小男孩，"噢，妈妈，那不是我干的；不是我，爸爸。是卡伦家的男孩们干的。我告诉他们不要那么做了，妈妈。爸爸，我没有选择那么做。"

"总是卡伦家的男孩们，让我告诉你"——他为了强调而停了一下——"我他妈的厌烦透了。"他的话语变得急促，声音里充满了愤怒。我知道他生气时的样子，太阳穴上青筋暴突，额头激动地变成深红色。他现在看起来一定是这样的。"他妈的这是怎么了？我不是为自己的孩子找理由，我知道他们并不完美。男孩们就爱调皮捣蛋，我曾经也是那样。但是这儿周围的家长们应该把他们的头从沙堆里钻出来，睁开眼睛看看清楚。"

我从父母礼貌和有点儿尴尬的反应中猜出他们正试图弄清楚卡伦先生

到底想告诉他们什么，同时又不太想弄清楚。卡伦先生倒是没有提那件事，也没把我参与其中的事抖搂出来，他显然是想告诉我的父母他们的儿子跟他自己儿子的罪过一样，只是他们的"完美小男孩"把他们欺骗了。究竟是怎么欺骗的，他们不想搞清楚。我们家有这样一种好习惯：知道得越少越好并且说得越少越好。妈妈爸爸从来不会要求卡伦先生详细地叙述一下，也从来没有问过我。对于此事，我十分感激。

# 14

在赖斯修士学校的日子若是与世隔绝、空虚、乏味的话，那么在西布卢姆菲尔德高中的生活简直就是孤独至极。在赖斯修士学校，虽然远离我关心的人，我至少还能假装他们是关心我的。但自从到了新学校，以前那些常常一块玩儿的老朋友们，都已很好地融入了自己的社交圈，而我仍旧吃力地悬留在圈子之外，无法融入其中，犹如一个紧扒着悬崖峭壁的人，只能眼巴巴地等着别人来拉他一把。我在汤米和布袋被抓的那个晚上的不安被证实了。我是新来的孩子，没人正眼看我。一些圣母庇护所的老朋友竟然也毫不掩饰地躲着我、疏离我。狗仔是个热衷于拍大家马屁的家伙，他每次在走廊上遇到我，都从我身旁径直走过，头也不点一下。他不愿意被人看见和我一起混，和我这个来自天主教男子学校、向警察出卖自己好朋友的转校生玩儿在一起。

汤米和布袋，就显得大度一些。对于那天晚上的事，他俩都尽量宽容了我，也并不记恨于心。但毕竟现在他们都有各自的朋友，所以我们也并不经常在一块。汤米整天和乱七八糟的人混在一起混沌度日。布袋身边老是有一大群女孩，迷恋像他这样穿着紧身喇叭裤的男生。而他太害羞了，还容易脸红，不过这倒这群女生更加喜欢他。石头在他的音乐和话剧圈子里也有了一席之地。接下来就是我了，有一个独自一人的圈子。

摆脱了赖斯修士学校对着装以及装饰物佩戴的束缚，我换上了颇具嬉皮味儿的喇叭裤搭配绒布格子衬衫，而且我还开始留长发了。但和布袋不同的是，他那乌黑光滑的长发竟然直直地搭到了肩膀，而我留的看起来就像是一团乱糟糟的钢丝球，因为头发每长长那么一寸，它就会向侧面扩张两寸。等到它长到能够得着我的肩膀时，这团卷卷的、乱糟糟的爆炸头让我看起来像一座随时喷发的活火山，一座移动的维苏威火山。而我鼻子上架的一副新眼镜，是供飞行员使用的那种特大号护目镜的款式，镜框就像龟甲一样。《逍遥骑士》中彼得·方达的时髦装扮，以一种厚厚的饮料瓶底式的方式反映在我身上，却变成了另一种味道。当妈妈第一次看到我戴着这玩意儿时，她有些生气地吼了起来："你是怎么想的？知不知道你看起来就像是头浣熊！"她后来又给我道歉了，但俗话说，妈妈总是对的，而这一次我的妈妈也是对的。

妈妈在其他一些事情上也是对的。那年秋天，我发现自己的体重毫无征兆地开始狂减，我相信只有一种原因可以解释这种情况，那就是我得癌症了。除此以外难道还有其他可能吗？我就快死了，显而易见，这真是我幼年的一个悲剧啊！在我陷入恐慌数周之后，我最终还是去找妈妈了，向她吐露了这个秘密，这个我以为几乎已是板上钉钉的绝症。妈妈却处变不惊，她把头扭到背后哈哈大笑起来，接着说道："癌症？亲爱的，你没有得癌症。"她又继续说道，擦了擦从眼睛里笑出来的眼泪，"你只是减掉了身上的婴儿肥。"

汤米和布袋还有石头都努力让我加入到他们活动的圈子里，我们还聚在一块吃午餐，但不知怎么的有些事情却变了。在西布卢姆菲尔德高中，我磕磕绊绊地度过了第一年的浑噩学习生涯，小心翼翼地前进，从一个课堂奔赴到另一个课堂，但总觉得还是不太让人满意。我的成绩足以说明问题。

在赖斯修士学校，我的成绩还是 A 和 B，但来到这儿以后，降到了几乎每次都是 D 的程度。代数尤其使我感到恼火。不像在天主教学校，这儿没有为差等生准备的数学小灶，也就是说成绩拔尖的学生和学习吃力的学生的步伐是一致的。没过多久，我也就失去了前进的方向，变得毫无希望。有一个老师，相貌可人，很吸引我们，她刚从大学毕业没几年，长着一双明亮的眼睛，留着一头金色长发。和学校里每个男生一样，我对她也有爱慕之心。她是那么的幽默、风趣、温柔、和蔼，所以我想给她留下深刻的印象，好让她一直记住我。一开始上课时，她问我们有什么问题需要问，我总是举手向她提问，但在她反复解释之后，我却听得更加迷糊，于是我停止了举手。我不能总是说："我仍然没有听懂。"于是她彻底放弃了给我讲解，而我也放弃了学代数。然后，我开始在考试时乱猜答案，结果很糟糕。

我以为爸妈看到我的成绩单时，会气得暴跳如雷。对于他们会说些什么我倒是有一些心理准备，比如"我们本就不该让你转到公立学校来"，但是他们的反应却让我感到惊讶。可能是他们理解我正在经历一段困难的过渡期。他们说了些当我表现不尽如人意时常说的话："我们只要求你尽自己最大的努力就好了。你表现出最好的自己我们就很欣慰了。"我点着头，但是我内心深知我根本就没有像他们说的那样做。

以那一年我所体会到的来讲，教会教育和公共教育最大的不同并不是学生制服、课程安排或者每天上学放学时的祈祷仪式，而是天主教学校的老师不允许你失败。如果他们必须得在学年的每一天都守着你，他们一定会这么做；如果他们必须得把知识强行灌输到你脑子里，他们也一定会这么做。但在西布卢姆菲尔德高中，老师给我们提供学习的机会就像是服务生在鸡尾酒会上提供夹鱼子烤面包一样让人感到惬意，你可以自由地取用，不需要的话你也可以挥手示意他们离开。也就是说，若是我想学习，他们会教我；若是我不想，他们也会很乐意地放一放我。在接受天主教教育的九年当中，总是有修女和教友强迫着我学习，经常还伴随着身体伤害的威胁。但是现在，我可以自由而不受约束地不好好考试。这是我的选择，没有谁可以出面阻止我。

让我的学业前途更加无望的是我每天早晨去学校的方式。石头忠实地坐大巴或者搭他父亲的车。但是汤米却宣称校车是最不爽的，因此他开始到处搭便车来完成这四英里的路程。很快，我和布袋也加入到他的行列。

每天天还没亮，我们会先前行半英里，走过聚会用品商店，来到果园湖和商业街的拐角，竖起我们的拇指招车，无论风雨，有时甚至要在两英尺深的雪地里艰难前行。这条路上，汤米经常会给我们点上一根大麻烟卷让大家轮流抽。鉴于搭便车的困难程度——不是随便谁都愿意停下来让三个十几岁的小男孩来搭车的——我不仅会迟到，而且还沉浸在大麻的迷幻中。我的第一节课是法语——另一门我混沌得听不进去的课。有一天早上老师让我站起来向全班做自我介绍，所有我能够想到并说出口的法语就是："我是杰翰（发音不准）。我很疲惫。"当然，我是很累、很迷幻。

只有一门课我可以学得很好，那就是美国文学。老师叫克里斯汀·肖特韦尔，她刚从大学出来，不像我的代数老师那样是个青少年迷恋的对象。她戴着一副实用而不花哨的眼镜，头发也很整洁。由于某种原因，她对我有些兴趣。我把肖特韦尔夫人给我开的书单上的每一本书都读了：《激情年代》《红字》《人鼠之间》《老人与海》。我疯狂地迷恋着斯坦贝克和海明威这样的作家，以及他们笔下所描绘的世界，于是我开始把他们写的每一本书都找出来阅读。后来我又认识了 J.D. 塞林格和他的《麦田守望者》，在这本书的主人公霍尔顿·考菲尔德的身上，我发现一个和我一样的青少年：困惑、无助，而又那么痛苦和可怜。每一页我都能看到一些自己的影子。从霍尔顿那里，我找到了真正的知己。

有一天下课后，肖特韦尔夫人在我正要离开教室的时候把我叫住了，她说："我想知道你有没有想过写日记？"我的确尝试写过一些短篇讽刺或幽默作品，但是从没有写日记的想法和冲动。她接着又说："我认为你应该试一下。谁知道会有什么想法冒出来呢？"于是我采纳了她的建议，很快我就写上瘾了。我为我自己写日记，同时也是为她，第一个关心我内心想法的成年人。我将我的东西和她分享得越多，她给我的反馈和评价就越多，而且她的文字散发着智慧，是一种发自内心的表达，决不带有施舍或是审判的意味。就这样她不断激励着我的写作欲望。

暑假没几天，汤米就带来了令人兴奋的消息。商业街的圣母神学院将为慷慨资助它的人们举行一个大型赌博筹资晚会。这将会是男人们吃、喝、玩、抽的夜晚，并且学院正在招聘附近的小孩，提供大量有小费的工作。

"那钱非常好挣，"汤米保证，"那些肥猫喝得越多，他们给的小费就越多。我们要干的就是让他们喝醉。"

"算我一个。"我说。附近的大多小孩也都报名了。大一点儿的孩子停放车辆，他们会在深夜收到大量高额的小费。据传那些花钱大手大脚的人会随手给他们的停车员 10 美元，甚至 20 美元。小一点儿的孩子被逼去排桌子、端酒、端菜。运气好的话，每传一份酒菜，会得到 25 美分，或者 50 美分，甚至 1 美元。

感谢主，汤米和我，以及我们的一些朋友被分到酒吧服务。据谣传那些酒鬼最大方，而且我们还能很轻易地喝到剩余的啤酒。作为曾经的神学院学生，我们被训练得头脑清醒，我们的工作就是在桌子间逛，拿走空酒杯和酒瓶，然后迅速地把酒满上。看上去组织方的目的跟汤米一样——把来客灌个酩酊大醉，让他们对今晚最后的大拍卖放松警惕。我们孩子们的目标一致，就是各自从分配到的腰缠万贯的资助人那里赚到尽可能多的钱。

我们的装束简单而统一：白色衬衣和深色裤子。我们需要有礼貌，尽可能不让客人看见，只有被召唤时才能说话。我很快就干得得心应手了，来回穿行于客人的帐篷和分发食物饮料的昏暗足球场区之间。我会端着一托盘啤酒走到桌子边，用挂在脖子上的起子打开每瓶啤酒放到鸡尾酒纸巾上。如同钟表装置，桌子边的某个人会把一枚硬币或者一张票子递到我手上。在这个大型晚会上，没有人愿意当吝啬鬼。汤米说对了：这钱很好挣。

那晚工作时，我发现汤米从客人帐篷里端着托盘出来，但是他中途突然转向挨着排水沟的栅栏。黑糊糊的夜色中，只见他的身影大步流星地走过去弯腰放下什么，然后回到原来灯光绚丽的酒宴上。

"你是怎么回事？"我追上他小声问。

"我在密谋件事，"他小声回复道，"跟着我。"他走向一个桌子，拿出张酒单：两瓶百威和两瓶喜力。"过来，绅士。"汤米高兴地说道，然后匆匆忙忙地走了。

我跟着他走到啤酒帐篷那儿。"现在瞧着。"他说。

快步走到吧台后面的志愿者那儿，汤米喊道："我要两瓶百威和四瓶喜力。"酒保把酒放在盘子上，然后汤米消失在夜色中，他绕了点儿道走到沟渠，把他偷来的两瓶酒放在那儿。"完美！"汤米大叫，"这他妈的不是爽还是什么？"

"真他妈的爽。"我赞成道。

很快我加入了他的行列，还有布袋、石头和狗仔。每次我们都在我们非法存储的地方加几瓶。那晚结束时，我们的口袋被小费塞得满满的；肚子被剩饭菜填得饱饱的；然后偷偷溜到水沟取出战利品放进垃圾袋里。总共有 57 瓶进口啤酒，没有掺杂任何二等货。现在真的可以开始我们的派对啦。我们拖着私家酒走过商业街，穿过黑黑的社区来到吸烟树，这几年，这棵树已经成长为吸烟喝酒树了。我们牛饮一通，把剩下的藏好并向圣母马利亚做了个短短的祷告，感谢她对我们这么慷慨。我们不仅赚到一把一把的钞票，还秘密储存了一夏季的高级饮品。谁在意我们是否一口气喝完？

"爽！"汤米又说了一遍，我们叮叮当当举酒干杯。

我们肩并肩坐在沙滩上，脚丫伸进水里，像以前那样说说笑笑、打打闹闹。我又回到了朋友身边，又进了他们的圈子，又一次被接受进来。只有一件事不同了。汤米点了一根大麻跟大家分享，轮到我时我没有夹到嘴上，也觉得没有必要。我在没有自我摧残的情况下熬过了十年级，同时得到了一些重要的指南。其中一个就是：如果你勉强自己才能跟朋友混下去，那么他们就不是你真正的朋友。我领悟到人生美好而短暂，不能在大麻的烟雾缭绕中虚度。不管怎样安排我的人生，只有我自己能决定，把握它还是挥霍掉，任何人都不能帮我决定这件事。

汤米吼了一声，我也跟着吼了一声。我们又迎来了一个绵长的夏日。我喝了一大口喜力，然后将身体沉在凉爽湿润的沙子里，确实爽歪了。

# 15

进入新学期不久，我在西布卢姆菲尔德找到了一席之地——脏乱拥挤的学生报工作室。

《广扬》吸引了一群形形色色的学生，他们大多没有别的适合去的地方。现在汤米已经完全脱离了知识分子的轨道。但是布袋、石头和我觉得这是门很容易的选修科目，所以当上了报社的撰稿人。即使用高中生的评判标准来看，这份报纸也是糟糕得可怕，糟糕到学校里每个人，无论老师还是学生都指称《广扬》为《直肠》。如果《纽约时报》卖弄的格言是"发布所有适合发布的新闻"，我们的标语就是"发布所有能发布的东西"。这份报纸义不容辞地要报道学校的体育和课外活动的新闻，对学校音乐剧不加批判地回顾，还有习以为常的社论如食堂里的饭食差劲儿，学生的权利难以令人满意。但大部分都是按编辑的想象自由发挥的、不着边际的讽刺：妇女权利、艾尔顿·约翰最近的行程、环境问题，还有针灸。在买了一双大地鞋[1]之后，布袋突然有了灵感，写了一篇长达两页的颂扬这种鞋的优点的文章。石头大篇幅评论了鲍勃·迪伦新发行的唱片《路上的血迹》。不清楚是什么原因，我写了篇文章评述"冥思静坐"[2]，我以前从未试过，

---

[1] 丹麦上市的舒适的方头鞋，前掌厚，后掌薄，曾风靡一时。

[2] 流行于西方的一种模仿印度教中静坐冥思的修行方式，是松弛思想的一种特殊运动，亦是养生，即利用各种不同的想象来达到调节精神、愉悦身心的目的。

几乎不知道关于它的任何事情。

我们的指导老师是脾气随和的帕斯小姐,她给了我们很大的自由空间,但是只给予了我们一点点文章的组织架构和写作上的指导,几乎没有什么质量标准。这让我们可以马虎且慢吞吞地工作,因此我们的稿件从印刷出来就漏洞百出,有好多拼写和语法错误。这使我不由得想起对我们要求严格的麦肯纳修士,当我们需要他时,他到哪里去了?我尽自己的职责帮助《直肠》维持它绝对平庸的名声,写出不需要花费什么时间和精力的蠢话。

有些学生尽力去写严肃认真的话题,其中一个写了一篇题为"同性恋生活的真实与虚幻"的文章。这篇文章经过了充分的调查研究,充满思想与睿智。帕斯小姐修改后发给了印刷部准备出版。但是当《直肠》发下来后,我们打开第 24 页,发现原先放这篇文章的很显眼的一大块都不见了,取而代之的是一个长方形空白。干这事儿的只有一个人:卡温先生,我们的校长,一直以来,在报纸发给出版部之前他都要检查每个板块。

他曾一度因为要求我们重写文章而拖延发行日期,但凡有抗议、激进的言辞或者仅仅是没有吹捧学校的言论他就要求我们换掉。但是这次他没有事先通知我们的指导老师就删掉文章,仅仅因为自己不喜欢就掩盖掉我们的报纸,这可真让我们这帮小记者恼火的。我和《直肠》的同事都很气愤。我们宪法规定的权利哪去了?我们的自由言论权哪去了?《美国宪法》第一修正案难道对我们不适用?《直肠》并不接受学校的资助,我们的报纸靠广告和 25 美分一份的微薄收益坚持着。难道这样我们也不能有半点儿独立的权利吗?控制狂卡温凭什么插手我们的事?帕斯小姐试图安抚我们,但是看得出她跟我们一样生气,有一种被侵犯的愤怒。

我气得跑到图书馆查一本我曾经浏览过的书——关于激进派地下新闻报道的书。我对这个话题着迷好几年了,从反战运动高峰时我去玛丽乔姐姐所在的密歇根大学开始。在卧室里,我通读了各种地下新闻报的实例研究,其中很多都是在六十年代末的反文化运动中涌现出来的。我觉得它们有着不可思议的浪漫和锐利,和主流报业比起来,犹如纯咖啡对速溶咖啡,味道浓多了。我尤其沉浸在《第五村》，底特律一个十七岁的孩子在父母的地下室里创办的地下报纸。它成长为全国最具影响力的、运行时间最长的另类报纸，为密歇根白豹党头目约翰·辛克莱尔之类的激进分子提供了平台。如果那个小孩能成功，我为什么不能？

我开始狂想。如果我在西布卢姆菲尔德发行我自己的地下报纸会怎样？如果我们想写什么就写什么，不用通过上级就发行会怎样？我们用文字作为武器挑战全能的学校管理机构会怎样？我的脑子飞速运转着，我抓来一个笔记本开始捕捉我的思想。接连几天，我几乎没有睡觉。到那个周末我的策划案定下来了，一份指责陈述书、几个备用名单，还有一个备用话题列表。我把计划拿到石头和布袋面前，他们立刻签字上任为我的合作编辑。我们又收纳了一小帮迫切想要参与进来的同学。很多别的学生也都来询问想要加入。似乎每个人都把它跟《那个人》[1]联想在一起。

积极参与的大多数是男生，但是其中有三个女生，她们跟我在同一个年级，我在校园里经常看到她们，但不是很熟。还记得去年有一次我被其他学生欺负，她们三个在走廊对我投以同情的微笑。在西布卢姆菲尔德的小团体等级中，洛丽、苏和安娜属于嬉皮小鸡行列。她们从不化妆，喜欢穿农民式棉布衫，带仿珍珠装饰。苏长得娇小，满脸雀斑，小卷发像个帽子一样扣在头上，这让我想起"孤女安妮"。洛丽身材高挑，沙色的头发总是捆成辫子，用她手上的任何工具：花、串珠、纱线或是丝带。安娜是她们三个当中长得最具异域风情的，深咖啡色皮肤，一丛黑色卷毛比我的还要蓬松。夏天时候，她的皮肤更黑，陌生人有时会误认为她是黑种人。她们三个长时间黏在一起，以至于在校园里引起了一个笑话。人们叫她们的名字时好像把三个人作为一体：洛苏娜。我想她们对我感兴趣，可能是

---

[1]　美国小说家欧文·华莱士于1964年出版过一本以黑人总统为主角的畅销小说《那个人》（*The Man*）。故事讲述一个黑人议员雄心勃勃，竞选总统，经过许多难以克服的难关，终于成功。

因为我在学校里的弃儿角色。我觉得她们挺有趣的，说实话，也挺可爱。虽然我甚至不敢把这些告诉我最好的好朋友。女孩对我来说就是异域的天使，只能远远地爱慕，却没有勇气接近她们。现在我竟然要跟这三位美女一起工作，想想就觉得兴奋。

我们的萌芽发行刊物名为"内心洞察"，灵感来自史提夫·汪达前一年夏天发行的同名专辑（这可能会被人指责是剽窃）。我们在下面加了个副标题：西布卢姆菲尔德学生独立报。新成立的成员组每天一下课就集合起来，写文章，编辑修改，然后设计版面。我们唯一的发行工具就是两台电动打字机，也就是说我们唯一的排版方式就是动手将文章一个字一个字地敲出来，排成窄栏，一旦打错字了就得重来。这工作真是累人又令人上火，但我们坚持着，一天接一天。当我们的文字最终都上了栏目，我们就拿剪刀把每个栏目剪下来，分别贴到纸上，再加上大字标题、照片和简单的素描画。布袋的那一篇"究竟什么叫亵渎？"用他能想到的所有脏话有力捍卫了下流语言。石头对学校不准学生出去吃午饭发表了长篇大论；而我则批判了我的绘画老师给了那些买篮球比赛票的同学高分，就因为那个篮球队由他执教。我还写了首页短文来描述本报的使命："这份报纸不会因为害怕家长、奉承家长和其他社区长辈而投其所好。"我用大字写得很显眼。

虽然我这么夸口，并为这件事辛苦地工作数小时，但是我始终没有胆量跟父母透露半句。《内心洞察》里充斥着污言秽语、毒品笑话和对权威人物的不敬描述。在一张卡通画里，副校长的脚踝处贴着标语"一级放屁精"，另一个是对连载的《花生漫画》中人物的恶搞，上面画的是"露西"和留着山羊胡子的查理·布朗在史努比的狗窝里吸食香草。我以前种在西红柿中间的大麻在被爸爸发现之前，我给它拍了照，现在这张照片用在了报纸的第三页。那是一首无礼的——有人认为会遭天谴的——模仿《圣经》的打油诗；标题是"大麻与酒的寓言"。里面是一位名叫弥赛亚的摇滚明星，周围有十二个忠诚的随从，每个人手拿两包大麻和四瓶酒，这是足以让五千名与会者醉倒的精神食粮。我知道妈妈和爸爸在这里面品不出半点儿幽默。

我把精力全部放在这项我认同的事业上，我为它感到骄傲，因为它，我有生以来第一次有了成就感。然而我却不能把这种感觉跟父母共享，他们知道后肯定会失望的。我能看到他们受伤的表情，能听到他们沮丧的声音。实际上，报纸上的很多会触犯他们的内容也让我不舒服。几乎所有的吸毒笑话都来自一个学生，贾斯廷·乔根森学长，他是第四个签约成为合作编辑的，之后他将一箩筐的创造天分融入少年幽默中。我和他针对创造性思想控制的问题吵得很凶。我支持大力度抨击社会，他支持冲击青年思想的嘲讽打油诗。我想让报纸成为反映平凡学生内心世界的平台，贾斯廷却想将疯狂的创意融入学生狂妄的浪漫中。吵到最后，终于把最差的部分删掉了，但仅仅是最差的部分。

1974年4月7日早上，我和同党携带900份《内心洞察》来到学校，对这八页一份的报纸进行首次发行。我们在走廊、厕所和院子里散开，悄悄地卖，一份10美分。人们好奇心强，我们卖得就很活跃。老师是我们最好的顾客，经常会成倍地买。他们中的一些会顺手给我们5美元、10美元，以帮助我们支付印刷费。整个学校都在议论"新地下报纸"，到了第三个小时，我们已经卖出了750份，足以让我们支付75块钱的印刷费。由于老师的捐助，我们不仅赚了些钱，而且还有150份报纸可以卖。作为地下报纸的编辑的生活就像我想象中的那般浪漫。

过了一段时间，我们四个编辑（我们失策地把我们的名字登在了报头）被叫到了卡温校长的办公室。他邀请我们坐下，然后以友善的口吻开始了谈话。他告诉我们当他看到我们的"小简讯"时是多么吃惊，还赞赏了我们的首创经历。"坦白说，"他评论道，"我曾认为你们四个没这样的头脑。"

他说，作为校长，他喜欢经常鼓励学生去追求他们的热情，即使我们的热情被误导了，并且不成熟。"我不知道从哪里开始。"他说，然后顺手丢了一份报纸到我们面前。他走到香草卡通的右边，然后弹了弹纸，严肃地用手指敲着我的大麻种植的照片。"潜在的毒品信息。"他语气沉重地说。"还有这个，"他边说边用他的手掌拍弥赛亚寓言，"你们觉得这有意思吗？不仅赞扬滥用毒品，还攻击宗教信仰。"他一页一页地浏览那份报纸，指出《内心洞察》不适合在校园传播的许多违规之处。

"而这个，"他说着指向挂"一级放屁精"标签的副校长卡通画，"这个有损科尔先生的形象。"

"那不可能，"贾斯廷，我们中最爱顶嘴的一个回击道，"科尔先生本就没有什么形象。"

"住嘴！"卡温命令他。

最令他恼火的是我们打印出来的一封完整的信，这是倍受我们爱戴和敬重的人文学老师——琳达·米勒·艾金森写的，她几乎把我转变成了希腊建筑师和罗马雕刻家，她教我欣赏波拉克式的抽象和莫内模糊的水彩画。每节课开始，她都关上灯播放史特拉芬斯基的《春之祭》。现在她要带着沮丧和憎恶的心情离开这个地方——临走时，给了我们一份她的辞职信。这是《内心洞察》的独家报道。内容是："我被几个心怀敌意的、压迫人的领导排挤了，他们把那些热衷事业、勤勉认真的老师当作顽固豚鼠对待，直到把他们的能量和人性压榨干。我看到西布卢姆菲尔德的教育日益下降，到了我必须走的程度，因为它实在让我恶心。"

"你们没有权利印这些东西。"卡温说，他的声音在发抖，让我明白我们想用犀利语言打击敌人的目的达到了。"这是工作往来信件。"然后他翻腾出一长列我们已违反的学校管理规定：未经批准开展校园活动，未经授权筹集资金，使用不敬的言语，蓄意进行违规活动，诽谤他人——概括起来就是"不顾学校颜面，诋毁学生和教员的形象"。他勒令我们停止活动，打消念头，并上交所有未发出的报纸。

如果我们想继续发行这份报纸，卡温不会阻止，但是有两个条件：我们必须免费发行，而且每个字都要经过学校行政部门审核通过。

"这么一来就有更多的审查程序了。"我说。

"孩子们，你们要知道，言论自由要承担很大很大的责任，"他说，"比你们想象的要大，而你们的表现说明你们还没有能力承担这份责任。"

他警告我们如果不顺从他就会受到严重的纪律处分。"我的学校里不允许有这种狗屎东西，明白吗？"他说。然后停下来看着我们每个人的眼睛，"我还会给你们家长打电话。"

我们顽强的自由报纸总共发行了四个小时。上交完剩余的报纸，我们飞速地跑出去。我们很快发现，被拖进校长办公室进行严厉斥责并非一无是处。一群孩子——包括那些从来不屑于关心我们存在的女生——围住我们，询问细节。我们眉飞色舞、添油加醋地讲述了我们的报纸在出版自由的祭坛上殉难的细节。这是我来到西布卢姆菲尔德后第一次成为公众关注的中心。我动摇了现有的学校管理体制，引起了巨大的轰动，引发了周围人们的讨论和思考。就在那时，我突然决定了以后要做什么，我要当一名新闻工作者。

那晚爸爸回到家，我在门口用我家的握手方式跟他打招呼。然后给了他一份《内心洞察》，又给了妈妈一份。卡温还没有打电话来。我心想最好还是自己告诉他们这件事。再者说，社区周报因为要报道西布卢姆菲尔德学校未经允许的新学生报而采访了我们几个，依我的经验来看，爸爸肯定得到了那份周报。

"这是什么？"他问。

"这就是我这几个月来一直在做的事，"我说，"我想让您读一读。"

他和妈妈坐到餐桌旁静静地读起来，我则站在隔壁屋里等着，似乎在等待终生宣判。当我进去时，他们没有大声吼叫，也没有威胁说要把我送回赖斯修士学校，而是问了好多问题。我告诉他们整个事情的经过，从校长最初检查并删减我们的学生报开始。

"这是你一个人的杰作？"爸爸问。

"是的。"我说。

"没有人帮你把这些整理到一起？"

"就我们几个人自己弄的。"

他又重新浏览了一遍。"你这里所说的，我完全不同意，"他说，"但是我尊重你所做的。你坚持了你所相信的，这才是最重要的。"

这时我看见了他的表情，一种曾经出现过但不是经常显露的表情。他的表情如同写出来的那些文字清清楚楚地告诉了我：是一种骄傲。我保守、老实本分、循规蹈矩的父亲为儿子能够打破条框、为觉察到的不公伸张正义而感到骄傲。我猜想，他为我骄傲是因为我终于有魄力做一件需要专心和自律的事。但或许不论什么事，最重要的是我在为一项事业奋斗，虽然不是他期待的那种事业。

"我觉得校长是罪有应得，"妈妈说，"把那位女老师的事情瞒住不告诉任何人，怎么可以这样？真是厚脸皮！"

"能吃晚饭了吗？"我问。

"天啊，当然，"妈妈说，"洗手去。"

如果说那周《内心洞察》在西布卢姆菲尔德引起了大家小声议论，皮特·格雷鲍斯基的大派对就是第二周开课后每个人挂在嘴边的话题了。我从圣母庇护所一年级就认识了皮特，他是我们中最小的一个，和我一起做过祭童和童子军。尤其是刚上学时，我们很多时间都混在一起，我们经常坐在他爸爸用胶合板和长铁管腿搭建而成的长餐桌旁，那是为了适应他家孩子多的状况。格雷鲍斯基先生以修火炉为生，家庭生活很简朴。格雷鲍斯基夫人每次把晚餐端上来的过程都如同重复演绎变出饼和鱼的戏法，食物不断地从炉子上的锅里取出来，一次又一次，直到每个人都吃饱了肚子。

到了高中，皮特成了《大麻硬汉》的创办人，他从不错过任何派对。这次他爸妈要参加一个有关加热与冷却装置的会议，留他一个人在家过周末，他紧锣密鼓地活动起来，组织发起这个超级派对。我们学校每个人都知道周六晚上要举行一个户外大派对。

当我和汤米、布袋、石头到那儿时，派对已经开始了。一排排汽车停放在临近几个街区的街道上。院子里全是十几岁的孩子，其中很多我都不认识，他们吸着烟，用塑料杯喝着酒。屋里，人挨人地挤成了闷热的沙丁鱼罐头。大麻味和烟味几乎使人窒息。齐柏林飞船乐队在音响里大声吼叫。那时密歇根的法律规定的饮酒年龄是十八岁，皮特却带领一帮高三学生买了好几桶啤酒，冷藏在洗衣房里。

屋子里被搞得一片狼藉。虽然皮特已经事先用厚纸板盖在圆桌和长桌上，沙发也用旧毯子罩住，但是现在到处是未灭的烟头、洒出的酒水、摔坏的玻璃杯和泥泞的脚印。他父母回来时他该怎么隐藏这一切呢，我想都不敢想。但是当我在人群中撞见皮特，他长长地吸了一口大麻，抬起头冲我笑，好像一点儿也不担心。

我走到酒桶那里倒了一杯，转身回来却找不到汤米、布袋和石头了。我还发现成对的男女互相亲昵着，脱掉衣服往楼上去了。对于我来说，除了一系列的爱慕与迷恋，我还从来没有亲吻过女孩。直到最近，我知道我的这几个死党都跟我一样未曾有过初吻才稍感安慰。但是春假不久，布袋终于克服了羞怯开始了第一次约会——而且女孩比他大一岁，这使得我们更加羡慕他的好运气。我在这个派对上看着一对一对的情侣心里又是羡慕又是悲伤。

"嘿，编辑先生。"我听见有人说，转身发现站着三个女孩：洛丽、苏和安娜。她们如往常一样紧紧地挤在一起，像一个人似的。她们不遗余力地为《内心洞察》工作，毫无怨言地承担最劳累的工作。我很感激她们，也渐渐跟她们亲近了。"洛苏娜！嗨！"我说。我们试图盖过刺耳的音乐交谈，但是根本不可能。

"我们去外面吧！"安娜喊着，我们向门口挤去。皮特家的房子俯瞰着一个大池塘，池塘周围都是香蒲。出来后，我们决定沿着池塘边散步，那里已经聚集了好多情侣。一个小孩子把自己当作主人似的跑到外面来，用大壶给每个人续杯，我们站在那里边喝边聊。一会儿，安娜和苏如同预先约定好似的神秘消失了。刚才还在这里，突然就都走了。我在黑夜里四处张望却找不到她们。这是我记忆中她们三个第一次不在一起，我猜想洛丽一定会惊慌失措，然而当我看她时，却发现她似乎一点儿都不在意走失的两个朋友。

一只独木船翻倒在水边，我和洛丽坐在上面抬头仰望天上的繁星。在柔和的月色中，我承认她看起来很可爱。闲聊中，我观察着她上翘的鼻子、细嫩的脖子、圆圆的脸颊。这个时刻我忘我了，因为黑夜里有个女孩坐在我身边，而且她的同党都不在。她实在美丽极了，如同瀑布般的长发滑落至香肩垂在背上。我伸手触摸她的秀发，她慢慢依靠过来发出一声温柔的、娇滴滴的声音。我感觉到她的肩膀靠在我身上，我缓缓地将手移到她身后搂住她的腰。"圣主啊，"我想，"就是这样！"我们慢慢地移动，越来越近直到触碰到彼此的脸颊，然后扭头触碰到了嘴唇。我轻轻地吻了她一下，可能是你吻自己奶奶时的那种，然后是第二个吻。第三次时，洛丽用双手夹住我的脑袋，把舌头伸进我的嘴里。过去的五年我一直在想法式热吻是什么样，但从来没有想到它是这么粗犷。我一直以为那是两个人日积月累才有的感情。洛丽的舌头是个可怕的东西，在我嘴里到处搅动。她的牙齿更恐怖，它们对我的双唇和舌头又咬又嚼。本来这也不算什么，但她还是牙齿矫正医生的福音，她的很多牙齿都穿着"老铁军"，剩下的一些筹备着"莫尼特"号和"梅里马克"号一样的战争。跟洛丽的法式热吻简直像是在吻旋转的电动工具。我前一秒钟还在感叹今天的好运，后一秒钟就开始了逃避行动，以防被那个电动工具伤害。

洛丽就是只母狮。我们的嘴巴紧扣在一起，牙齿叮当响，鼻子也碰来碰去。她抓着我的头发，有几次我几乎窒息。我们的手在对方身上乱摸，我几乎成功地用手碰到她的乳房，但她把我的手拿开了。然而，随着时间推移，我感觉自己越来越膨胀……不安，不安而困顿，还有些无聊。就这样进行下去吗？两个人的舌头要这样不停奋战到什么时候？我们都没有想好下一步的交往，但是又不能停下来像什么都没有发生一样重新开始以前愉快的交谈。我努力思索一句优雅的过渡，但徒劳无功。比如我想，把我的舌头从她嘴里拉出来说，"这么说，对于卡温先生，天啊，我们尿他一身还是怎么着？"但我们还在进行。我睁开眼睛掠过她的肩膀看着她身后的院子，寻找借口，任何可以让我逃离的借口。我感觉时间过得好慢。

终于等到了机会。汤米的声音从远处传过来。"喂，约翰！"他喊叫着，"如果你要跟我们走，马上滚回来。"我赶紧找借口推开洛丽，给了她几个奶奶式的嘴唇碰撞就跑去找我的朋友们了，回家路上他们一直拷问我细节。我天花乱坠地炫耀这次征服女生事件，虽然这并不是我梦寐以求的感人经历。

第二天早上我起床很晚。因为头天喝酒太多感到不舒服。我下楼时，妈妈和爸爸已经参加完弥撒回来了，他们坐在餐桌旁一边喝咖啡，一边闲聊，看见我时两个人突然停下不说话了。他们不是盯着我的眼睛，而是嘴唇稍微右上一点儿的地方。

"怎么了？"我问。

"没事。"爸爸回答。

然后妈妈用她那种漫不经心的语气问："昨晚的派对怎么样？"

"很不赖。"我说。

"你玩得很开心？"

"是的，还好，"我说，"也没有什么特别的。"

"大家跳舞了吗？"

"没有，妈妈，谁也没跳。"

"那大家整晚都待在那儿干什么了？"

"就站在那儿说话。"我说。

他们还是困惑地抬着脸盯着我嘴唇上部一点的位置。

我找借口跑到浴室，对着镜子，我看到爸妈在疑惑什么了。就在我的嘴唇上部，那块皮肤不见了。就是在太空的人也看得出来，而且看来几个星期都好不了，这伤口的原因很明显，我既没有受到狂热的浣熊攻击，也没有哪个同伴戴手镯。没有别的解释，显然妈妈和爸爸也不会推断是浣熊犯案。他们不用问都知道。接下来几周，他们肯定会继续装作看不见我嘴上这个巨大的疤痕。我真正担心的是明天去学校，有一个人比我还要羞愧，因为她长着那么危险的牙齿，还造成了这么大的伤害。从今以后，我们班的每个男生都会亲切地叫她大剃须刀。

妈妈敲门了，"快点儿出来，不然你就错过11点的弥撒了，那就还得等12点半的。"哦，妈的。星期天，弥撒。

"马上出来，妈妈。"我答应着。反正没有人看见我要去哪里。我穿过商业街到了果园湖边的蒂姆和约翰专用教堂。

# 16

我的上嘴唇终于痊愈了，我和洛丽也不再理会同学们的嘲笑。他们可以肆无忌惮地取笑我们，却不能摘除我们在校园内所享有的最火热情侣的桂冠。有一次洛丽在餐厅对我说："他们只不过是嫉妒我们。"对此我深信不疑。不过她并不像我一样佩服对方的吻技。我们再也没有主动约过对方，激情已经过去了。但我仍然以自己的唇痂为傲，直到它完全消失，它说明那个头发蓬松、戴着大眼镜的笨拙男孩终于有人吻了。

一个学年即将结束了，我和我的同伙们成功出版了第二期《内心洞察》，但这次却不一样了。出版第一期时的兴奋和激情没有了，取而代之的是无聊、乏味。那时我们埋头苦干，享受着其中的喜悦，就像纳税人精心准备着审计一样。我们引以为傲，不想让卡温和校董事认为我们会因受了他们的威吓而屈服。更重要的是，不想让老师和同学们认为我们被威胁住了。

而出版第二期时，最终变成了冷漠而残酷的斗争。《内心洞察》的很多撰稿人都离开了，而留下来的人交的都是些杂乱无章的文章，比《直肠》里的废话好不到哪里去。只有贾斯廷还在以疯狂的速度粗制滥造稿件，而且内容是前所未有的幼稚和伤人。他的许多作品包括：在《小兵贝利》卡通片"排便贝利"这一节中的下作幽默；二年级笑话专栏（怎么做会影响到卡温先生的数学能力？答案是切掉他的手指）；滑稽模仿作品"现实中的校车"，争论的是白化病者、吸血鬼、侏儒应不应该被纳入学校的种族歧视计划里；还有一部题为"筋疲力尽的一个月"的吸毒幽默短剧。其实我讨厌所有的这些作品，但因为其他人都没有稿件，所以几乎所有的文章都是从这里选的。妈妈和爸爸模糊地知道我们正在发行第二期报纸，但我知道这并不是他们所希望看到的内容。

如果我们还想保留一点儿可信度的话，就不能听从卡温的要求。但我们也知道不能公开反抗他。他一直在监视我们，而且会在我们把报纸带进校园时突然采取行动，快速地掠取我们所有的稿件充公。最后我们决定在校外生产和销售报纸，完全摆脱他的控制。这场危险赌博的成功与否取决于那些曾经帮助我们卖光报纸的老师和同学们会不会走出校门，在附近我们固定的几个摊位上买报纸。在报纸的头版评论里，我叙述了卡温的要求和我们离开校园的决定。我写道：请不要让这些不便影响到您走出校园购买报纸，只要稍微麻烦一下，您就可以得到大量的信息和娱乐。但还是没有人来买报纸。

截止到报纸发行那天的上午10点，印刷的1000份报纸中我们只卖了200份，而其中大部分是在上课开始前半个小时卖的。一旦开始上课，就卖不动了。如果我们不快点儿想出新对策的话，面临的将是惨败和巨大的财产损失。我们围在一起讨论，讨论的结果大致可归结为两个选择：一是我们什么都不想、什么都不看地站在街角；二是去有潜在顾客源的地方卖报纸。上午快结束的时候，我们放弃了目前的销售点，偷偷拿着没卖出的报纸来到学校，在厕所、吸烟区和更衣室挨个儿兜售。用这种办法卖报纸不仅很慢、很辛苦，而且很冒险。还有数百份报纸没有卖出去。

午饭过后，贾斯廷想到了一个好办法。那天，《直肠》也在销售中，按理说我们每名成员都应该在学校里卖这期报纸。"我们看上去大致是在卖《直肠》，对吗？"贾斯廷吃过午饭后说道，"有人知道我在想什么吗？"
几分钟后，我们回到了出版《直肠》的办公室，这里到处都是大摞的《直肠》
和《内心洞察》。"开始往里塞。"贾斯廷说道。

我们分布在校园的各个角落以全新的热情挨个儿兜售报纸。"来买《直
肠》啊！大家快过来啊，支持你们的学生报！《直肠》！快来买啊！只需
25美分！"有一次，卡温先生路过我身旁，好像完全被打动了，说道："要
的就是现在这种精神，格罗根先生。"他所不知道的是每次我们抢到一个
顾客，我们就会悄悄地问："要不要来一份《内心洞察》？"如果买者想
要的话，再加10美分就可以再得到一叠报纸，就是底下藏着的《内心洞察》。

我们感觉自己就像毒贩一样，在管理者的鼻子底下贩卖毒品，但这个
办法有效可行。直到不苟言笑的学校董事会会长罗伯特·卡特先生停下了
脚步，买了一份《直肠》。我是从院子里看到的，当时他正向我们的一位
经销者走去，那是个低年级学生，根本不知道学校里还有董事会会长，更
不知道他长什么样子。"不，上帝啊，不要啊！"我低声地说。卡特从口
袋里掏出了25美分。我屏住呼吸，眼看着这位没有起疑心的志愿者接过了
零钱。"不要拿下面那沓啊！"我祈祷道，"拿它上面那沓报纸啊，千万
别把它拿出来啊！"我看见那个孩子的嘴唇动了几下，想都不用想就知道
他说什么了，然后我就看见卡特又从口袋里掏出了一枚硬币。"哦！不，不，
不要啊！"从那叠报纸底下，这个学生又给了他一份报纸。

十五分钟后，我们所有的四位编辑都被叫到了卡温的办公室，而这次
卡特先生讲话的时候，卡温坐在那儿一言不发，他马上就要控制不住自己
的愤怒了。他说了一连串威胁的话，唾沫星子喷了我一脸。但这些威胁已
不起任何作用了。我们再有几天时间就可以放假了，让我们多留一年毫无
意义。他们清楚这些，而我们同样也清楚这些。校长把他的那份《内心洞察》
撕成了碎片扔向我们，绿色的报纸像彩带一样飘了下来。"你们到此结束了，
现在全部结束了，懂我的意思吗？"他问道。

"是的，先生。"我们嘟囔着，然后从办公室鱼贯而出，卡温先生瞥

了我们一眼，好像在说："知道你们都做了些什么了吧？现在我也跟着倒霉了。"事实上，我们确实结束了。我们不想再挑战什么了。我们累了，筋疲力尽，现在只想像庭院里其他学生那样，沐浴着阳光，写着年刊。我现在明白了，办这份自由新闻，其中十分之九是吃力不讨好的沉闷工作，只有十分之一是我们的荣耀。就这样有一天，按照校长的命令，我们把没卖出去的 500 份《内心洞察》交到校长办公室销毁。

那天放学后，我在回家的路上撞到了艾金森老师，她是我们反叛团伙的女主角，再过几天她就要离开学校去做一名律师了。她问我报纸卖得怎么样了。当我告诉她发生了什么时，她问我损失了多少钱。

"卖第一期报纸时，我们还剩下一些钱，"我回答道，"合计一下大概损失了 25 美元。"然后，她拿出钱包给了我一张 20 美元和一张 5 美元的钞票，对我说："现在你不赔也不赚了。"

我真想给她一个拥抱，告诉她她是多么好的一个老师，多么鼓舞人心、多么令人钦佩。我还想告诉她我永远都不会忘记她，不会忘记她所教会我的东西，不仅仅是希腊文集、史诗，还有怎么向权威挑战。可我却只对她说了："哇！谢谢老师。"

她笑着说："要继续努力啊，不要觉得你们没有改变什么。"也许艾金森女士还另有所指。当我在秋天再回到学校时，我已是一名毕业班的学生了，《内心洞察》成了遥远的回忆。但发行《直肠》的编辑们却有了明显的变化，他们变得更加自信了。我们的指导老师更喜欢挑战我们了，故事也越发精彩了。我们开始更频繁地、更积极地写作。即使这样，卡温先生也不管了。他听从指导老师的建议，不再把他的意愿强加在我们的作品中。成员们不用再顾虑校方领导的监视，可以尽情地发表关于避孕、老师合同纠纷以及其他热门话题的相关文章了。我也许是在吹嘘自己，但卡温先生和校董事会好像不想激起学生记者太多的热情。为什么要去惹那只沉睡着的狮子呢？

在那个秋季，还有一件事发生了变化，是关于三位一体洛苏娜的故事。

第一天上学时，那形影不离的三姐妹变成了两个人，只剩下洛丽和苏。就在那个暑假，安娜家人不顾安娜的反对，搬到了新泽西。洛丽和苏在校园里一前一后地走着，中间空出了安娜原来站的位置。感觉她们中少了一个就变得不那么完整了。我和她们相处得很好，看见安娜走了，我也很难过。安娜的文雅聪慧、热情独立令我钦佩，她那飘逸的长发和灿烂的微笑令我着迷。

深秋过后的一天，洛丽在走廊里遇到我。她抓着我的胳膊，笑着说："猜猜有什么好消息？安娜要回来看我们啦！她要回来待三天过感恩节！"安娜在新城市和新学校里过得很可怜，以至于她爸爸妈妈突然买了飞机票让她回密歇根，她会在洛丽家过周末，苏也要过去住。简单来说，亲密三姐妹将要重聚了。

"这太棒啦！"洛丽滔滔不绝地讲起来，"还有更好的。我爸妈最后一天晚上会外出，家里就是我们的天地了。你必须也过来。"她给了我一个最新的完美笑容，她的牙套在暑假的时候已经拿下来了。

"我必须，哈？"我有些害羞地说。

"你必须。"她灿烂地笑着。

"那好吧，我会去的。"我说。

于是我去了，不像皮特·格雷鲍斯基的大派对那么张扬，洛丽的聚会办得小而谨慎——四个人的派对。我之前发现了一个不用出示年龄证明就能买到酒的商店，所以我在那儿买了两捆六罐装的啤酒。洛丽做了煎蛋卷。我们四个坐在一起，边聊天边听阿洛·格思里的唱片。苏第一个熬不住了，午夜后不久就拖着步子上楼了，趴到床上马上睡着了。洛丽是第二个，慢慢地不说话了，最后在沙发上沉睡过去。我和安娜肩并肩坐在沙发旁边的地板上，一边聊着，一边看唱片封皮。她对我微笑，"看来我俩是坚持到最后的人了。"她说。

之后，她的手移动到我的膝盖处，我的手插进她那固执的头发，从她脸上轻抚到后面，她闭上眼睛，我用了一点儿时间观赏她的面容，发现她好美——比我以前容许自己注意到的更美。我吻了她的脸颊，然后鼻子。我们找到了嘴唇开始亲吻，开始时很温柔然后就无所顾忌起来。几乎就在那一刻，我感受到了与春天那个晚上在翻倒的独木舟上的吻完全不同的感觉。当她的嘴唇向我靠过来，我惊奇地愣了一下：这才是吻的感觉。我心脏狂跳，呼吸急促。我只有安娜。忘记了周围的一切，忘记了过于明亮的灯光，忘记了我还在宵禁中，忘记了近在咫尺的正在打鼾的洛丽。

"你在发抖。"安娜小声说。

"我知道。"我说着，抱起她平放在地上，而我就压在她的身上。她一只手滑进我的 T 恤衫。我一边亲吻她，一边笨拙地解开她衬衫的扣子，然后拉开她的牛仔裤。

我们完全沉浸在二人世界中。听到哈欠声时我们已经处于危险的姿态了。安娜的衬衣敞开着；裤子拉链也拉开了，可以看见内裤，而我的上衣卷在肩部。我们身后，洛丽又打了一个哈欠，这次声音更大，而且带有戏剧效果，竟然让我想起了《绿野仙踪》中那只怯懦的狮子。我们俩像是正在演音乐剧时，音乐突然停了一样怔住了。安娜睁大眼睛，我知道她跟我想的一样：洛丽什么时候醒的？用了多久想办法逃避眼前我们的行为？我想象到她在沙发上挣扎了一个小时做抉择。

该安静地逃离不让我们发现？还是假装睡觉直到我们俩去卧室里？或者发出无聊的哈欠声，好似她对这样的事情习以为常？我听见沙发吱吱作响，洛丽从我们身边迈过去上了楼，顺便把灯关掉了。

"哦，天啊！"我小声说。

"哦，没事的。"安娜回应我，并戏耍似的啄我的下嘴唇。

我们接着上演我们的好戏，两个人身体越来越火热，全身要蒸发。用十几岁男孩的地道语言形容，我已经上了三垒，进行最后的本垒冲刺。这时安娜在我几乎没有察觉到时撤退了，亲了一下我的鼻梁。"约翰，"她对我耳语，"我还没有做好准备。"

我们都还是处男处女，都在体验我们的第一次。即使我在摸她的乳房、拉她的内裤时，也有些担心。也许因为这就是修女和修士们所说的大罪，他们说我们的身体是耶稣的庙宇。也许是因为妈妈和爸爸经常宣扬"婚姻关系"的神圣。再或者担心真的会不幸怀孕，毁掉梦想和人生。虽然不愿意承认，但是我真的也没有准备好。

"只是……"安娜说，"我们进展得太快了，我们能放慢一些吗？"

"我尊重你的想法。"我伪造了一个最俗的回答，好像我经常和女生上床，这次要做个超脱的选择。其实当时只想到那么一句。

我们半裸着躺在地板上，亲吻对方，抚摩对方，"咯咯"笑着。直到我有意识地看了一眼手表，已经凌晨3点了，让我吃了一惊。"我得走了。"我说。"我几个小时前就该回家了的。"我没有提这个，不过现在已经是星期日早晨，几个小时后妈妈就会叫我起来准备参加弥撒。我们一起穿好衣服，安娜把我送到门口。

"早上回来跟我吃个晚点儿的早餐吧？"她问。

"听起来不错。"我说。

回家的路上，我构思好了对策：不惊动爸爸妈妈溜到楼上被窝里。关键是要确保肖恩不狂叫。它是只聪明的小狗，通常可以认出我的脚步声。

我把爸爸的大蒙特卡洛拉进车库，在开门进洗衣间时吹了一声温柔的口哨，从肖恩很小时我就对它吹口哨。然后我小心翼翼地拧开门走进去。肖恩在那儿迎接我呢，伸了下身子，又甩了甩，尾巴摇来摇去。我弯下膝盖挠着它的耳朵。"嗨，兄弟，"我小声说着，"想我了吧？"然后我脱掉鞋，踮着脚走进厨房。正当我安静地走过客厅，伸手寻找楼梯时，黑暗中小拿破仑的声音响了。

"你去哪里了？"

"哦——嗨，妈妈。"

"别跟我嗨。不知道现在几点了吗？知道我等你多久了吗？知道我多么担心你吗？"黑暗中，我能听到她手中玫瑰念珠叮当响的声音。

我迅速编了个情节：我跟朋友看电影，我们四个人都打瞌睡了，然后醒来一看表，妈呀，知道都什么时候了吗？天啊，夜都这么深了。房间黑糊糊的，妈妈穿着睡衣拖鞋向我走过来，怀疑地看着我。我能感觉到她在闻我的气息，检查是否有酒或者其他不合法的气味。在这方面我是安全的。喝最后一瓶啤酒已经是几个小时前的事情了。"真的，妈妈，我们只是玩儿的太晚了。"

"我还以为你跟死了一样躺在路上了，"她责备道，好像她看到了又一个肮脏画面，"她父母都在家吗？"

"谢尔登先生和太太？他们夫妇？哦，当然，要不然他们去哪里？谢尔登太太给我们做了非常棒的爆米花，让我们看电影时吃，很好的奶油味，香极了。"

妈妈瞪着我，想找出哪句是真的。还好这次我脸上没有被咬的痕迹。"我真搞不懂这些父母是怎么想的，让男孩和女孩一起待到半夜，"她说，"这太危险了。"

"他们夫妇一直待在我们身边，妈妈，"我说，"谢尔登先生真是个猫头鹰，喜欢看内战片，一晚上都在那儿读关于内战的文章。"

"我快担心死了，"妈妈继续斥责，"电话打不了，连他们姓什么也不知道。"

"我是应该提前打个电话给您，妈妈。"我说，"但是，您知道的，我们都不小心睡着了。"然后我感觉她说话的语气又柔和起来，她应该又开始相信我了，至少是假装相信我了。

"上去睡觉吧，"她说，"在我改变主意之前。你还没有长大到翅膀硬得可以不听话，知道吗？"

我赶紧在她脸上亲了一下上楼去了，我脑子沉浸在今晚发生的事情里：安娜，安娜，我的安娜。我一遍遍重复她的名字，像诵祷词一样，直到幸福地进入梦乡。

第二天——或者说，那天早上过了几个小时后——我挣扎着跟爸爸妈妈去做弥撒，然后回头去洛丽家。

我想象着我们四个人还像好朋友一样唧唧喳喳地围坐在餐桌旁吃早餐。然而当我到那里时，安娜自己开的门，洛丽和苏不见了，显然她们故意躲出去给我们单独的空间。安娜朝我微笑，迷人的笑。我明白就在几个小时前，所有事情都变得不一样了。我们不再是四人组的朋友。不用问，我和安娜成了独立的一对。我忍耐着悄悄爬上心头的恐惧。

吃了安娜做的煎蛋和面包，我带她去了我最喜欢的地方，一个坐落在长满杂草的小路上的破旧温室。从寒冷的外面走进去就像走进了热带雨林，潮湿的空气在草尖结成露珠又滴落在我们头上。

我们手牵手走在温室里，不时地停下来亲吻或者拥抱。突然在一面潮湿的玻璃窗前看见我们的影子，两个人顿时大笑。我们的头发都因为潮气膨胀起来，脑袋变成两倍那么大。

“太像怪胎了。”安娜说，模仿阿洛·格思里在伍德斯托克音乐节表演时的语气，她伸手把我的头发捋成大撮的马尾辫，大把抓在手里然后又放开散落到我肩上。

下午她就要飞回去了，而我们都知道几个月都难以再见面。来到停车场，我倚在爸爸的蒙特卡洛上，她伸过胳膊抱住我，头靠着我的肩膀。我们都不想说再见，虽然我还不确定这是不是真爱的感觉，但是我的心跳告诉我应该就是这样。我把脸埋进她的秀发里，闻着她的味道：安娜，安娜，我的安娜。

“我会给你写信。”她说。

“我也是。”我向她保证。

## 17

高中生活一天天过去，我和安娜联系得越来越少了。起初，我们还是一周通两次信，再后来就是一周一次、一个月一次，最后，当我们即将从各自的学校毕业的时候，我们根本就不联系了。除了几个常联系的老朋友，我建立了一个新的朋友圈，她也在新泽西有了她的新朋友。

后来，在毕业典礼的前一周，另一个扰乱我心思的人闯进了我的生活。她上二年级。今年下半年，经常在学校和她一起玩儿的石头把她介绍给了我。贝基遗传了她希腊爸爸的橄榄肤色以及她妈妈杏仁色的眼睛。她天生就是一个优秀的舞台表演者，有着一副甜美的歌喉，这是经过几年专业训练练就的女高音的歌喉，她因为工薪阶层的父母无法承担高额的培训费而终止了训练。然而真正使她在学校和街区周围出名的不是她高超的演技和高调的歌喉，而是另一样东西，实际上是两个。

在西布卢姆菲尔德高中所有女孩中，贝基拥有最大、最丰满、最动人的胸部。它们长在她锁骨的下方，大概是直接向外突出的，这种胸部的曲线公然蔑视了牛顿的自由落体定律。这是大家所羡慕的，许多女人为了拥有这样的胸部，甚至会花几千美元去做手术。贝基也有羡慕别人的地方。她太矮了，只有五十一英寸高。要是有完美的身材配上这样的胸部就更好了，哪怕再高一点点。她丰满硕大的胸部和她娇小的身材有些不太协调。就像把大台顿山硬塞进罗得岛。无论贝基做什么或是说什么，表演和唱歌，或是在垒球比赛中表现得多出色，她只会因为硕大的胸部才被人认出来。这一点她这辈子是改变不了了。

无论她穿什么——大号的毛衣、端庄的短衫还是她爸爸特大号的运动衫——她都鹤立鸡群。毫不夸张地说，这会让五十英里以内、不同年龄的几乎所有男人们都惊叹地倒吸一口气，就像在近处看见了哈雷彗星一样。女人们也总是把它看在眼里，多数还会在私底下毫不留情地评论她的胸部。

离暑假还有三天的时候，贝基捧着一束康乃馨到了学校，把它们送给了要好的朋友和老师。在课间散步时，她在大厅拦住了我，送了我一枝，说："约翰·格罗根，这是给你的。"

我很奇怪。因为我们认识才几个星期，之后也就是在大厅里聊了几句。我是学校里少数几个没有想盯着她胸部看，至少是没有直接投射出猥亵的目光并加以评论的男孩之一，这或许是她送我花的原因。我接过康乃馨并说了声谢谢。贝基站在拥挤的大厅中，望着我，就像等待接收我送出的礼物。我没有什么礼物给她，甚至没有让她在毕业纪念册上签名。在这以前，她很少引起我的注意。仅仅是出于感激，我向前轻轻地吻了她一下。但是就当我的嘴唇碰到她脸颊时，她转过头，这时我们的嘴唇撞到了一起。接下来我意识到贝基的嘴唇锁住了我的嘴唇，她的舌头伸进了我的嘴里。我很讨厌那些在学校大庭广众之下毫无遮掩的行为。他们就不能等到大厅里没人的时候再亲热吗？但是如果我说我没有回吻，那么我是在说谎。到我们分开时，我上课已经迟到了，并且那枝康乃馨就像被压路机压过一样。

贝基把手放在耳边，做出打电话的姿势，对我说："给我电话？"

"一定。"我回答完就匆匆地离开了。

我毕业时平均成绩是 C+，在我们班级算是中等。我没有参加俱乐部，没有参加任何一支运动队，也没有参加社会服务。学业成绩才得了一个不起眼儿的 U。这使我没能进入我爸爸和姐姐就读的密歇根大学，甚至没能进入招生规模庞大的密歇根州州立大学。这所学校是石头和其他一些同学秋天要去就读的学校。但是我被中密歇根大学录取了。学校位于齐佩瓦族印第安保护区中部，在我家正北，从家到那儿要三个小时的路程。中密歇根大学面向那些成绩中等且没有雄心壮志的学生。招生负责人似乎对我有些好感，特别是欣赏我创办《内心洞察》的魄力。而且他似乎理解并同情我艰难的转变：从接受九年严格的天主教教育到进入自由开放的公立学校。

在毕业典礼上，我的确在某一方面有吹嘘的资格：我是西布卢姆菲尔德 1975 年毕业的所有男孩中头发最长的，比别人多了三四英寸。从父母的满腹牢骚中，我确定他们已经知道了此事。他们在蒂姆的长头发上没少费口舌，结果还是白费力气。到我上高中时，他们已经想得很开了。我不止一次听到妈妈在电话中对另一个家长说："只要他们别惹麻烦，成绩能上去，头发乱点儿又能怎么样呢？"当父母坐在露台上，而我排着队领取毕业证书，脖子上戴着彩色大领结，卷发从学士帽下面散到肩膀上时，他们的表情不能再骄傲了。

我邀请贝基和我一起参加学校主办的毕业晚会。结果我们喝得烂醉，倒在鸡尾酒酒杯边抚摩接吻，疯疯癫癫。几个陪着我们的家长两次把我们拉开，让我们清醒一下。最后，我们中途离开了舞会，在爸爸的蒙特卡洛车里继续相互了解。在长夜尽头，虽然没有进一步动作，我还是非常确信我有了一个正式的女朋友，虽然这不是我所期望的。贝基是个贪玩、轻浮、好奇，喜欢取悦人、疯玩儿的女孩子。贝基活力四射，而她正是我妈妈想让我离得远一点儿的那种女孩子。妈妈知道那些像贝基一样的女孩有多不懂事。她们老是挑逗男孩子，怀孕了就把他们逼进死胡同里——和他们结婚。另外，让妈妈在心里反感她的另一个原因就是贝基是一个新教徒。

虽然贝基比我小两届，而且因为生日在年末，几乎比我小三岁，但在妈妈眼里，她是精明狡猾的捕食者，而我是单纯天真的猎物。

像其他人一样，妈妈不由自主地注意到了贝基那令人印象深刻的胸部，以及那几乎可以迷倒所有男人的魅力。在一次令人愉快的家庭聚会中，离婚很久的阿蒂伯伯在屋子里为周末的野炊忙碌着，就像年轻小伙子热衷于保龄球一样。贝基和我都在屋子里。阿蒂伯伯和贝基一见如故，开心地说笑着。他们这么高兴，我就让他们摆了个姿势，拍了张照片。阿蒂伯伯欢喜地表示感激，他把脸凑到贝基的脸旁，他们都眉开眼笑地对着相机。我按快门前，告诉他们："看这里，笑一笑。"从镜头里看，似乎还不错。当胶片洗出来后，照片几乎更加完美。一个是我六十岁的伯伯，一个是我十五岁的女朋友。他们站在那儿，手挽着手，笑容可掬，看上去像要好的朋友。有一点不太满意的就是阿蒂伯伯的眼睛，特别是他眼神的方向。照片里贝基和阿蒂伯伯微笑着对着照相机，但是伯伯的眼神却偏向一侧，向下瞟去，眼睛简直要瞅直了——色眯眯地翘着眉毛，直勾勾地盯着贝基的乳沟。

我和哥哥们觉得这张照片很有趣，甚至贝基都忍不住笑了。她已经对男人这种奇怪的行为习以为常了，而且似乎并不介意。一方面，妈妈根本就不觉得好笑。这张照片让妈妈对贝基更没有什么好印象，把她看作一个用身体来勾引那些笨男人的妓女，并迫使那些男人忘记他们父母的教诲。无论什么时候，只要我把贝基领进屋子，妈妈都会装作很高兴，但是我知道她在想什么。对于妈妈来说，贝基的胸部，就像军备竞赛中人们渴望得到的具有强大威慑力的导弹一样，充满了诱惑力，可以征服她小儿子的品行。妈妈没办法拿任何玫瑰经的念珠或者圣水来跟贝基竞争。她生命中唯一的使命变成防止我们俩在无人监督的情况下在一起。事实证明她打了一个败仗。

另一方面，爸爸完全没有对贝基硕大的胸部感到不安。他似乎对它们视而不见。他对贝基很好，像爸爸一样。无论如何，他从来没有什么行为表示出他讨厌贝基。贝基为此很喜欢我爸爸。

那年夏天，我们几乎每晚都见面，白天也是如此。我们一起看电影，在湖滩边散步，打台球。她当临时保姆时，我也跟着她。无论我们在哪分别，无论在干什么，我们总是以同样的方式结束：互相挑逗，抚摩身体直到触到兴奋的神经敏感区，两个人受不了几乎要爆炸了。

有一天，我们坐帆船出海，在距离岸边四分之一英里时，我不堪贝基的比基尼诱惑，把舵柄一扔，把她拉进了我的臂弯，和她一起滑向船板，这时帆摆动着，小船在慢慢地打转。当我们回到岸上时，爸爸站在那儿，看上去有点儿茫然。他经常沿着岸边，看我驾帆，了解情况，待我回到岸上后对我指点一番。通常他只是表扬。但是今天他有点儿知所措。

"真见鬼，这是怎么回事？"他确实很困惑。爸爸说："看上去航行得好好的，怎么突然就出了问题，我看见帆在摆动，船在打转。"

我和贝基窃喜。"那个？哦，那个。我们就是在玩儿，"我说，"我松开了舵柄闹着玩儿，看看会发生什么。"

看上去爸爸相信了我说的话。如果说妈妈会发觉任何可能会导致怀孕的情况——没有年长父母陪伴时私下约会的话，那么让我高兴的是，爸爸似乎没有意识到这一点。实际上，我和贝基选择中止这次完美的航行，不是为了别的，就是觉得好玩，从而使事情说得通，让爸爸觉得这只是年轻人稀奇古怪、让人费解的想法，这样可以完美地躲避爸爸的责问。

与此同时，妈妈每晚都虔诚地向圣母马利亚祈祷，让我和她其他的孩子一样圣洁。我的兄弟姐妹们都很自律，这让父母相信自己的虔诚祷告。让我懊恼的是，妈妈的祷告似乎起了作用。我和贝基只有大量热情的前戏，却从来没有真正地发生关系。不知多少次，我们总是烦躁地草草结束。我这个任性的希腊女友一直用行动证明她有点儿爱捉弄人。她很会诱惑人，但是当来真格的时候却不太确定是否该献出自己。我能责怪她吗？她还是一个处女，甚至比我还困惑。一晚又一晚，她引诱到我想和她真正地亲热时，就停止了。暑假要结束了，我很快要回学校了，可是我还是一个处男——一个抓狂的、极其沮丧的处男。

我还是想为这一时刻的到来做些准备。一天早上，我觉得丹迪药店应该人挺少，就过去了——我鬼鬼祟祟地躲在走廊里好像有几个小时，假装在看肠胃药和"古风"水瓶子上的标签，然后鼓足勇气买了一盒三只装的避孕套。十八年来，从未用过一次避孕套的我不知道为什么要三只。三只避孕套似乎很让人高兴。我确信，这三只够我用一辈子的了。我迅速把一只装进我的钱包，把另外两只藏到了地下室的天花板上。我知道父母肯定不会在那儿发现它们。只要贝基准备好了，我也准备好了。

然而，意料不到的事情发生了。就在要上大学的前一周时，门铃响过，安娜出现在门廊上。她的皮肤由于烈日晒成了可可色，还有一头闪亮的卷发。她穿着短裤、人字拖鞋、一件宽松的平纹细布的外衣，脖子上戴着一条小巧的六角芒星的银项链。当我看到她时，去年秋天的所有感觉都瞬间涌现："安娜，安娜，天哪，我的安娜！"

"你好。"她笑着对我说。直觉告诉我，她也有同样的感觉。

"你好。"我回答道。

然后，我们手牵着手，在黑夜中漫步。我们沿着伊利大道散步，穿过外区到了湖滩，我们停下脚步，从船里取出一条毯子。我们俩什么都不需要说，因为我们都知道黑夜将把我们带去何方。我把她带到橡树林里，我们一起把毯子铺在草地上，躺在上面。

"我想你。"我一边对她耳语，一边翻身压在她的身上。距离我们的初吻虽然已经过去八个月了，但那种过渡是天衣无缝的。现在我们又开始了，我们的嘴唇和身体挤压在一起，时间好像已经停止了。夜晚潮湿的空气围绕着我们，遥远的闪电在夜空中寂静地划过。我抬起头看着她的眼睛。

"你确定吗？"我问道。

"我确定。"安娜一边说着一边把我的脸拉回到她的身边。

突然间，我感到脖子后面有一阵潮湿、冰冷的气流，我直直地起身，转过头。肖恩猛冲过来舔我的脸。它看到我们欣喜若狂，一边气喘吁吁，一边前蹿后跳。"哇，宝贝！"安娜一边轻柔细语，一边伸出手抚摩它。

"不，等一下，"我说，"快，扣上衬衫，坐直！"如果肖恩刚才在这儿，那就意味着一件事。

我站起来，拽下我的衬衫四处张望。迎着我们刚才来的方向，一个明亮的光柱晃动着。光柱越来越近、越来越大、越来越亮，直到它接近我们。

我喊道："嗨，爸爸，到这边来！"

光柱落在我们身上片刻后暗了下来。

"你记得安娜吗？"我继续说，"我来自新泽西的朋友，她过来看我。"

爸爸向她问了声好，然后转身对我说："你妈妈放心不下你，派我出来看看。"我不得不使自己的思绪暂停下来，惊叹妈妈在几百码之外就能对我的阴谋有所察觉。据我所知，她并没有看到安娜来我家。从爸爸略带痛苦的语气中，我可以感觉到，在这个周末的夜晚，这一定是他最不想做的事了，遵从妈妈的命令成为小拿破仑的步兵违背了他自己的意愿，我知道爸爸夹在中间的那种尴尬。

"我们正说话呢，爸爸，一会儿就回去。"

"怎么不到家里来，或许更好。"

"好主意，"我说，"我们马上就回去。"

"多久？"

"二十分钟？"

在黑暗中，我瞥见他的脸，爸爸似乎正想着他一个人回到家对他的妻子要怎么交代。"二十分钟。"他说。

"二十分钟。一定啊！"

"好的，就二十分钟。"他说着，轻轻地打开手电筒，离开了。

我们都一动不动地坐在那儿，直到手电筒的光柱消失在勒昆湖的另一面。然后我站起身，把安娜拉起来。

"快点儿，"我说，"我们时间不多。"

"约翰，"她说，"我们不能。要是他回来了怎么办？"

"我知道一个地方，"我说，"一个我小时候常去的神秘地方。"

我把毯子搭到肩上，带她下到水里去。当我们沿着岸线蹚过齐膝深的湖水时，我提醒她："当心那些岩石。"在我们的前方，出现了一个小岛屿，那里有郁郁葱葱的灌木丛。我领着安娜来到这片狭小的陆地上，它将附近的湖滩和一座私人住所分隔开来。另一边，有一段陡峭的楼梯通向屋子的筑堤。但是首先，在水域的边缘，有一个隐蔽的湖滩，刚好足够容纳两个人躺在毯子上。我和汤米早在几年前就发现了这个地方。

"你觉得怎么样？"我问。

"简直太棒了！"她说。

几秒钟的时间，我们就脱掉了衣服。她躺在毯子上，把我拉到她的身上。我们赤裸裸地抱在一起，那种感觉是我从来没有过的。我欣喜若狂。

"避孕套！"我几乎喊出来，"我带了一个避孕套。"

我笨手笨脚地摸出我的钱包，拿出避孕套，安娜帮我把它戴上。我又重新压在她身上，肌肤再次相亲，她的胸抵着我的胸口，平坦的腹部贴着我的腹部，就好像我们的身体天生就该融为一体。我特别兴奋，简直难以置信。

太兴奋了。几秒钟内我就达到了高潮，没有任何征兆，甚至在我还没有完全进入她的身体之前，就达到高潮了。

"还是很美妙的。"她说。

但是我知道不是这样子的。我压在她身上一动不动。她用手尖抚摩着我的脊柱，在我耳边轻语。我不记得她说了什么，但是无论如何，我得到了鼓励，这种鼓励正是我需要的。几秒钟后，我们准备好了再来一次。

"再拿一个避孕套。"她低声说。

我一动不动。"还要避孕套？"

"对呀，快点儿。"

"嗯。没有了。"

"你只带了一个？"她失望的声音里透着恼怒。

"我不知道。"

安娜在毯子上蜷缩起来，我知道她想说：太白痴了，只带一个避孕套。但是她只说："抱着我，好吗？"

我绞尽脑汁，说："我们能把这个再用一次吗？"

她显然被这个主意吓到了。"不，那样不行。"

最后，我们做的正是高中孩子们一直做的事情，那是一种草率不顾后果的行为。我们在毫无保护措施的情况下做爱。之后，我们躺在了一起，我用手抚弄她的脸颊。"你太美了。"我说。

我们要来不及了。在妈妈再派爸爸找我们之前，我们得离开了。到了家，我朝屋子里喊："我们回来了！"只见在客厅里的爸爸看了看表。我和安娜在门廊里坐了好久，聊着天儿，然后我把她送到她的车子那里。

"很高兴你回来。"我说。

"我也是。"

她把星形项链从她的脖子上解了下来，把它系在我的脖子上。我那年过生日时，玛丽乔送给我一个银十字架，上面印着"哈利路亚"。我把它从我脖子上取下来。安娜把她的头发撩起来，我笨手笨脚地把它戴到她的脖子上。我们互相注视着，都笑了。

"这会让我的父母发疯的。"安娜说。

"你我父母知道了都会疯的。"我说。

我们站在黑暗中，在对方的怀抱中轻轻地摇晃着，额头紧紧地贴在一起。轻风让人感觉到了秋天的信息。沐浴在秋风中，我突然意识到我的生命将要迈入下一阶段。这一切即将发生变化——或者可能已经改变了。一周后我将离开家，离开我的父母搭建的暖巢，离开他们带给我的童年时代。我将离开，丢掉了童贞，浑然不知生命的这段章节将无法挽回。

　　我吻着安娜的嘴唇，一遍，两遍，三遍。然后她离开了，回到了新泽西，回到了波士顿大学，回到了一种离我很远、截然不同的生活。

# 第二章　迷惘的时代

## 18

到 1982 年，我已经从中密歇根大学毕业三年了，那里是我对学习开始产生兴趣的地方，最终我以优秀毕业生的身份毕业，并拿到了新闻学和英语的双学位。之后我在一家远在密歇根西南部的小报社做记者，报道谋杀、抢劫、强奸，以及较轻的罪行。我一个人住在密歇根湖畔一栋旧公寓的二层。我还在和贝基约会，更准确地说，贝基仍在约我。

正如七年前在西布卢姆菲尔德高中的走廊上，贝基挑起了第一次接吻，她仍然是我们交往的主动方。我只是跟随着她的步伐，不怎么反抗，搭着她的便车。贝基实用主义的母亲让她服了避孕药，开车两个小时带她到我的宿舍一起过了周末，最终我们在宿舍发生了关系。

贝基的这次造访成为我一直努力对父母坦诚的转折点。从小到大，对于向父母撒谎这件事，我内心一直感觉很不舒服。上大学后，我下定决心要改邪归正。然而，通过之后一次次的坦诚经历，我发现父母很少因为我的诚实而奖励我，这一次，我更加确信了这一点。那是个本该回家的周末，但是贝基还在我的宿舍等待她妈妈来接她，这时候，我妈妈打来了电话。

"有什么新鲜事吗？"妈妈问我。

"哦，也没什么。"我说。

"什么事也没有？"

"其实也不是。"

"当然，你肯定有事情跟我们报告的。"听起来虽然不是质问，但是认真的语气让我不由自主地想，哦，主啊，她知道了！

"嗯，"我说，"贝基在这里过周末呢。"

接下来是长时间的沉默。

"贝基？现在和你在一起？"

"是的，她妈妈带她来看看。"

"就今天一天吗？"

"不是，是这个周末。"我回头瞥了一眼贝基，从她的表情我知道自己犯了一个严重的错误。但我为自己在电话中的表现感到自豪。我不想在女朋友和室友面前对我的母亲撒谎，而且，我现在是成年人了，都有选举权了，是时候做一个有主见的男子汉了。"她现在在这里。"我说。

"现在？昨天晚上她住在哪了？"

"宿舍里。"

"宿舍哪里？"

"就这里，我的房间。"

"你房间里？那你睡在哪？"

现在轮到我沉默了。这是说出实话前的迟疑。我可以很容易地说谎，并告诉她，我临时睡在大厅，我也可以做一个男子汉告诉她实情。"也睡在这里，我的房间，妈妈。"

她长长地吸了口气，然后说："约翰，你在试图告诉我什么吗？"

我还没来得及回答，她已经开始说教了，关于婚姻的神圣，以及得到上帝祝福的两性关系的重要，还有不负责任的行为的影响。我意识到绝对的诚实对她不起作用，是时候放弃了。

"妈妈，"我打断她，"什么事情都没有发生，什么也没有，好吗？她睡床，我睡沙发，就这么过了一夜，只是这样。"

"你以为我会怎么想？"

"没有，妈妈，真的什么事情都没发生。"

趁着新一轮的盘问还没开始，我赶紧放下了电话。但是那次谈话的余波持续了好几周，妈妈一直唠叨后悔送我去公立学校读书，爸爸则威胁说要我住家里上当地的天主教大学。

再次回家时，我跟爸爸妈妈一起坐在客厅，我面露诚恳的表情，注视着他们的眼睛，像催眠一样不断重复着那个谎言。

最后，他们好像买了我的账。"我们相信你，亲爱的，"妈妈说，爸爸也点头表示认可，"但是你让自己处在那样充满诱惑的境地，实在太傻了。你的守护天使也不可能守护所有事情，你是在自找麻烦啊！"

"我现在明白了。"我说，并向他们保证以后不再犯同样的错误。暗地里我心想：起码对于我父母，讲实话行不通。从那以后，我只告诉他们我认为他们爱听的话——至少删去他们不爱听的。这个简单的决定使我很少再跟他们起冲突，付出的代价是我的骄傲和诚实，但是我愿意付出这个代价。

我成了那种家有女友的大一学生，每当假期或周末回家，我都去找贝基，我们寻找各种做爱的机会，背着我父母鬼混，虽然有些间接证据，但是他们仍然幻想着小儿子还保守着贞洁并会持续下去，直到结婚。幸好我们有盟友，就是贝基开放的父母，他们理解我们，知道我们需要在贝基锁着的卧室里独处。

贝基高中毕业后也跟着来到中密歇根大学，尽管我没有鼓励她来这里，但是她只申请了这个学校。那时我住在校外男女混合的房子里，她住宿舍。我的新闻课和她的音乐课分别在校园的两头，所以我们不是天天见面。我很开心跟她在一起，但还是把她当作业余女朋友，一直顺从我的贝基也接受我这么做。

后来，我走出大学，搬到了横跨半个州的地方，我和贝基又离得很远了，每月只有几次周末约会。1982年，她也大学毕业了，并开始期待跟我一起生活。她提出过要来跟我同居，我拒绝了。我不太清楚什么是真正的爱，但如果同居就是爱，我不会拿无拘无束的单身生活去交换。我喜欢贝基，自然的化学元素使我们互相吸引，我们在一起度过了许多美好的时光，但我无法想象和她一起度过我的人生。我的男性朋友开玩笑说，我能做出的承诺只不过是邀请贝基搬到往北60英里的大急流城，这样她来找我就只需要一个小时的车程了。这不算很远，但真实的情况是，我喜欢现在的状态。我要的就是一个可以玩乐的女朋友或者情人，不要一直腻在一起给自己造成累赘。我们一个月两次的约会，大部分时间都在床上度过，我对贝基的想法就是这些。而她却一直坚持想要更多，直到我不想负责任的想法表现得很明显。我们的关系陷入了疲劳期，越来越紧张。

我的父母像钟表一样每个周日下午都打电话过来询问近况。因此每个周日我都要续编一个关于我的生活状况的连载小说。实际上要回答的只有两方面：做礼拜和贝基。我们每周通话，他们问的第一个问题总是："今天早上的弥撒怎么样？"我已经成了对他们隐瞒实情的老手了。尽管从六年前出来上大学，除了回家时，我从没有去过教堂，但我还是会说："哦，很不错！"我确信那些参加的人是这么认为的。我的父母懂得不问太多是更为妥当的，我也知道不说太多细节为好。这些年来，我锤炼了不直接撒谎却可以混淆事实的技艺。在每周谈话中，我都给予他们小小的希望，就像水手向落水的人抛下救生圈一样。我想给他们一些可以期望的东西。我会说："圣巴特教堂后面添了一些美丽的东西。"我小心翼翼地不提我踏进了圣巴特教堂，但是我希望能给他们留下那种印象。

有时候我的极力撒谎反过来会困扰我。知道我的父母周末要来我的新公寓看看，我赶紧在电话簿里查找附近的天主教堂。在地图上找到交叉路口处的一个教堂，我记住了路线。提前打电话问了弥撒的时间以便到时候脱口而出，好像我每周日真的会去一样。我问："我们去9点15分的，还是11点的，或者12点30分的？"我觉得我掩饰得天衣无缝了。但是当我们到达教堂所在的十字路口才发现那里有三座教堂。我不知道哪一个是天主教的，但我知道我必须在几分钟内分辨出来。我竭力搜索任何天主教的标识：圣母马利亚的雕像、十字架，或者别的什么。最后，我终于发现了一个简单的十字架，大气都不敢出，把车开到一处停车场——路德教派的停车场。"我想我们要去那边吧！"爸爸说着指向街对面，妈妈也插了句："哎呀，强尼这小子！"与其说是责怪，更像是开玩笑。

说到贝基，我的谎言更是五花八门。每次打电话他们都要调查："那么，最近见贝基了吗？"他们语气轻松像闲聊，跟问弥撒时一样。但是我知道他们是在探查我的情况，所以我很小心地泄露一些对我没用的信息。我父母所知道的是贝基从没有在我这里睡过。我的故事是这样的：我去学校找她时，我睡在男性朋友那里；她来圣约瑟夫找我时，我安排她住在工作中认识的一对夫妻家，那家人很慷慨，愿意让贝基住下。与我的兄弟姐妹一样，我给父母的答案似是而非，而又足够圆滑，使他们相信自己已经成功完成了人生使命，把他们的孩子培养成虔诚、贞洁的天主教徒。我们几个都不忍心让父母失望。

我们的报纸叫作"先锋守护神日报"，这份报纸是为有民族分裂问题的圣约瑟夫和本顿港服务的，每天报道大量的犯罪新闻、剪彩报道和小城绯闻。那些黑人对白人犯的罪更是被浓墨重彩地报道。最受喜爱的主题是每周图片库刊登的好吃懒做、不给孩子抚养费的爸爸的图片。这真是份让人恼火的报纸，工作环境也糟透了。老总以前是"二战"时的潜艇指挥官，他整天大吼大叫地命令我们，就好像他还在发布军令一样。除了四位奶奶辈的女人在负责女性的版面，其他员工都是男人，他们几乎都抽烟：香烟、雪茄和烟斗，因此编辑部的屋顶整天浓烟缭绕。

冬日的一个雪天，一位年轻的女人走进了这个破烂编辑部。我立刻盯上了她。我怎么可能不注意呢？从密歇根州州立大学刚刚毕业的她作为这里第一任女新闻记者，开始了职业生涯。所有员工在一周前就开始讨论这条新闻了。现在她来了，站在编辑室里，身材高挑，举止文雅，还有一头金黄的披肩长发。

我顿时被她迷住了。当我终于有机会做自我介绍时，她打断了我并坚称我们在前一轮的介绍中见过了。

"嗯，不，你没有见过我。"

"不，见过的。"

"不可能，你一定是把我误认成别人了。"我说，心里却想：你是第一个五十岁以前踏进这间办公室的女人，而且毫无疑问你是最漂亮的。相信我，如果我见过你，我绝对忘不掉。

"我确实见过你。"

"不是我，肯定是别人。"

我们一直这样来来回回，直到感觉尴尬得只能各自走开。我再也没有遇到正式地做自我介绍的机会了。我真的这么容易被人忽视吗？还是我的长相太一般、太大众化了？对于我和这里所有的其他职员来说，这个女人可是这些年来的头版：一位年轻貌美的单身女性，超越性别障碍来到这里。然而对于她，我只是无数已婚或者未婚的无名男人中的一个，活动在她周围，摇尾乞怜，耍各种花招以引起她的注意。有一次她无意中开心地说起，她来这里工作主要是为了离她深爱的在圣母大学读研究生的男朋友近一些，从这里过去只需半个小时。

"那很好，"我说，"不错的选择。"

尽管刚遇见这个女人，我就已经有了铭心刻骨的感觉，跟贝基交往七年我都没有过这种感觉。可能是因为贝基拼命地想跟我在一起，而这个新来的女人对我根本没有兴趣。她已经有男朋友了，即使没有，她也肯定对我漠不关心。她甚至会把我和旁边的男人搞混，她的冷漠使我更想得到她。

当冬天过去、春天到来时，我和珍妮已经渐渐成了好朋友。我们通过电脑来回聊天儿并在午饭时闲谈。我们下班后一起出去吃比萨、喝啤酒，周末徒步去密歇根边上的林木沙丘旅行。她跟我讲关于她男朋友的事情，我也跟她说我女朋友的故事。这样我们更加无话不谈，我不想追得太急迫。

那年春天，我买了一艘年老陈旧但还可以航行的帆船，八米半高的帆，船舱可容四个人，珍妮自告奋勇去码头帮我修理这艘船。我们一起擦洗、粉刷船底，打磨柚木装饰，上油，给甲板上蜡，摆弄发动机。我们经常一直忙到黄昏，然后随着太阳落下水面，坐在驾驶舱喝酒，分享带来的食物。我们的关系日益亲密，珍妮成了我最亲密的朋友，虽然我还是极力假装并非如此。我终于知道了什么是真爱，不顾一切地一头扎了进去。我感觉自己如同一只蜘蛛从尼亚加拉瀑布滑落，无力反抗只能被水冲走。我当时还没有意识到这一点，珍妮也是一样。在阵亡将士纪念日那个周末，我们一起吃晚餐时终于向对方坦承，我们各自的男女关系已经变得十分空洞。

那晚最后，在她的公寓，我俯身过去吻了她。那个吻将会改变我们的人生。第二个周末，珍妮把圣母大学的男朋友约到一家餐厅，然后他们分手了。之后不久，我对贝基做了同样的事，而她看上去因为我最终明确表态而解脱了。

我和珍妮发展的步伐紧锣密鼓，我想象不到会这么快。每天我们好像都爱彼此多了一点儿。我对她的一切都感兴趣，包括她的伶牙利齿，她的聪明才智。即使我们吵架时，我都觉得她那么可爱。她叫我神秘小强，我喊她珍珍。她总是做些让我倾心的事情。她买了第一台微波炉后，邀请我过去吃全微波晚餐，猪排出来时熟过了，变成了半透明的，吃起来像风干的木头又硬又脆。"我好丢人啊！"她叫着。但是我却觉得她这灾难般的厨艺有不可抗拒的魅力，跟我妈妈的完全不同。

一个秋天的晚上，她在我这里过夜了。第二天我们出去时，她把头一天晚上穿的鲜橙色的雪佛兰维加睡衣藏到一层厚厚的树叶下，以掩饰她的睡衣在我家。她很在乎名誉，这一点在我看来无比可爱。打电话回家时，我滔滔不绝地谈起我这个新女朋友。他们听起来非常高兴，甚至是兴奋。

我猜真正的原因是他们觉得终于甩掉了贝基。

"她是天主教徒吗？"妈妈和爸爸异口同声。

"嗯，不是，"我说，"她是长老会教徒。"从电话中的沉默，我知道他们失望了。我能想象到妈妈将怎样向教会的妇女们宣布这个消息，当说到约翰这个新女朋友，她会说："这样的，虽然她不是天主教徒，但是只要他们真心相爱就好，我觉得那才是最重要的。"

"是的，长老会教徒。"我又说了一遍。但是即使说长老会也很牵强，珍妮的成长仅能与长老会沾上边，他们家都不信教，她更是。"我们是一群异教徒。"她俏皮地说。我祈祷在我父母面前她千万别这么说。对他们来说，珍妮不信天主教已经不是好消息了，如果说她什么教都不信，他们会把她当成异端看待。

"长老会跟天主教有点儿像，"我告诉他们，"有很多相似的地方。"

"有一些根本的不同，"爸爸反对我，"新教徒不承认圣母马利亚，也不承认原罪。他们反对天主教的中心教义。"

然后他像以往一样背诵起了为什么天主教是真正的宗教信仰。我根本不想反驳。

"啊哈，她可以改变信仰啊！"妈妈豁然开朗地说，"很多人在嫁给天主教徒时改了宗教信仰。"

"妈妈，停！"我说，"我们不要扯那么远了，我和珍妮才刚开始约会。"我本来可以告诉他们，我百分百确定珍妮绝对永远不会改变信仰，不会因为我，因为其他任何人，因为世界上任何爱或者金钱改变。如果我想要她，我就要她现在的样子，这样我很满意。

"这是你们俩继续深交后该考虑的事情。"妈妈说。

当他们有一次周末造访，真正见到珍妮时，爸爸和妈妈好像也和我一样喜欢上了她。她是那么优雅、迷人，又那么痴迷于自己的儿子。她自制的苹果派给了爸爸好印象，收拾得一尘不染的公寓赢得了妈妈的好感。给他们最重要的印象是，她不是贝基。事实上，她是贝基的对立面，不像她那样有一脑袋的坏主意勾引男人。相反，珍妮散发着邻家女孩的清纯气息，很明显她渴望婚姻并成为一名母亲。珍妮看上去也很喜欢我父母，他们的关系有了一个良好的开端。

# 19

把《先锋守护神日报》这种小城报纸作为职业目标的新闻工作者只有两种：一种是对这个地方有感情，打算在此定居做出职业贡献的人；另一种是没有才华和野心走出去的人。认识珍妮一年后我的机会来了，我被《卡拉马祖公报》聘请去写关于政治的文章。卡拉马祖是一个大学城，从圣约瑟夫往东驱车一小时就到，珍妮帮我搬进了新的住处。几个月后，珍妮也得到了她的机遇，前往《马斯基根纪事》报道教育。她搬家以后，我们每周末见上一面，需要两个小时的车程，有时周中也见面。这种长途跋涉的情况并不是我们所期望的，但还可以承受。我俩都希望下次跳槽能使我们在一个城市工作。

接下来的日子里，我像中彩票一样收到一封信，我被俄亥俄州州立大学的在职奖学金项目接受。这个机会棒极了，全额奖学金涵盖了一年的学费和生活费，毕业会颁发新闻学硕士学位。这个奖学金只发给全国众多申请者中的十位记者。我知道这是我走出小城报社的机会，我不能放弃它。但是从马斯基根到哥伦布需要九个小时，我知道珍妮会疯掉的。这是她不曾想到的，我的计划中少了她。我辗转思索了一夜，然后在没有告诉她的情况下就接受了。

我的做法太懦弱和过分了。当我最终把这一消息告诉珍妮时，最让她感到生气的是我做决定时没有把她考虑在内。我们应该是一对共同计划将来的恋人，而我却只出于自身考虑而不跟她商量。我知道她仅仅想让我问问她的意思，即使她的回答只能是："好的，去吧。"

我们熬过了一年，但是彼此在心灵上有了些郁结。即使我们每天晚上通电话，空间的距离还是把两个人拉远了。珍妮为了搜集她所负责的系列文章的素材，乔装成学生在当地一所高中展开秘密的调查工作。我埋头于自己的研究生课程。我们好比在轨迹完全不同的星球上生活。但是接着，还有更糟糕的。

在俄亥俄州州立大学读研究生时，我又被另一个新闻学奖学金项目录取，这次是去佛罗里达州的圣彼得堡。珍妮和我现在相隔二十六小时的路程了。而且这三个月的项目结束后，我被佛罗里达州另一端劳德代尔堡的《南佛罗里达太阳哨兵报》录用为记者。我在大都市报社立足的梦想实现了，但是代价是不能回去跟珍妮团聚。我们的未来一片黯淡。一对恋人怎么能忍受这些：很少见面，只能通过电话或者写信交流？我们俩都做好了放弃的打算。

珍妮永远是我的好女孩，她主动帮我把随身物品搬到佛罗里达州，并帮我整理住所——这件事我向父母隐瞒了，因为我想不出圆滑的借口来解释珍妮没有住在我家里。在那边小镇，她没有预约就去了《棕榈滩邮报》的编辑部，把自己的简历和作品呈递给主编们。他们都很赞赏她在高中的秘密工作。两周后她得到了这份工作，一个月后我帮她搬家到离我十五分钟车程的公寓里。我们的梦想虽然绕了弯路，但是最终如我们所愿，步入正轨。妈妈和爸爸真心祝贺我们——尤其当我说明我们住在不同的公寓时。

珍妮的租约签了一年，住到六个月时，我说："这太傻了，我爱你，你也爱我，我们每天都腻在一起，那么为什么不搬到一起住呢？"

珍妮使劲儿眨着眼睛，我还以为她要哭了。然后她抱住我的脖子说："我答应你。"

在西棕榈滩我们找到了我们喜欢的一个挺特别的社区，离近岸内航道只有几个街区的距离，然后我们偶然发现一座低矮的白色平房，房前院子里满是杂草。它坐落在南方公路旁的街区上，是第一座，也是最简朴的一座，它前面有个牌子，上面写着：此房出租。

　　快到搬家的时候了，我们商量着该如何告诉双方父母这个消息。珍妮担心她爸妈会有不好的反应。相反，我一直跟珍妮说我的父母肯定没问题。毕竟，他们喜欢珍妮，而且知道我们是多么相爱。他们只是希望我们幸福，不是吗？而这次搬家会使我们更幸福。我们激动万分以至于劝说房主提前给我们钥匙，这样我们就能早点儿打磨硬木地板。

　　"我不知道，约翰，"珍妮说，"你爸妈是很传统的人。"

　　"他们没事的，"我向她保证，"你只要搞定你的家人就好啦。"但是背地里在内心深处我紧张得要命。我不好意思承认，自己已经三十岁了，却连这么简单的事情都不敢告诉父母：我和珍妮决定同居了。我自相矛盾，有时觉得自己很可笑，我是独立生活的成年人，他们能拿我怎么办？阻断我的零用钱？不过有时又一阵阵地感到害怕。这么多年来，我把欺骗与谎言过滤，使他们以为我的虔诚是事实，这些使现在的境况更糟糕。由于我的谎言，他们已经被我的好儿子形象迷惑了。

　　就在前一周，爸爸和妈妈打来了每周一次的电话，只是时间比平时早。珍妮在我这里过的夜，我们在冲咖啡。妈妈像平日里那样问我是否有做弥撒。还没有，我说，然后她问我今天晚些时候是不是要见珍妮。

　　"实际上，我打算在弥撒后去她那里。"我说，成功地用一句话覆盖了两个谎言。珍妮假装没有听到，我知道她为我这个三十岁还撒谎的儿子感到羞愧。我倒是觉得自己的道德品行很好，甚至太老实了，没有什么可感到羞耻的。然而我害怕告诉父母这件事，我最怕的是他们会指责珍妮。他们会说："遇到那个女人之前，他是个那么好的天主教男孩。"

　　我们搬家的那个早上，我把租来的卡车开到珍妮的公寓，装车前她给父母打了电话。几分钟后她挂掉电话，说："哇，比我想象的要容易。他们听上去为我们感到高兴。爸爸说他只是遗憾不能过来帮我们搬家。"

　　"他那么说了？"

　　"是的。他说'我真希望能过去帮你们搬'。"

"太好了，"我说，"攻下一方，另一方就好办了。我父母将会是小菜一碟。"

直到把所有家当都放到卡车上要出发去新家时，我才打电话给父母。我希望当搬家这件事变得没有回旋余地时再告诉他们。

我拨了号码，妈妈接了。

"嗨，妈妈，"我说，"让爸爸也拿起一个电话吧。我有事跟你们俩说。"几分钟后，妈妈和爸爸都接上了。我们谈了一小会儿，然后爸爸问："你妈妈说你有事要跟我说，是什么大事啊？"

"哦，"我答，"您坐下了吗？"我的笑声中流露出紧张。我知道他们很传统，但是我希望他们即使不赞同，至少能够尊重我们的决定。我试图相信他们的反应会像我宣布我们订婚一样，我知道那是什么反应。在我心里，今天就等同于那一天，这是我们共同生活的第一步。

"珍妮和我决定住在一起了。"我说。

长时间的沉默，然后是爸爸的声音："什么？你们什么？"

"决定住在一起。"

又是沉默。

"我们找到一个很可爱的小房子，我们现在花两份租金真的很傻，而且这个房子离我们工作的地方都很近，就在水边……我们要搬到一起了。"

几秒钟过去了，我问："你们还在听吗？"

"我们在听。"爸爸说。

"实际上是今天。我们今天搬家。我装好车要出发了。"

然后妈妈说话了，而且她一开始就停不住了。"这是大错特错……约翰，不要这么冲动……听见了吗……别这么做……你知道这么做犯了多大的错吗……你会给你们的关系抹上污点……你不想这么做……你挽回不来的……你会一直后悔……"她像机关枪一样说个没完。

然后爸爸的榴弹炮又开火了："当然这对于你没有什么。对于男人没什么。但是珍妮呢？女人会怎样？那对于她的世界意味着什么？你对她的尊重呢？你想过她的名誉吗？当你厌倦了这些，她会怎样！"他的意思很明确：从这一点看，珍妮将会变成一个有污点的女人，被男人占有过、玷污过，很难再有美满的婚姻。

"爸爸呀，"我说，几乎用请求的口吻，"这太老套了。社会变了。人们不那么想了。"

"道德从来不过时，"他说，"道德相对论对于你们这个年龄来说是不对的。'如果你感觉对，就行动吧。'但是，你知道吗？对就是对，错就是错，这改变不了。没结婚就同居是错的，很明显的错误。"

然后他进入了正题。"那样做你将生活在罪恶中。那是你想要的吗？被罪恶感笼罩着生活？"

妈妈插进来："这会毁掉你的婚姻。天主不会祝福这样的结合。你会毁掉你的将来。"她请求我再三考虑。

"妈妈呀，求你。"我在恳求她。

"妈妈！"

"你想过可能会怀孕吗？想过避孕吗？万一珍妮怀孕了怎么办？你想没结婚就生孩子吗？那个孩子将会一生带着这个耻辱，那是你想要的吗？"

主啊，我心想：他们还真的相信我是个处男。我都三十岁了，他们却害怕我会不小心让珍妮怀孕。他们以为我跟珍妮没有做过爱。真是难以置信，他们怎么能迷惑自己这么长时间？直到那一刻，我才完全相信他们买我的账，真的相信我的所有谎言。妈妈的声音继续像加特林机枪一样打过来，用摧毁性的炮火指责我。她试图从各个角度说服我。我几乎不听她说话。最后，我冲她喊起来。

"停！看，搬家的卡车已经在路上了。我俩的公寓都空了，因为所有的东西都在卡车上。我们不要再讨论了。太晚了，这已经发生了。"

长时间的沉默，然后爸爸说话了："你理解我们的立场，我想我们也理解你的立场。现在我们应该让你走了。"我能听到妈妈在后面哭的声音。

"那好吧。"我说。

"约翰？"爸爸说，电话里长时间的沉默，"约翰，你永远是我们的儿子！"

"我知道，爸爸。"我说，然后挂了电话。

"好了，进展顺利。"我说。珍妮从后面抱住了我说："我可以看出来。"

"我们别让它破坏了好日子，"我说，"我们要搬到一起了！"我吻了她的双唇，然后拍了下她的肩膀说，"我们有活儿干了。"

我把我们的家具和其他物品搬进了新租的房子里。我努力不去想那通电话，但是我越想忘记，它越是充斥着我的脑海。整件事情都是我的错，我自言自语地说。如果早些年，我能够真诚坦率地面对我的父母，那么今天的消息就不会对他们造成如此大的打击。我一方面因为让他们失望而伤心；另一方面感到自我厌恶，因为我没有足够的勇气挺起腰杆儿在他们面前做真实的自己；还有一方面是对于他们思想如此古板感到气愤。我还在担心珍妮，这件事对她和我父母的关系会有什么影响？她现在怎么可能不对我父母心怀不满？他们对于我们这样安排的态度很清楚，说远一点儿是对我们的态度。如果我是有罪的，那他们怎么想珍妮呢？

我们很喜欢一起租来的两居室，虽然院子里满是杂草，水龙头也滴滴答答。但是我们屋后有挂满果实的橘子树和鳄梨树，还有一小块内院，我们早上可以坐在内院的树下喝咖啡、读报纸。我们还有洗衣机，没有甩干机却有晾衣绳，真是浪漫极了。洗衣机旁边是一个车库，珍妮花了整个周末把那里重新粉刷，改造成了我的工作室。我们甚至还有一个壁炉，可以帮我们熬过寒冷的冬夜。我们像孩子得到了新玩具一样兴奋，从一个屋子跑到另一个屋子，然后一圈一圈地跑个没完。

然而，有个心事还是一直烦扰着我。当我们搬进最后几个箱子，把各自独立的生活结合在一起时，一个情景在我眼前闪过：那是我的父母。他们坐在客厅里，手里攥着念珠，刚刚为我的灵魂做完祷告。他们很擅长为迷失的灵魂祷告。妈妈在哭泣，眼睛红红的；爸爸一直摇头，脸上满是忧虑。他们两个都在大声问自己到底做错了什么。

## 20

我和珍妮的新生活开始了一周后，我收到了一封信。我一眼认出那是妈妈的笔迹。自从上次在电话中不愉快的交谈后，我再也没有和她还有爸爸说过话。过了这么久，妈妈应该冷静下来了，也许她能更清楚地看待我们的事情，也许她打算向我道歉了。我扯开信封。

"亲爱的约翰，"信的开头说，"我此时的心情很沉重。"这不是我想看到的开头，我感觉神经都绷紧了。"自从我们在电话中吵过后，我一直都想不明白，为何那么简短的几句话竟让我如此受不了。我这才意识到，这是我第一次因为你留下眼泪。三十年了，你一直是我们的骄傲，别提这次我和你爸爸对你的决定有多失望。不管怎样，我们自认为已经向你灌输了较高标准的道德观念。我们从来没想对你说教，我们想要为你树立榜样。"然后，一把刀子割在心口，"对不起，我没有教育好你。"

跟在那次电话中一样，她的话滔滔不绝："说实话，我不知道你到底怎么了……如果你爱一个人爱到想住在一起。在我看来你们应该确立关系，使它得到主的保佑……毫无疑问，这是你现在需要做的最大决定，我希望你准备好了去承担结果……你想过可能会有孩子吗？你准备好去应对避孕和堕胎了吗？"

她说的问题是我们没有遵从主的引导，在人生大事上自作主张。"这是你们两个该祷告的时候了。只有天主能掌控我们的未来。是他，也只有他能够在这个人生最重要的时刻引导你。不要太自负，觉得你可以没有他的帮助自己做出决定……我们生来爱主、侍奉主。他是造物主，我们不能嘴里说相信主，却做他告诫我们不要做的事情。我想说的是请你花点儿时间去和主倾心交谈。告诉他你的感觉、你的疑惑、你的恐惧，然后听从他！

想想如何挽回。对神父忏悔，寻找各种方法解救自己，因为这是你的人生——你未来的幸福。"

她在信的最后这么说："在过去的三十年里，我们一直爱你，现在我们不想失去这份爱。不管你做了什么决定，做父母的不会因为对孩子失望而停止对他们的爱。当然，我们更希望满心欢喜地去爱我们的儿子，而不是像现在这样心情沉重。但是你是大人了，只有你自己做得了主。我想我了解你，我知道你会做你内心深处认为正确的事。但是有时候，我们会被自己的欲望蒙蔽，所以试着让自己想通吧……我们会为你们两个祷告。我们希望你们找到永远的幸福——不是几个月，而是一辈子。"

那封信，密密麻麻地写了三页，这是我妈妈典型的做法，一面表现对我由衷的关怀和极度的紧张，一面又娴熟地用天主教义像利剑一样瞄准我，使我内疚。"当然，我们更希望满心欢喜地去爱我们的儿子，而不是像现在这样心情沉重。"她认定了某件事，就再没有自省的能力了。如果涉及到影响孩子人生的事，她会像关不住的开关，所有的手段泉涌而出。旁人看来是过度干涉，我的视角还比较乐观：她是好心想管教我，她费劲心思想做正确的事，只是被错误的思想误导了，而且方法比较笨拙。

我原以为珍妮也会这么想，所以我给她看了这封信，但是回想起来，这是我一生中犯下的大错啊！

我当时没有多想就给她看了信。我原以为她会通过信了解到，我母亲这个充满战斗力的小拿破仑，正寻找自己兵工厂里所有的兵器试图赢得争取儿子灵魂的这场战争。虽然这封信完全出于好意，但这丝毫没有减弱那种批判的口吻。

珍妮还没有张口，我就意识到自己犯了多大的错误了。从她那立刻像是受了伤害又很愤怒的表情中我能读出来。

"那只不过是我妈妈又开始了妈妈式的管教。"我说，真希望能将时钟拨到三分钟前，然后把信永远埋掉。

"我们在一起是幸福美好的一件事，但是在她看来是那么肮脏，肮脏而错误。"珍妮说。

"好了，别生气了，"我开始求她，"妈妈只是心里不安，那是天主教母亲的通病，她们都那样，也不要太当回事啦！"

几天后，我又收到一封信，这次是我那个干脆利落的工程师爸爸写的。

"亲爱的约翰，"信开头这样写道，"现在你应该已经收到你妈妈的信了。所以我想趁热打铁补充一些我个人的想法。妈妈为了你还有我做了足够的'说教'了，所以我只想说我同意并支持她所说的。我们最大的担心是这可能是你离开教堂和失去信仰的第一步——因此你要继续坚持祷告，坚持星期日的弥撒。你的信仰是宝贵的。请理解我们之所以这么担心，是因为我们希望你一切都好。现在既然你的话已至此，我们也就不再提了。你已经长大成人，所追寻的是你自己的人生。"

在信的结尾，他说："末了强调一点，约翰，不要因为我们想要你做什么就做什么，那是不对的。做你认为正确的事情。不管你做出什么决定，妈妈和我都会永远爱你、支持你、关心你。把我们的爱带给珍妮，我们对她的喜爱不会因为这些而改变。"

信最后落款："爱你的爸爸"。

我把信重新装回信封，然后塞到床头柜抽屉的最底层，挨着妈妈那封。虽然爸爸的口吻比妈妈平和很多，但我还是能读出他也是不同意的。还是不要再让珍妮看信为好。看样子我过滤、改造谎言的人生进入了一个新的篇章，不仅要向父母隐瞒我的事情，还要对女朋友屏蔽父母的想法。

那天晚饭时，我对珍妮说："我今天收到了爸爸的来信。"

"啊，是吗？"珍妮说。

"他们让我传达对你的爱，还说他们对你的喜爱不会因为这些而改变。"

"唉，我知道不可能。"她说。

"骗你是小狗。"我回答。

我过了好几周才给他们回信。信里写得很洒脱，告诉他们我的工作情况、我的邻居和我们的日常生活。其实我是想让他们知道，他们预想的种种不好的结果都没有发生。"两个月来，我和珍妮在新家过得非常开心，"我写道，"我们都觉得这是我们交往以来过得最幸福的日子。以往两个人频繁地跑来跑去，那种压力的确是对我们关系的考验。那不是正常的生活方式，也不能让我们总是保持热情。我知道你们不赞同我们的做法，但也许如果没有做出这个你们认为奇怪的、任性的决定，没有远离家人和朋友过我们俩的私生活，情况可能就不是这样了。但到目前为止，我和珍妮都没有后悔过。"

我们真的没什么好后悔的。我俩骑新买的自行车去棕榈滩；傍晚我们经常沿着近岸内航道散步；周末则去基韦斯特和萨尼贝尔度假；每天清晨，我们一起品尝小哈瓦那的古巴咖啡，或者从我们家树上摘下果实自制橙汁；后院里我们栽种了西红柿，前院的杂草地也慢慢铺上了草坪。

珍妮生日的头天晚上，我熬夜给她赶制一张卡片，做好后放到她的床头柜上，希望她一醒来就能看见。卡片上写的是：

一个男孩叛逆得像未被驯服的狼，
爱上了一位身材窈窕的金发女郎。
她聪明睿智、优雅时尚，
甚至愿意为他拙劣的笑话捧场，
这使他感到满怀自信、无比坚强。
沉默稳重的他没有向她表达自己的感想，
但他深知幸运的自己将不再流浪，
从此幸福的生活在两人之间荡漾。

———— 剧 终 ————

尽管父母的阻碍带给我们很大压力，但是我们在一起的生活是那么充实有趣，无比开心。一起生活了十一个月的时候，我带着珍妮买了一组新音响，代替那套大学时用的那套旧的。新音响听起来美妙极了，这可是我们至今一起买过的最大的家电。带回家安装后，我放上一张阿妮塔·贝克的 CD，搂着珍妮在客厅里跳起舞。

一曲终了，我说："来，坐在沙发这儿。我要给你看样东西。"我从衣兜里掏出一个小盒子递给她，里面是镶钻的订婚戒指。

# 21

珍妮开始专心筹备我们的婚礼，我则努力说服她选择天主教婚礼仪式。我这么做完全是为了爸爸妈妈开心，尽管爸爸曾告诉我不要为了他们做任何决定。为了挽救跟爸爸妈妈的关系，为了治愈他们的伤口，我想举行天主教婚礼是个奏效的办法。我说的不只是交换誓言的仪式，而是一整场的婚礼弥撒，弥撒后还要进行饼和葡萄酒的圣体圣事，就像我父母结婚时那样。

珍妮知道这对我而言有多么重要，她答应了，即使这会让我们接受几个礼拜的天主教神父的教导。对她来说，这又是一件要为婚礼准备的琐事——需要找宴席承办人、挑选菜单、买礼服、无奈接受几周严格的天主教教导。我们商量着回圣母庇护所举行婚礼，于是我询问了我那两个现在已经退休了、转而主持宗教仪式的舅舅：温神父和乔神父。他们告诉我们，他们只需要官方文件，用来证明我们已经在佛罗里达州的社区顺利完成了宗教程序培训。但我真的不知道我们现在这个家所在的社区是哪个，又是在哪里，我们从来没在房子的周围寻找过教堂，那太麻烦了。但是我不打算把这个告诉我那两个年迈的舅舅。我们找到我们的社区，一起为天主教指导做了注册。我们被分到一位叫大卫的助理神父那儿接受教育。

一天晚上，他来到我们家，我们俩都惊奇地看到一个穿着短裤、T恤和拖鞋的小伙子。他头发浓密、胡子拉碴，他看上去更像是来教我们冲浪而不是宗教教育。大卫神父看到我们已经同居了，似乎一点儿也不感到困扰。即使他心里正在评判我们，他也没有表现出来。珍妮立即就喜欢他了，到深夜时，我们已经像老朋友一样把酒言欢了。

正统的天主教要求父母双方庄严宣誓：以天主教的信仰来养育孩子，即使一方不是天主教徒，也要这么做，并许诺他们会经常地参加弥撒，接受圣礼。对珍妮而言，这简直像强迫一个法国人向大不列颠宣誓效忠。为什么？她问，难道要她用一种自己既没有实践过也不相信的宗教理念去抚养自己的孩子吗？善解人意的大卫神父似乎明白他不能逼我们太紧，那样恐怕会激怒我们。他提出一个折中的方案：只要她同意到时候考虑把我们的孩子培养成天主教徒。她说当然她会同意考虑这个方案，又说："约翰是一个天主教徒，如果他想以他的信仰来培养孩子，那他自己必须是那个实施的人。"她答应不会阻挠我那样去做，于是大卫神父似乎满意了，我们签了保证书。

"多好的一个人啊！"在他走后，珍妮说，"他真的不错，非常通情达理。他不像你爸妈在的社区里那些假仁假义、大腹便便的神父。"如果真有圣主，大卫神父就是主赐给我们的礼物，他就是那个能帮我在未婚妻和父母的感受间游刃有余地过关的再合适不过的神父。

但是在我们下周见面前，郁闷的大卫神父打电话告诉了我们一个坏消息。他的上司突然派给他一个与社区居民隔离的工作。"他们可能认为我有点儿太标新立异了。"他说。

"你不能陪我们做完吗？"我问。

"不能，"他说，"我也想但是我不能，非常抱歉。"

教区给我们安排了另一个神父，他是个圆胖的小个子，油光光的皮肤，两只眼睛距离很小，使他看上去目光猥琐。不像大卫神父，他给我们发布的是绝对的法令。告诉我们应该怎么结婚，应该怎么过婚后的生活。他看上去很热衷于跟我们这些小两口讲做爱的事情。他在最后一堂课上简直完全陶醉于讲享受性爱的部分了。他越讲越来劲儿，越讲越兴奋。

小圆眼神父想让我们明白，只要结了婚，我们就能忘掉以前被教导的有关性的罪恶了。"再不要那么想了，"他说，"从婚礼那天晚上开始，以前的说法就都不适用了。"已婚夫妇之间的性行为是遵循自然规律的，是美好的，甚至是神圣的。人可以追求性爱，不要犹豫也不要有罪恶感，甚至可以由衷地喜爱它。"享受它吧！拥抱它吧！为它庆祝吧！"他说这话时声音越来越大，语调越来越高。他用眼睛扫射每一对恋人，好像看到了我们新婚之夜在房间里赤身裸体、大汗淋漓地享受性爱。

我俯身凑到珍妮耳旁小声说："我觉得他有点儿过分享受这个话题了。"

"太过分了，"她小声回我，"我都想溜走了。"

这个下午最大的讽刺不是我们中的任何一个人，而是这个站在满屋子情侣前提供性爱建议的单身男人，他极有可能从来没牵过任何一个异性的手。这就好像雇来一个瞎子教射击。

但是他丝毫没有因实践经验的缺乏而放慢进度。当他为各式各样的性爱前戏祷告时，他甚至更有活力了。"让事情保持有趣一点儿是没错的。"他劝道，"随意给性爱加点儿刺激吧！"神父提醒我们，自由自在的天主教式做爱的唯一约束是阴茎一定、一定、一定要在阴道里射精。"不许阻挠精子与卵子的结合，不许破坏圣主的计划。"

这引发了神父对允许我们使用的唯一一种避孕方法的详细描述。神父解释，这种方法的美妙之处在于夫妻之间只需要在每个月容易怀孕的时期停止做爱。在圣主的眼里这种安全期避孕法不是犯罪。因为它只是适当避免做爱，而不是因为害怕怀孕才这样做。神父还强调这招很管用。但是我知道真实情况，因为我亲眼目睹了我们圣母庇护所周围那些拥有十个、十二个，甚至十四个孩子的家庭。我妈妈就有八个亲兄弟姐妹，而且她对这种安全期避孕法极其信赖。但是我们都认同的一件事是：除非你不做爱，这个方法才百分之百起效。

我能感觉到珍妮已经忍受到了极点，每时每刻她都有可能站起来告诉小圆眼神父她对他本人和他所给的性爱建议的真实看法。她甚至还会说出神父眼神淫荡的事情。"我们就快熬过去了，"我轻声安慰她，仿佛她在忍受牙根管填充手术的折磨，"再忍耐一会儿，马上完了。"我把手伸过去让她握住。

神父留给我们最后一个思考："当你和你的配偶在性结合的时候，记住你们不是在和彼此做爱，而是在和主耶稣基督做爱。"我们都低下了头，在神父的指导下，祈祷在新婚夜结合的时候与耶稣同在。

小圆眼神父把官方文件交给了我们，证明我们已经成功完成了宗教婚姻培训，我们接着就开门冲了出去，沐浴在阳光下。当我们走到车前时，我把珍妮摁到车门上，然后吻她。"和主做爱！"我惊呼，"三人行！这会儿我真希望自己没听到。"

珍妮放声大笑，我能感觉到她在我怀里轻松多了。我知道这段时间对她来说很难熬，我一定会好好补偿她的。

我们把婚礼定在劳动节的周末，但是之前正好赶上石头的婚礼。在所有邻家老朋友中，石头是跟我关系最铁的一个。虽然大学和工作使我们相去甚远，我们仍然是最好的朋友，一起旅行，一起野营，一起约会女孩。我跟汤米、布袋还有其他大部分朋友都失去了联络，但是跟石头还在联系。现在他就要在芝加哥结婚了，仅仅比我的婚礼早三个月，我不想错过。订完飞机票我才发现邀请单上有我父母的名字。这些年来，石头经常来我家玩儿，对于他们来说，石头几乎就是他们的第四个儿子。我们小区的其他长辈也将参加婚礼，我们都被安排在同一家旅馆。这将是我跟珍妮同居以来第一次见我父母，我害怕他们看到自己的儿子和未来儿媳婚前就住在一间旅馆会感觉痛苦——不只是道德上，还有公众层面上。他们无疑把我们同居的事情当作秘密，现在显然来参加婚礼的邻居和朋友都会知道。这如同在他们的伤口上撒盐。

尽管如此，我还是一直告诉自己："你没有什么可隐藏的。你没有什么可感到羞耻的。是他们有问题，不是你们。"为了准备我们的婚姻生活，也因为感觉我们得到的天主教培训不够全面，我和珍妮签约了咨询师进行婚前咨询。这种咨询是为了帮助夫妻提前了解婚后将会遇到的各种挑战并为此做准备，以及学习处理夫妻关系的技巧，例如：如何解决冲突，并且不给双方留下心理创伤。咨询刚开始，我就长篇谈论起，因为同居造成的跟父母关系紧张的问题。我满心期望这位和蔼可亲的咨询师，约翰·亚当斯，能够站在我这边，责备珍妮不体谅我的处境。我想让他告诉珍妮她应该对我父母的敏感更加包容一些。

但是亚当斯医生似乎不赞同我的想法。"容我再问一次，你多大年纪了？"他问我。我回答后他又问道：

"你还住在父母家吗？"

"没有。"

"你现在还靠他们养活你吗？"

"不。"

"你欠他们钱吗？"

"不。"

"大学贷款呢？"

"没有。"

"他们负责你的汽车保险费？你的日常费用？"

直到此时我才明白他的意思。他向空中一挥手，"那为什么要让他们主宰你的生活？他们会对你做什么呢？"

"这样的，你看，只是……"

"你不想让他们失望，"他接了我的话，"这个我理解。但是我们会有办法在尊重他们道德观的同时不让他们控制你的生活。"

亚当斯医生把我们大量的婚前咨询时间用于帮助我找到摆脱父母控制的方法。我早就到了按照自己的方式生活，不用担心父母如何评判的年龄了。医生告诉我，做我想做的事，不必对父母感到抱歉，接不接受我的做法是他们的事情。带着医生的建议，我到了芝加哥，决心跟我已同居的女友好好度过这个周末，就像父母不在那里一样，我愿意承担任何后果。

但意外的是，当我们在旅馆大厅碰见父母时，气氛非常轻松愉快。他们邀请我们吃午饭，谈话很是轻松随意，没有说一句重话。我们互相交换了礼物，珍妮向妈妈简要介绍了我们的婚礼安排。妈妈用她说过无数次的笑话款待我们，她讲在她和爸爸的婚礼上，爸爸是多么紧张，乔神父则差一点儿睡过头错过婚礼。爸爸坐在旁边一直笑，不住地点头，跟他平时观看妈妈训我们时一样。

那个晚上，我们在婚礼弥撒上和父母坐在一起，当我应石头的请求站在圣坛旁读那段《圣经》时，妈妈和爸爸都向我投来微笑。他们看上去很为我开心。但是到了第二天清晨，就在我们准备退房回去时，我才明白他们无比快乐的表面下埋藏着熊熊烈火。我留珍妮在我们房间，然后越过两道门去拜访我的父母。我刚进门他们就把火释放了，终于有一点儿时间跟儿子独处，这是他们直话直说的好机会。

"约翰，我们有重要的事情想跟你谈谈。"爸爸先开口。

立刻，妈妈接着说："我们觉得你的婚礼不应该举行弥撒。"

刚开始我不懂他们是什么意思，还以为他们觉得如果我和珍妮真的不喜欢就省去那么长的仪式呢。我想他们知道我们为他们着想比为我们自己还多了。"不用，真的，我们不在乎，"我说，"我们都感觉有弥撒很好。"

"你不明白，"爸爸说，"我们不赞成那样做。"

"不赞成？"

"鉴于你们现在的生活方式，那样做不妥。"

"我们的生活怎么了？"

"生活在罪恶中，"妈妈说，"约翰，你们现在生活在罪恶的状态中。而且你们还在炫耀这些。看看你们，在旅馆里住在一起让别人都看见了。"

"你那样做是蔑视弥撒。"爸爸继续说。

"哦。"我应一声。

"珍妮不是天主教徒。就我们所观察，你也不再履行天主教教义了，"爸爸又说，"那样做太虚伪了，弥撒不应该华而不实。"

他们的话慢慢沉淀在我脑子里，我感觉眩晕。我不再是他们的骄傲，也不再适合参加对于他们来说异常重要的、改变人生命运的圣体圣事。

"好吧，"我说，"我们不必举行弥撒。"

"我们感觉你已失去了你所有的信仰。"爸爸说。就在两周前他们去了波黑的默主哥耶小镇朝圣，在那里，教徒们声称圣母马利亚先后出现在六个农民面前。他们扣人心弦、毫无怀疑地讲述那些听说的奇迹使我感到无趣。爸爸说从我迟钝的反应可以看出我不再热衷于他们的信仰了。

"爸爸，"我说，"信仰是天赋，你不能把它强加给谁，那样只会徒劳。"

"告诉我们实话，"妈妈插进来，"你现在还去礼拜吗？"

我看着她待了好一会儿，仔细看着她，看着我那么多年来对着撒过无数次谎的她。"没有，"我说，"很长时间不去了。"

妈妈的反应像是有东西砸在胸口上，把她身体里的元气撞了出去。她把一只手搭在椅子靠背上盯着窗外，似乎在研究远处州际公路那里的什么东西。"啊，我之前都不知道这个。"她说。

"不是因为珍妮，"我赶紧说，"不要以为是珍妮的原因。我早在认识她之前就不去教堂了，很早之前。"

我们三个站成一圈，什么都不说。"瞧，我得走了。"我说。我正要开门，爸爸叫住我。

"约翰！"

我愣住了，然后转过身。他冲过来抱住我，脸埋在我的肩膀上，紧紧抓住我好像永远不会放我走。他的胸膛贴在我身上，我感到他在颤抖，然后我感到肩部被暖暖地浸湿了，并听到他在断断续续地抽泣着。这个我从来没见他流过一滴泪的男人，我家的顶梁柱，正在我的怀抱里哭泣。

很快妈妈也过来了，用她的双手抱住爸爸和我，控制不住地哭了起来。我想她是实在受不住看到自己丈夫在哭泣。我低头看到她的脸是那么痛苦，犹如米开朗基罗的圣母怜子像里面圣女马利亚抱着耶稣那样。我已经欲哭无泪了，笨拙地站在爸爸妈妈中间，微微颤抖，嘴里嘟囔着"对不起"，声音小得不知道他们是否听到了。但是真的对不起，不是因为我的所作所为，不是因为我爱珍妮并且想跟她在一起，不是因为没有接纳父母所忠守的信仰。而是因为我给他们带来这么多痛苦，多年的欺骗现在却突然全部揭露在他们面前，给他们的打击犹如刀剑穿心，他们一直以来让自己相信的一切全毁了。我抱歉还因为我们之间宗教信仰的矛盾，使得本该幸福的一个家庭变得割裂开来。

"对不起。"我又说了一遍，声音大了些。

最终，爸爸抬起头擦掉脸上的泪水，完全恢复了镇静，用非常有力的声音说："你快来不及了。"

我回到房间，珍妮还在收拾行李。"跟父母谈得怎么样？"她问。

"很好，"我说，"我们就随便聊了聊。"

"好的，没有谈不拢的事吧？"

"没有，一点儿都没有。"

第二个周末，电话响起，是爸爸。听上去很不好意思的样子。

"听我说，"他说，"我想让你忘掉在芝加哥旅馆里我说的所有话。我们当时做得太过了。那是你们的婚礼，约翰。如果你们想要弥撒圣礼，你们就应该举行。"

"谢谢，爸爸，"我说，"很感谢你这么说。珍妮和我已经谈过了，我们不举行弥撒了。"

## 22

虽然妈妈不是有意为之，但她几乎毁了我的婚礼。我并不是想埋怨她，可是，婚礼前一个半小时的那个三明治实在像是个蓄意破坏婚礼的计谋。

1989 年 9 月 2 日。天还没亮我就醒了，那天我睡在爸妈房子地下室的折叠沙发上。珍妮住在小镇上的一个朋友家。依照传统，直到婚礼开始前我们都不能见面，也不能通话。醒来后，我觉得胃里翻江倒海，有种说不出的难受。紧绷的神经让我的身体也跟着难受起来。前一天晚上已做过婚礼彩排。不过，在这个日出前的片刻，在蒙蒙亮的天色下，我再也不能否认什么了。我的内心非常明白，这一切都将要真实上演了，三十二岁这一年，我要和我的单身生活说再见了。再过七个小时，我就会成为一个已婚男人。不得不承认，婚姻让我感到有些恐惧。我从沙发床上起来，穿上球鞋，到港丘和圣玛丽学院附近开始慢跑，以此缓解一下紧张的情绪。回来的路上我取回礼服，修了修头发，顺便把胡子剃了。回家后，我到后院摆好了婚礼和迎宾会之间会用到的搭香槟塔和接待来宾的桌子。

正当我打算去洗澡换衣服的时候，妈妈说："你该吃点儿东西。你要应付一整天，没点儿体力可不行。我给你做个三明治吧。"说实话，我一点儿胃口也没有，不过妈妈说得对，如果现在不吃点儿，接下来一整天都可能没时间吃东西。

过了一小会儿，妈妈给我拿来了一个吐司面包做的三明治。我咬了一口，觉得有点儿不对劲，就问她："里面是什么啊？"

"泥肠和洋葱。"

泥肠和洋葱？再过一个多小时我就要亲吻我的新娘了，那会是我们成为夫妻后的第一个吻。让这个吻带着泥肠和洋葱味，实在不是什么好主意。

"您觉得吃这个行吗？"

"有什么不行的，你一向都很喜欢泥肠和洋葱啊！"

我把面包掀开，看到里面粗粗的洋葱圈。洋葱切得很厚，看起来个头比旁边的泥肠还大。生洋葱辛辣的味道迎面而来，只是看着它我就被呛得流泪。这样的三明治应该被叫作"一闻毙命"才对。当时我为什么没有随手放下不吃，或者至少是把里面的洋葱去掉再吃，我想不明白。当时我就这么一口一口地把它吃了个精光，然后还喝了杯牛奶顺了顺。

看着面前的空盘子，我慢慢觉得舌头和嘴唇上火辣辣的。洗澡的时候，觉得舌头和嘴唇简直就要冒火了。我赶紧去刷牙，一次、两次、三次，还用漱口水大口大口地漱口。但这些一点儿都不起作用。我跑到厨房，用白面包泡上牛奶，塞到舌头和上腭之间。又拿来李施德林漱口水拼命地漱口。眼睛被气味刺激得眨个不停。我不单单是散发着异味，简直就是中毒了。

我的两个兄弟给我当伴郎。当我们在教堂后面聚在一起的时候，我清楚地明白，妈妈也不是凡事都是对的，我想两百名宾客很快也会意识到这一点。蒂姆和迈克尔站在离我一米多远的地方，两人不约而同地开始吸鼻子，闻到了我身上传出的气味。蒂姆开口了："别告诉我说你吃了妈妈给你做的泥肠洋葱三明治！"

"怎么这么说？"说着我又把一块薄荷糖放进嘴里。

如果说我向来还算是个挺有自信的人，那么这一天真是让我的自信消失殆尽。后来珍妮告诉我说，她爸爸牵着我走向我时，她在离我还有好几米远的地方就闻到了我嘴里泥肠和洋葱的浓重气味。她爸爸，也就是后来我的岳父对我说，珍妮丝毫没有夸张，因为他也闻到了。如果那天珍妮掉头跑出教堂，奔向停车场开车逃走，我想我都不会怪她的。

尽管我浑身都散发着奇怪的气味，珍妮还是没有在所有关键的问题上犹豫，"我愿意"，她这一句话就像是给我吃了颗定心丸。轮到我重复新婚誓言的时候，我屏住呼吸，极力不让自己呼出一丝那令人尴尬的气味。那可真不是件简单事儿，当时我听起来估计和达斯·维德[1]差不多了。"珍妮……我……愿意……成为……你的……丈夫。"我终于完成了这一神圣的时刻。

随后婚礼结束了。完整的天主教婚礼仪式持续一个小时或者更长时间，而我们的婚礼仅用了十五分钟。我在心中默默地感谢父母。在我和珍妮交换誓言之前，温神父进行了简短的布道，他提醒我们说，我们并不是直接与彼此结合，而是一起许身于耶稣，他省去了关于新婚之夜的部分没说。

当婚礼乐队打点行装离开现场，所有的宾客也都散去之后，我和珍妮

[1] 电影《星际大战》里的重要角色，表情冷酷，有着不自然的机械呼吸声。

来到了离港丘不远的一个假日酒店，一整天的忙碌后，终于可以休息一会儿了。这一天中，除了我那带着浓重洋葱味，隔着老远就能闻到的气息外（在口香糖和薄荷糖的帮助下，这股气味在迎宾中途就消散了），应该算是完美无缺的。这会儿我终于可以轻松并且带着笑意地回想那个"小拿破仑"给我吃的三明治了。不管是有意为之还是无心之举，那个三明治就像是妈妈对我这桩不符合传统的婚事的最后警告，好像是要告诉我们这样的婚姻注定不能美满，结婚当天发生的事情就是个不好的征兆。不过，她和爸爸两人当天的表现好极了，极尽地主之谊，热情地接待来宾，欢迎珍妮的家人，还提供他们的房子为我们举行婚礼预演晚宴和香槟酒会。从他们的表现中根本看不出这桩婚事曾在我家引起的风暴。

酒店的房间并不怎么样，不过我们终于可以静静地待一会儿了。只有我们，珍妮和我，还有耶稣。

"终于办完婚礼了。"珍妮边说边把礼服脱下来扔在地上。

"你现在是我的了。"我一把将她搂到怀里，一起倒向床铺。我们都累坏了，但是，相拥在一起的瞬间，那份激动与喜悦让我们疲惫的神经再次兴奋起来。那晚，是我们成为夫妻后的第一次云雨之欢。

第二天早上，我和珍妮乘坐快速列车前往多伦多，在那里度过了虽然只有短短一周却非常快乐的蜜月。我们计划蜜月结束后回到爸妈家，住一晚上然后第二天一早开车回南佛罗里达。这应该是我们结婚后第一次去爸妈家住。我们故意炫耀了一下手上的戒指，我想这回爸妈不会再坚持让我们分房睡了。我以为我们会睡地下室的沙发床，结果到了家才知道妈妈另有打算。

"你俩去睡我和你们爸爸的房间。"妈妈一本正经地对我们说。

"啊，不用了，妈妈。"珍妮有些吃惊，"我们睡沙发床就行了。"

"乱讲，那怎么行。睡我们的房间会舒服得多。"妈妈坚持自己的决定。

"真的谢谢啦，不过沙发床就挺好的了。"珍妮还是想拒绝。

"好了，别说了。"妈妈不让珍妮接着说下去，"睡我们的房间你们才有自己的隐私嘛。"妈妈说着还冲我们挑了挑眉毛，加上她说话的语气，不用猜也知道她心里在想什么——想着抱孙子呢。我看了珍妮一眼，发现她有些尴尬，估计正起鸡皮疙瘩呢。

"妈妈，您的好意我们心领了，但真的不用了。我还是想睡沙发床。"珍妮这回也很坚持，口气听起来不像是在和妈妈客套。

"绝对不行。房间都给你们布置好了。"妈妈提高了嗓门儿。

"真的不用。您就让我们自己决定吧。"珍妮也不让步。

"不行。"从妈妈的口气听起来这事儿完全没有商量的余地，"听我的。"

我和爸爸两人对视了一下，两人心里都明白得很：这是两个女人之间的事情，傻子才会插手呢。婆媳之间的战斗才刚刚打响，以后的交锋还多的是呢。

"妈妈，我不想睡您的房间。"珍妮的声音绷紧了，她有意放慢语速。

"我都给你布置好了。来来来，我带你看看去。"妈妈还是不放弃。

我们被带到楼上，妈妈打开了房门，眼前的一切让我明白妈妈为什么这么坚持让我们睡在她的房间了。她肯定是花了不少时间和心思把自己的房间布置成一个蜜月用的浪漫卧室。床头柜的花瓶里插着鲜花，床上铺着两套她最喜爱的毛巾。床罩被叠起来了，露出熨烫平整的印花床单。枕头上还有两块包装精致的巧克力，这些正如小圆眼神父描述的那样。如今我们已经结了婚，妈妈似乎完全忘记了之前对于性爱的大肆反对，现在反而是要给我们创造条件让珍妮早些怀孕。珍妮的脸慢慢褪去了血色，她那或战或逃的个性显露无疑，要是地上有条缝她肯定立马跳下去躲起来。

"这房间可是……"妈妈说，我想象着自己立马冲过去把她撞倒在地板上，用手捂住了她的嘴——别说啦，妈妈，请别说下去了——"可是我和你们爸爸的幸运之地哦！"

老天，她还是说了出来。珍妮的脸色难看极了，看起来快要精神分裂了。她一定在心里不停地说：我不会如你们所愿的，一定不会。她站在那里，一言不发。

"好了，妈妈，非常感谢。"我想打破这沉寂的尴尬，"非常好，太棒了。我们这就把行李箱打开，就住这间房了。"我开玩笑似的把她推出了房间，关上门。我又上上下下看了一遍妈妈精心布置过的房间。她还是忘了考虑那些代表宗教的器物对于一个非天主教徒的影响，在男女之事上的影响。房间的一面墙上挂着罗马教皇的画像，他慈爱的目光直直地落在床上；另一面墙上挂着十字架，正在受难的耶稣脸上和身上还滴着鲜血。房间里还摆放着三尊圣母马利亚的塑像，其中一尊接近真人大小。另外还有一尊圣弗朗西斯的塑像。一瓶邮购的圣水放在窗台。两个床头柜上分别放着妈妈的《圣经》和爸爸的祷告书。房间里最为醒目的要算挂在床头的那串巨大的念珠，大得叫人以为是给保罗·邦杨[1]准备的。这串念珠足有一米多长，每个木珠子有核桃大小，串在一根结实的链子上。我往床上一倒，木珠子和床头木板发出响亮的撞击声。

"还好吧。"我对珍妮说。她还是站在那里默不作声。"就一个晚上而已，亲爱的，没问题吧？妈妈是一片好意，她已经尽力了。"我没敢告诉她温神父今晚也会在爸妈家住，就睡在我过去睡过的房间，就在我们隔壁，床头对着我们的床头，也就隔了几十厘米的墙壁而已；还有，爸妈会睡沙发床，就在我们的楼下。

"咱们小声一点儿就行啦。"我走过去想抱住珍妮。

"别碰我！"她像是被针刺了一样，把我的手甩开。

"放松放松，亲爱的，只是个房间而已嘛。"对我而言，确实只是个房间。因为我从小就习惯了这些宗教性的装饰品，早就无视它们的存在了。

"我是认真的。别碰我。"珍妮根本没在开玩笑。

吃完晚饭我们回房歇息，但是珍妮还没有松懈下来。性爱已经成了她和我爸妈之间的一颗隐形炸弹。不过这也不能怪珍妮。结婚之前，这事曾经是我俩备受责难的原因，曾经被看作是让家族蒙羞的龌龊秘密。而如今

---

[1] 美国神话故事中的巨人。

却让我们在爸妈的床上做爱，四周有圣灵、天使还有教皇在看着；而且，我那做神父的舅舅就在和我们一墙之隔的房间里休息！珍妮钻进被窝，攥着被褥的一角，睡得离我老远。爸妈睡的是加大号的双人床，她紧贴着一边的床沿，我俩中间恨不得还能睡下六七个人。我从床的另一边悄悄地挪过去，靠近她，把腿搭在她的腿上。"别碰我。"她又重复了一次，那口气仿佛在说：别得寸进尺了。

尽管如此，我想我还是要采取点儿措施来缓解一下家里的紧张气氛。我坐起来，开始上下左右地摇晃身体。先是轻轻地，慢慢地越来越用力。床架被我弄得咯吱作响，弹簧也开始发出"噔噔"的声音。接着，那串巨大的念珠开始敲击床头，"嗒——嗒——嗒——嗒……"珍妮也应该觉得我的做法相当搞笑。在我爸妈这间充满了宗教氛围的房间里，我们这对新婚夫妇并没有巫山云雨却弄出很大的声响让别人以为我俩正男欢女爱、如胶似漆。真是太搞笑了！我期待着珍妮随时会忍不住笑出声来。

可是她始终也没有笑，甚至没有偷偷地笑或是看我一眼。出乎我的意料，她立马下了床，那速度就像是被东西烫着了一样。于是，我也赶紧下床，好说歹说地劝了她半个小时，让她放弃了半夜就回佛罗里达这个不切实际的想法。最后终于把她哄回了床上。那晚我俩睡得井水不犯河水，两人之间至少隔了一米宽。

第二天早上，匆匆和家人告别之后，我们俩就开车上路了。车子的后座和后备厢塞满了新婚礼物。直到我们快到乔治亚州的时候，珍妮才算是消了气。她生气不单单是因为我搞的那个假装做爱的声音，更主要的是因为在她和我妈产生分歧的时候，我站在了妈妈那边，而没有向着她。我郑重向她保证，她再也不用睡我爸妈的床了。

# 23

婚后一回到佛罗里达，我们就开始四处寻觅一处属于我们俩的爱巢。以前租住的小屋其实也不错，但是现在毕竟不同于往日了，我们渴望找到一个地方安定下来。婚姻带给我们彼此的不仅仅是一种安全感和持久性，更让我们觉得踏实。之前我和珍妮一直坚信，我们根本不需要一纸婚书来约束彼此，婚礼只不过是个形式。然而等到真的结婚了，我们却都很惊讶婚姻竟然给我俩带来如此巨大的转变，当然是往好的方向转变。从相识到现在，我们俩头一回意识到，对方不会离开自己了，不会因为新的工作机会或者奖学金而独自跑掉了。这是我们的生活，我们两个人共同的生活。就算是用它做抵押去银行贷三十年的按揭贷款也不会觉得害怕了。

在一个街区外一条漂亮的街道上，我们发现了一间待售的小公寓。跟我们的出租小屋不同的是，这间小公寓有一片精心护理的茂盛的草坪，周围还种着许多热带植物。当我和珍妮在晚上散步，途中一眼看到这间公寓时，珍妮深吸了一口气："这儿太完美了！"她甚至都没往里面看一眼就下了结论。几周后，我和珍妮带着房产契约和前门钥匙走出了银行——直奔我们的新家：丘吉尔路345号。车刚一驶到门前的车道上，珍妮就跳下来，拿着钥匙朝大门冲过去。

"噢，不！等等！先别进去！等等我！"我在她后面喊道。我想让事情更浪漫一点儿。我在门口抓住她，从她手里抢过钥匙，捅进锁眼，开了门。然后，一下把毫无防备的珍妮搂进怀里，把她抱了起来。她发出一声快乐的惊叫。

"你这个坏蛋！"她一边嚷着一边用手抱住我的脖子，"你想干吗？""你马上就知道了，"我告诉她，"这是我们迈进新家的第一步，也是迈进新生活的第一步。"我一边说着一边抱着她穿过门廊。进了门，我们俩都安静了下来，静静地陶醉着。

"现在可以把我放下来了吧，"珍妮说道，"别伤着你自己。"

几个月过去了，我们把这个小公寓彻底变成了属于我们自己的风格。不仅重新粉刷了墙面，挂上了海地艺术品，还卷起了粗毛地毯，露出底下闪着光泽的橡木地板。我和珍妮种了个小花园，还带回家一只活泼好动的小拉布拉多寻回犬，并取名马利。马利很快赢得了我们的喜爱，尽管每天都要闯祸。从卧室的窗户向外望去，能看到一片栀子花丛和一棵巨大的巴西胡椒树，有很多野鹦鹉在树上筑巢。每天早晨，我们都在鸟语花香中醒来，生活真是再惬意不过了。

然而和父母之间的矛盾仍然困扰着我。我佯装婚前所有的不和睦都随着天主教婚礼仪式的进行而消失，然而伤痕却日益加深。珍妮始终忘不了我父母的主观臆断，尤其是我母亲曾经情绪化地预言我们的婚姻注定走向失败。以他们的道德标准来看，他们骄矜，有着一种优越感，他们一直祈祷自己的儿子能找到一位优秀的天主教妻子，而像珍妮这种没有明确信仰的人是劣等的，根本不符合标准。珍妮深信，我的父母责怪她让我远离了自己的信仰。"在他们眼里，我就是你的滑铁卢。"她不止一次地这么说过。

我的父母也不好受。我迟来的诚实、我对他们价值观的反抗、珍妮对他们信仰的那种掩饰不住的蔑视以及我对这种蔑视的默许，使他们深深地受伤了。他们关于天主教教义的那些中古世纪的解释，包括相信真的有守护天使盘旋在我们肩头以防止被撒旦的使者们伤害，在我和珍妮看来就是一些可笑的迷信说法。区别只在于我是从小听着这些长大的，所以并不以为意。而珍妮则不同了，她丝毫不能掩饰对这些荒唐说法的惊奇。对她而言，这都是些吓唬人的把戏，和往肩膀上撒盐保佑好运的做法没什么两样。对于我父母五花八门的教义解释，她是又好奇又迷惑，通常是做个鬼脸奉承两句。但是我知道，我父母把这理解为嘲笑。在他们眼里，她的不舒服就是不敬。

还记得那时，我和珍妮交往没多久，她第一次去我父母家。妈妈把她堵在厨房里，然后从围裙口袋里掏出一个贴着手写标签的小玻璃瓶。噢，不要，我心想："她怎么把圣水拿出来了！"我眼瞅着她把瓶盖打开，走近珍妮。快放下啊，妈妈，快把它放回围裙里，你太不了解这个女孩了。连一句解释的话都没有，妈妈就用瓶里的圣水浇湿珍妮的拇指，并在珍妮的前额上画了个十字，然后叨念着"以圣父、圣子和圣灵的名义"。爸爸则赞许地看着这一幕。就像他们做的其他事情一样，这次也是出于善意。他们想以这种方式来祝福我们家未来的新成员，希望主能满意我们的结合。即使我妈妈骑上扫帚脚一蹬就飞走了，珍妮也不会感到更震惊了。"都是一些守旧的天主教徒才会那样做。"这是我后来才告诉她的，不过那个时刻为以后的许多事情定下了基调。

这件事已经过去很久了。在我意志坚定的妻子的帮助下，我终于彻底从父母的影响下脱离出来了。从此不必再撒谎，也不会再混淆事实了。我现在无可争辩地自由了，正式地成为"非职业天主教徒"了。但是自由的获得是要付出代价的。就好像我和我父母之间横起了一道坚不可摧的玻璃墙。我仍然能透过玻璃看到他们、听到他们，但是不同于真正意义上的看到和听到。我们避免谈及宗教、政治或者像堕胎、同性恋者的权利这样的社会问题——任何一个热点话题都有可能暴露出我们之间价值观上的尖锐分歧。他们不问，我也不提。他们再也不会滔滔不绝地讲述教堂里最近组织的祷告活动，也不再拷问我有没有做周日弥撒。他们所保持的信仰和我对这一信仰的放弃，成了我们之间交谈的禁忌话题。即便阴影总是萦绕在我们彼此的心头，让我们的关系变得越来越压抑，我们还是假装无视它的存在。

最主要的一点，我想他们已经意识到遇到了劲敌——珍妮，他们要么不吭声，要么就得冒着彻底失去我的危险。如果我妈妈是小拿破仑，那么珍妮一定是她的滑铁卢。妈妈似乎明白自己赢不了这场战争——在不失去她儿子这片领地的前提下。

　　很快就有了另一件他们不想冒险失去的即将来临的战利品。珍妮怀孕了。一想到快要有一个孙子了，他们就兴奋得无以言表。当珍妮第一次怀孕以流产告终，他们和我们一样悲痛，尽管他们把它归因于上帝的神秘计划。很快，珍妮又怀孕了，然后在1992年5月，我们把小帕特里克·约瑟夫·格罗根从医院带回了家。我们为他选取了和珍妮的父亲相同的中间名，同时我也很自豪地使我的父母相信我是在遵循他们"玛丽和约瑟夫"的取名传统。一周后，珍妮的父母来和我们住了十天，这期间我们过得非常轻松愉快。我的岳母包揽了全部的家务活，每天都是我去上班，珍妮和父母带着孩子出去溜达——超市、日式花园，甚至还去过湖滩，在那儿珍妮会坐在阴凉处为我们刚出生的儿子哺乳。

　　珍妮的父母走后的两天，我的父母从亚特兰大外的一个露营地打来电话。他们前一天就驾车到了那儿，现在正在来探望我们夫妻和孙子的路上，但是他们此行还有一个目的：去科尼尔斯的一个农场朝圣。科尼尔斯是乔治亚州亚特兰大市东面的一个小镇。传说圣女玛丽显灵的事就是那个农场的主人报告的。天主教教会并不赞同这种所谓的"亲眼所见"，然而这个农场主妇的话却足以糊弄我的爸爸妈妈。

　　"圣母告诉我们，如果想有希望就要祷告。"妈妈说，然后她把电话递给了爸爸。这时我更明白他们前往所谓的奇迹发生地做朝圣之旅的原因了。爸爸肯定有事情要宣布。帕特里克出生那天，爸爸的医生检查出他的前列腺长了肿瘤。一从我家回去，他就得安排做放射治疗。他跟我保证说，医生有信心把他的病治好。

　　"为什么不早告诉我呢？"我问道。

　　"你第一个孩子才刚刚出生，"他说，"我不想扫你的兴。"

　　"我不希望你们有事瞒着我，爸爸，"我说，"无论什么事，不管你是什么时候知道的，一定要告诉我，好吗？"

　　"有你这句话就够了。"爸爸说。

　　第二天晚上，当他们好不容易停好旅行车，从车上下来的时候，我发现他们看起来苍老了很多，比我几个月前见到的他们更孱弱。几十年来，他们一直愉快地驾驶着那辆"流动的家"——雪佛兰小卡车游遍了整个美国和墨西哥。不是观光就是串亲，或者去圣地朝拜。但是现如今我看到的却是他们紧张的神情和疲惫的身影。他们七十六岁了，行动日渐不便，已经无法承受长时间的奔波劳碌了。我悲哀地意识到，他们的旅行生涯即将画上一个句号。

从两年前我和珍妮决定同居到现在，这是我父母第一次来看望我们。我希望别出什么岔子。然而他们刚一踏进家门我就感觉到珍妮的警惕在激增。每当我妈妈摇动孩子的摇篮或者温声细语地逗孩子时，珍妮都会像母鸡护着小鸡一样守在旁边，显得相当不安。晚饭后，她把我堵在了厨房。

"听着，"她低声说道，"我可不想让你妈在我们孩子身上实施什么秘密的家庭洗礼。"我觉得她的担心实在很荒谬，但是也不是没有根据。在我妈妈还是中学女生的时候，她就曾经为她看护的那些非天主教小孩做秘密洗礼。即使长大以后，她也觉得自己当初做得很对，还兴致勃勃地讲给我们听。她从小就被灌输了一种理念，即普通的天主教徒在特定的情况下也可以实施紧急洗礼。在她看来，这是在拯救那些孩子，使他们彻底远离地狱边境，即天堂和地狱之间的永久等待室。修女们曾经告诫过我们，那儿是全世界数百万的异教婴儿的最终归宿。珍妮也听过这个故事，既然有了自己的孩子，她一想到她的婆婆有可能背着自己对孩子实施秘密宗教仪式就烦躁不安。

"没人会给帕特里克做秘密洗礼的。"我安慰她说，但我敢说她根本不信。她是不会让帕特里克离开她视线一步的。

表面上，我父母的这次来访还是很愉快的。妈妈包揽了大部分家务活，爸爸则悠闲地打理着院子。我们有时候也会轻松地闲聊，当然还是那些安全的话题。全家人坐下来吃饭的时候，他们尝试不做饭前祷告了。他们心里清楚，现在是在我家，就得守我家的规矩。然而一天天过去了，妈妈也日渐感觉到了珍妮的别扭和不适。她一度在和我独处的时候跟我说："珍妮那副样子，好像我没带过孩子似的。怎么着，难不成她以为我会把孩子摔着吗？"

"刚当妈的都这样，"我解释说，"妈妈，别太在意。"

从爸爸的眼神中，我知道他一定在他们俩单独待在车里的时候给了妈妈同样的建议。我出门上班时，他们俩想帮忙带孩子，这样珍妮就可以去办差事或者补个觉。但是珍妮每次都避开了他们的提议，走到哪就把孩子带到哪，不管是去商店还是进房间小睡。他们根本就插不上手，因而觉得备受冷落。

尽管珍妮十分担心，我的父母还真压根儿没有给他们的孙子实施秘密洗礼的念头，但是这并不表示他们忘记了我们举行天主教式婚礼时许下的诺言。一天傍晚我下班回到家，发现他们独自待在起居室里。珍妮带着孩子购物去了。"她没说什么时候回来。"妈妈带着一脸的委屈说道。

这次终于让他们逮到了和我独处的机会。还没等我换鞋，他们就迫不及待地开口了。"你看，我们一直想问你来着。"爸爸说道。我打起精神，早料到他们底下会说什么了。"你为孩子定好受洗的日子了吗？"

"我们正在商量。"我说。我们俩也的确商量过。

"洗礼很重要，"爸爸说道，"不做的话，帕特里克就不能获得永远的救赎。"

"我们也正考虑这件事。"我答道。

"还有什么可考虑的？"妈妈打断我，"他都快满月了。我真不明白你们还在等什么。"

"我们有这个打算。"我说。

她的脸马上沉了下来。"你很清楚，如果他发生了什么事——没有上帝保佑——他是不能升入天堂的。他将永远被排除在主的庇护范围之外。"

"我并不十分担心这个。"

"你应该担心的。"

我感觉脸上的血液正往上冲。"你真的认为主会残忍地遗弃一个无辜的婴儿，仅仅是因为他的父母没来得及给他做洗礼吗？"说完又忍不住加上一句："你们又真的认为在主的眼中，一个天主教孩子比一个犹太教孩子或者穆斯林孩子，甚至什么教都不是的孩子更神圣吗？"多年来，天主教信条中的"唯一真理"已经让我无法忍受了。

"我们每个人生下来都带着原罪，"爸爸说道，"通过洗礼，能洗掉身上的原罪，让帕特里克成为主的孩子。"

我不说话了，只是盯着地板。

"我们一起祷告吧。"妈妈建议道，还没等我反抗，她就抓住我的一只手放在她手里，自己把另一只手放在爸爸手里。爸爸又用他闲着的手抓住了我的另一只手，我们三个围成了一个圈。

"我们一起低下头祷告吧！"爸爸说，"以圣父、圣子和圣灵的名义。"

我只好跟着低下头背诵祷词。我满脑子都设想着万一珍妮推门进来看到这一幕会有多么惊恐，她会感觉自己的忧虑被证实了：我的父母真的背着她秘密地念咒。我竖起耳朵仔细听着车库的响动。我从小到大背了那么多次祷词，但感觉这次是最漫长的。好不容易熬到结束，我松了口气说道："你们真的不用担心了，帕特里克会做洗礼的。我们只是会按照自己的步骤进行。"然后我找了个借口进了洗手间，这才如释重负地擦去满脸的冷汗。

第二天早晨，也就是我父母"十日游"的第六天，爸爸妈妈宣布他们决定缩短行程，转天就回家。表面上的说辞是不能忍受南佛罗里达闷热的天气，这倒是实话。尽管温度和湿度都很适中，妈妈也显得很憔悴。而且他们还担心爸爸的肿瘤，该回去做放射治疗了。"我得承认，接下来的事没什么可期盼的，"爸爸说，"不过我看还是赶快回家把事情料理妥当为好。"但是我想跟珍妮的矛盾也是他们急于离开的原因之一。

那天晚上过得出奇的轻松。珍妮和我母亲都明显地放松下来。全家人围坐在一起愉快地交谈。妈妈讲起她小时候和我小时候的故事，逗得我们开怀大笑。我又问了爸爸关于癌症的事，以及已经安排好的骨扫描，通过它能知道癌细胞是不是已经扩散到前列腺以外的地方。爸爸说："一切都掌握在主的手中。无论主替我选择了什么,那都是注定的了。"

妈妈插嘴说:"我和你爸爸一辈子都在传播圣母福音,那就是世界将通过祷告来得到救赎。我们还有很多事情要做。没有你爸爸陪我,我什么都做不了,所以我想主必将赐予他更多健康的日子,让他跟我一起度过。"

"我们仍然有很多事情要做。"爸爸赞同地说。我深知,他们并不是故作坚强地说说而已。这就是他们所坚信的。对于他们这种完整而坚不可摧的信念,我都觉得惊奇。

第二天早晨,珍妮替他们准备好在路上吃的午餐,我则帮他们把行李装到车上。一切都很轻松愉快,直到爸爸弯下腰跟他的孙子告别。他用手背轻轻地抚摩着帕特里克的脸颊,妈妈忍不住抽泣起来。她佯装的乐观坚强似乎在一夕之间消失殆尽。我猜想她一定在想,自己的丈夫是不是还能活着再见孙子一面。

儿子才刚刚开始新生活,父亲却危在旦夕,对于这种情境,我并非无动于衷。我想对爸爸说些意味深长的话,但是想了半天也没说出口。我给了妈妈一个久久的拥抱,给爸爸的则是经典的格罗根男人的握手。我紧紧地握着他的手,握了很长时间。我告诉他们这次探望对我来说意义非凡。当我看着他们拖着笨重的身体慢慢地上了车,一股如电击般的痛楚涌上我的心头。尽管我知道,屋子里有一个一心一意爱着我的妻子和一个可爱的儿子在等待着我,他们将是我后半生快乐的源泉,但是我仍然不可遏制地觉得自己特别孤独。我一直站在路边,看着他们的车驶出拐角,这时我才真切地体会到:一个家庭才刚刚开始生命的航程,而另一个却要走向旅途的尽头。

帕特里克四个月大了,我和珍妮带他去密歇根的圣母庇护所圣地受洗礼。珍妮遵守了她给大卫神父的承诺,表示如果我想这样做的话,她是不会反对的。而且,尽管我不再假装自己是职业天主教徒(有人问的话,我的备用托词是:我是从"天主教世家"走出来的),但我也会被迫来解释这件事:我不再是一个精神上的天主教徒了,也许我从来都算不上是,但是我仍然认为自己是一个天主教徒。它是我生命的一部分，我希望它也能成为我孩子们生命的一部分。我了解我的父母——尤其是爸爸——他肯定会觉得出于这个原因才为孩子做洗礼是大错特错。仅仅包含对信仰的怀念而不包含信仰本身的"文化上的天主教徒"这个词，令他极为反感。然而不可否认的一点是，我觉得这个词很适合我。

无论出于什么原因，爸爸妈妈听说了我们的决定后非常高兴。当我打电话告诉他们帕特里克将在圣母庇护所受洗礼时，他们马上开始列宾客名单。

"呃，我和珍妮想办得低调一点儿，"我打断他们说，"你们知道，光邀请比较近的亲戚就行。"

"胡说，"妈妈说道，"我们需要邀请邻居们、圣坛会的人还有祷告组的人。过后我会招待他们的。"

"妈妈。"我叫了一声，声音已经带着愠怒。

"怎么？你想让你的孩子出风头，不是吗？再说如果你不那么做，人们会开始议论你的孩子是不是有毛病。"

"能有什么毛病？像西棕榈海岸的罗锅一样吗？"我问道。

"你知道那些人啦，是会议论的，"她说，"我孙子各方面都很完美，我还想炫耀一下呢。"

更重要的一点，我猜，她是想借此机会炫耀一下，自己的孙子不再是一个不受主庇护的异教孩子了。我圆滑地试图打消她的积极性，我告诉她我们需要尊重珍妮作为母亲所具有的敏感性。"你也不想吓着她吧，妈妈。"我说。

"这为什么会吓着别人呢？"她问道，"顺便说一句，既然你已经成家了，你就没想过是时候该恢复弥撒礼了吗？"

这次谈话的最终结果是我赢得了一些让步，但是妈妈也大体上得到了她想要的。珍妮重申说这是我自己的事，她不会插手，她也差不多就是这么做的。

乔神父对幸运牌香烟的热爱最终害了他。他在头一年就已经死于癌症，安静地逝于姐姐玛丽乔之前住过的房间。我父母在他临终前的几个月衣不解带地照顾过他。温神父仍然健康而有活力，他住在密歇根森林的一间小木屋里，并且非常乐意出山主持帕特里克的洗礼仪式。

我们还请求石头和他的妻子做帕特里克的教父母，他们夫妇决定从芝加哥驱车前来参加这个大日子。他俩把帕特里克抱在怀里，温神父开始进行洗礼仪式，其中的主要步骤就是把恶魔从孩子被玷污的灵魂上赶走。

"你会弃绝撒旦和他所有的罪恶吗？"他问教堂里的三十来个人。

"弃绝。"他们齐声答道，也包括我。我用眼角的余光瞥见珍妮的下巴一直紧绷着。

"你会弃绝撒旦和他所有的罪恶吗？"他又问教父母同样的问题。

"弃绝。"他们答道。珍妮的双手，这时候已经搭在了条凳上，我敢说她正极力忍住冲上去抢过孩子夺路而逃的念头。

然后神父转向帕特里克，把手放在他身上。"你会弃绝撒旦和他所有的罪恶吗？"温神父问道，并向石头夫妻点点头，示意他们替他回答。

"他也弃绝。"他们答道。珍妮看起来像是要昏厥一般。这种在她的宝贝儿子身上驱鬼的念头实在让她无法忍受。我猜她肯定在等着帕特里克的头像《招魂者》电影里的琳达·布莱尔一样转来转去。

"我驱逐你，每一个罪恶的灵魂，"温神父用清晰有力的声音喊出，"以全能的圣父的名义，以圣子耶稣基督、主的唯一子的名义，在圣灵的力量下，脱离主的这一生物！"

我弯腰凑近珍妮，嘴唇贴在她的耳朵上。"深呼吸，"我低语道，"迅速地深吸一口气，呼气，"我压低声音说道，"就快结束了。"

温神父一边在帕特里克前额洒水三次，一边唱颂道："我因父及子及圣神之名给你授洗。"他用拇指蘸了一些圣油在我儿子的额头和胸前画着十字，并在他身上放了一个沾了淀粉的亚麻布围嘴，以表示他已经彻底洗脱了原罪。

仪式结束了。爸妈的祷告组和圣坛会的朋友们涌上前来温声细语地哄着帕特里克。温神父开玩笑地将他的曾外甥举起来，庆贺他在整个仪式期间一句也没哭闹。我站到一边，用胳膊搂住珍妮，摩挲着她的脊背。

"那个魔鬼已经被赶走了，现在怕是快回到地府了。"我打趣道，希望博珍妮一笑，"温神父把魔鬼赶跑了。如果帕特里克以后再走错路，我们可就怨不得魔鬼了。"

珍妮勉强冲我笑笑。

"你还好吧？"我问道。

"我没事，"她说，"就等着喝杯啤酒了。"

"我也是，"我立刻表示赞同，"也许能喝两杯。"在回家参加妈妈酒会的路上，我特意绕道去买了一打啤酒，就在拐角处那家我和汤米当初经常光顾的派对用品商店。

## 24

为帕特里克做完洗礼之后十三个月，我和珍妮的第二个孩子降生了。我们也为他做了洗礼，并取了圣名康纳尔·理查德，但这次的洗礼是按照我们自己的方式进行的。我们选择了西棕榈海岸的地方堂区，就是小圆眼神父当初教授我和珍妮安全期避孕法的那间教堂。我们参加的是一场集体受洗仪式，好几个婴儿一起受洗。主持洗礼的神父在把魔鬼撒旦从纯洁的灵魂中驱逐出去的时候，可比我那个温舅舅温柔多了。鉴于路途遥远，我父母又都上了年纪，因而没来参加洗礼仪式。这省去了很多麻烦事，珍妮和我都感到出奇的轻松。我后来寄了照片给爸爸妈妈，让他们知道他们的第二个孙子也投进了主的怀抱。

后来，我们的小女儿科琳·露丝也出生了，这个家可以说真正的完整了。

我们现在有五个人，感觉还不错。跟康纳尔一样，我们也带小女儿去我们位于波卡拉顿的新家附近的一间教堂参加了集体洗礼。这次的洗礼甚至没有神父在场，一位已婚的执事主持的洗礼。我年事已高的父母这下可以放心了，他们的孙子孙女们终于不用在主的等待室里度过永生了。我也觉得自己已经完成任务，可以歇一歇了。

就像妈妈预言的那样，看来主真的还有很多事情需要爸爸去完成，因为他已经用和温神父驱逐撒旦同样的力量驱逐了前列腺癌。经过几轮的放射治疗，医生宣布爸爸的癌细胞已经完全消失了。他还说："以后就是死也不会死于这个病了。"爸爸把他的好运气全都归功于祷告的力量，他又变得强壮起来。

主一定也安排了更多的工作给妈妈。科琳出生后第二年，妈妈的心脏病医生就已经断言她的动脉已基本堵塞了，只要激动过度就有中风或者犯心脏病的危险。到了医院，医生们试图用分流器疏通动脉，但最终却害得她被送去做紧急开心手术。做完开心手术又休养了很长一段时间，妈妈总算捡回了一条命，感觉比生病前还要好。她不用再停下来歇气或者服用甘油三硝酸酯控制心频了。这次的四重分流手术治疗只留下了一个负面影响，但却是非常严重的。医生们早就提醒过我们，由于手术期间依赖外部辅助呼吸的时间过长，在术后几周，妈妈可能会变得健忘、精神游离。他们说对了。但是他们没料到的是妈妈的大脑似乎再不会恢复到从前那般犀利了。妈妈做手术的那天标志着她今后漫长的失忆生活的开始，这种状态开始时还不明显，但随着时间的推移却日渐严重。

她的关节炎也越来越严重，身体变得一天比一天虚弱。爸爸开始承担起更多的家务——用吸尘器做清扫、去商店购物，甚至开始锻炼厨艺。他还是会料理他的那片草坪、清理车道、修剪篱笆，并抽时间为教堂周边的花圃锄草浇水。

作为一对夫妻，我的父母把越来越多的时间花费在对信仰的坚持上。教会的朋友们几乎每周来访一次，而与死亡擦肩而过的亲身经历，使他们

对死亡有了更深刻的理解。我一直觉得这不太可能，然而他们一年比一年
虔诚。除了晚间新闻以外，他们不看除永生信言电视网之外的任何节目。
永生信言电视网是由一个名为安杰丽卡的修女建立的。她整天皱着眉头，
总是摆出一副教训人的架势。她经常发表一些抨击社会罪恶的守旧的长篇
大论，我父母对此却十分笃信。他们觉得自己跟现代社会日益疏远，而安
杰丽卡修女正好迎合了他们的感受。她宣扬关于生活复杂性的"黑白削减
理论"，她让他们为坚持旧的理念感到安慰。约翰·保罗二世教皇来美国
的时候，我父母黏在电视机前好多天一直收看永生信言电视网，并把他和
车队的每一次露面都录了下来。

　　我们的生活似乎在朝着两个不同的方向绕道而行，渐渐形成了一种规
律。我和爸妈每周或每两周都会通电话，在生日和节日的时候也会互送卡片。
每年冬天，他们都会飞来南佛罗里达和我们待上一周，而一到夏天，我和
珍妮也会用小货车载着孩子们行驶三十个小时去和他们住上几天。跟之前
的那些拜访不同，他们再也不会安排什么日程，甚至都不在我们面前大声
地做饭前祷告了。每天早晨他们都会起床悄悄地出门做弥撒，也不叫我们
去了，甚至都不告诉我们会去哪。我和珍妮都小心翼翼地不去触碰他们对
永生信言电视网的虔诚这个话题，也避免谈论家里日益增加的马利亚肖像。
妈妈和珍妮都获得了各自的平静，并在孩子们身上找到了共同的联系，谈
话的内容也始终围绕着这个中性的话题。我和爸爸也一样，也找到了一片
谈话的安全地带。我们谈论职业问题、房屋修补和对园艺的共同热爱。我
还帮着爸爸在花园里干些零活，有时候带孩子们去圣母庇护所的操场玩耍、
去潟湖钓蓝鳃鱼或者去港丘的湖滩游泳，我和汤米、石头、布袋当初可在
这些地方度过了太多的时光。

　　一个夏日的傍晚，我们正准备在带屏风的走廊坐下吃晚饭，科琳坐在
一把高脚椅子上，男孩子们跪着坐在他们铸铁制的椅子上，这样下巴就不
会碰到玻璃餐桌，我出其不意地问道："爸爸，你不领着我们祷告吗？"
我不知道自己为什么会突然这样说，但是我知道，我想让我的孩子至少能

够体验一下我在他们这个年纪所感受到的安全、有序的世界。同时，我也想让父母知道，在孙子面前，他们可以做自己。爸爸抬头看看我，眨了眨眼。把这个老头吓一跳可并非易事，但是我做到了。他顿了一下，然后一边把指尖举到前额准备画十字，一边开始说道："因父及子及圣灵之名。"男孩子们学着他的样子，努力地祈福："主啊，求您降福于……"最后，他即兴说道："感谢您，主，感谢您把约翰、珍妮和三个漂亮的孙儿赐给我们，感谢您保佑他们安全地回来看我们。"孩子们跟着他们的爷爷大声说道："阿门。"

孩子们都还小，因而很容易假装他们受的是宗教式教育。但是很快，帕特里克上二年级了，到了该准备做首次忏悔和领圣体的时候。爸妈都暗自着急地等着我下令，但我是不会那么做的。不仅是对帕特里克，对他的弟弟妹妹们也一样。从帕特里克出生以来，我和珍妮就已经建立了完全属于我们自己的生活模式。我对手上的三个弱小生命所负有的美好责任让我能够很好地看待和处理与父母的关系。现在珍妮和孩子们在我心里是排在第一位的，我已经欣然接受了自己作为丈夫、父亲和一家之主的角色。我就是我，就像婚姻理疗专家亚当斯医生在几年前跟我说过的，这都取决于我的父母，看他们是不是接受他们的儿子，或者说，接受他所长成的样子。我敢说他们正在努力往这上面靠拢。

我渐渐越来越舒坦地接受了自己作为一名业余天主教徒的角色：并非对天主教思想怀有特别的敌意，却也受够了那些不适合我的说教。因为自打我记事起，爸爸最喜欢抨击的对象就是那种选择遵守却漠视宗教裁定的人，就好像是对待菜单上的菜肴一样对待信仰。爸爸在这世上最痛恨的差不多就是这种人，他们选择信仰，就好比站在麦当劳的"得来速"窗口选择汉堡一样。

不提我们关于宗教信仰的分歧，在这一点上我俩倒是十分一致。我的许多同龄人都称自己为职业天主教徒，然而事实上他们只有在需要的时候才变得"职业"。他们接受那些感觉良好的方面，同时很自然地漠视那些他们不喜欢的教会等级制度。他们可能会习惯了节育，支持堕胎的权利，对教会谴责同性恋的行为嗤之以鼻，也会质疑为什么女人不能当神职人员，即便这样，他们还是称呼自己为天主教徒。我知道爸妈都对我的选择感到相当失望，但至少他们不能谴责我，我是不会把天主教当作菜单在上面随便挑挑拣拣的。

　　孩子们上小学的时候，神职人员的性虐待丑闻暴露在公众之下，这可能会撼动天主教教会的根基。它也蒸发掉了我那最后一点儿日益瓦解的信仰。那些有恋童癖的神父伤害最脆弱、最无助的群体的行为已经够使人生厌的了，然而更为可恨的是他们的上司蓄意装聋作哑、掩盖事实真相。我知道，在每一个掠夺成性的神父和每一个试图保护他的无德的大主教身边，都有成百上千的人在怀着基督式的虔诚履行天职，就像我的两个舅舅。然而疯传的丑闻喊出了最高位的伪善。猥亵者和他们的包庇者一面做坏事，一面却在每个周日穿着雪白的法衣作为基督的化身站在人前。他们才是彻彻底底的快餐式基督教徒，不过我是不会对我的父亲说这些的。我能想象，现在的他听到丑闻会是多么的震惊和崩溃，尽管他最终又会说他们仅仅是被教会中的自由因素和现代社会中的堕落文化污染的几颗"坏老鼠屎"。我只能闭口不谈。有一次深夜打电话给蒂姆，我说："是时候不做天主教徒了，该歇歇了。"不同于我的是，他已经余怒未消地远离了教会。

　　而我和珍妮开始用自己的方式尽力地把孩子们培养成有道德的人，教给他们善良、爱和宽容。我们绝不需要任何有组织的宗教的帮助。

　　爸爸妈妈一句话也没说，他们也不敢说。看着一个一个的孩子烙上又脱去天主教的印记——从第一次做忏悔、第一次领圣体，直到坚信礼，他们都闭口不谈。珍妮已经很明确地表示她决不能容忍再多的干涉。她多次的突然发怒和与她的权利斗争已经让爸妈明白珍妮不是说着玩儿的。他们也逐渐接受了我向着珍妮的事实。他们不再发表意见了，生怕会失去接近儿子和孙子的机会。

取而代之的是，他们开始给我们邮东西。第一次是一本巨大的、笨重的家用《圣经》，每一页都镶着金边，还附着一张便条，鼓励我们把读《圣经》作为生活的一部分。后来又寄了一个一面墙大小的十字架，也附了便条，建议我们始终摆在家里。之后寄了一座圣母马利亚的雕像，还有一本厚厚的专著，详细地解释了天主教教义。还寄过一些儿童祷告用书和《圣经》故事，以及玫瑰经念珠作为生日礼物。

最后，爸爸寄来了一本《天主教式的教育》杂志和一封亲笔信，上面说他已经为我们订了一年的杂志。"希望你和珍妮在每篇文章里都能读到有用的知识。"他写道。

我们已经回避这个话题很久了，我知道我欠他们一个解释。因为他们虽然不再逼我了，但是并不意味着他们不再担忧。在一封感谢他们订购杂志的信中，我这样写道：

"我知道我们没有按照你们喜欢的方式养育孩子，但是我希望你们能了解，我和珍妮为孩子们精神的成长倾注了非常多的心思和精力。我们将尽最大努力，把他们培养成品德高尚、有操守的人。我们有自己的方式，但是最终的目的，我想，跟你们是一样的。"

几个月前，我成为了《费城调查者》的一名大都市专栏作家，针对一些话题发表未加粉饰的观点。这个工作跟我前些年在劳德代尔堡的报社的工作差不多，但是最大的不同在于：这个专栏是在线的。爸妈可以在文章发布出来的当天就马上读到，爸爸尤其热衷于关注我的文章。我已经不再试图瞒着他发表我的看法，我的专栏里严厉控诉了天主教教会包庇虐童者的行为。但是，我想我还是该向爸妈解释一下这件事。

"你们可能已经从我的专栏里看到了，我已经厌倦了人类的这些制度——政治的、司法的、商业的，还有，对，还有宗教的，"我写道，"但是那并不意味着我厌倦了这些制度所代表的含义——民主、正义、进取心、信念。我们人类是脆弱的、不完美的。一群不完美的人试图告诉另一群不完美的人该如何生活，这不是我的个性。再说，你们知道我向来就不喜欢凑热闹。所以我在雷区中小心地探索着我自己的教子方式，努力地指引一条正确的道路，并在沿途不断调整教育方式。我唯一能保证的就是我将会保持开明的思想。"

我在结尾说道："我知道在这件事上我给您和妈妈带来了很大的痛苦，为此我很抱歉。不过我也知道您向来推崇一点，那就是我们每个人都必须遵守自己的道德准绳。请您不要太过担心，我知道这说起来容易做起来难。您对我来说是一个伟大的父亲，我也正在努力成为我孩子们的伟大父亲。谢谢您为我树立了一个好榜样。"

爸爸过了两个月才回信。在回信中他为自己那么久才回信道歉，并解释说是为了要照顾妈妈。妈妈现在已经越来越依赖他，即便是最基本的生活需要。"照顾你母亲已经成了我的全职工作。"爸爸又解释说，"我不是要抱怨，我还要感谢圣主给了我照顾露丝的机会，还要祈祷他保佑我能一直这么做下去。"

然后他笔锋一转，谈到了我之前的话题。

"听到你说你和珍妮每天都在努力地给予孩子们精神方面的悉心照料，并让基督教义成为他们成长过程中价值体系的基础，我感到既高兴又欣慰。"他说他明白我们是想在没有宗教组织帮助的情况下做这件事。"尽管如此，我还是真心地希望你们在时机成熟的时候，"他又写道，"带他们领略天主教的传统之美。"

"我从未放弃对教会的希望，但我觉得必须有所反省，不能一味地崇拜，"我回信说道，"我知道你们一直在为珍妮、孩子们和我祈祷，我真心地感激你们。我们会利用能得到的一切帮助。"

我心里的确是这么想的。

# 第三章　离别的凛冬

25

那个冬天，一个珍贵的生命在港丘彻底消失了。父母家中那棵枝叶遍布整个后院的几十岁的巨大枫树在一场暴风雪中倒下了。爸爸给我们打来电话通知了这件事，就如同失去了一位家庭成员。在我刚刚蹒跚学步的时候，那棵树就自己在后院生了根，这些年来早已长成了参天大树。我们小时候经常在树下野餐，或者爬到结实的枝杈上面玩耍。

"一个时代结束了。"爸爸说道，并叫来了树木清理人员把大树挪走，包括树桩、树根，所有的都挪走了。

春天来了，爸爸透过起居室的窗户向外望去，望向那片他曾经看到失去而如今看到希望的地方。"我说，"他在我们每周的例行谈话中提到，"我在想既然那棵枫树已经不在了，太阳又可以洒满院子了，或许在那块地方可以种个小花园。你母亲可以坐在这儿欣赏。"

尽管它十分高大壮观，实际上枫树本来就是植物群中的侵略者，贪婪地汲取水和营养,把赋予土地生命的阳光都挡住了,营造出一片荒凉的地带,只长了一片坚韧的草丛和野生薄荷。随着大枫树的死亡,那片地方又有能力供养新一代植物了。"我想你或许能够给我出出主意。"爸爸这样说。

1999年,珍妮和我带着孩子们搬到了宾夕法尼亚州,我也因此有了做园艺专栏编辑的机会。我在《有机园艺》杂志做了三年的编辑后,才意识到自己原来更倾心于做日报,于是又到了《费城调查者》。爸爸依靠自己的能力成为了一个技艺娴熟的园艺师,但他大多只会种些金盏花、牵牛花和其他来自园艺中心的好养活的年生花,他希望我能给他点儿建议,好种点儿特别的品种。

能帮到他,让我激动不已。因为爸爸向来都是特别自信的,即便是到了八十七岁的高龄,他也从未让我有机会帮他。在接下来的几周,我们俩终于详细讨论出了不同植物的优劣,如何把多年生植物和一年生植物混种以便四季常青,也选出了几种不同高度的植物以给花园布置出三维的效果。我十分享受这个过程,一方面是因为我热爱园艺,而更大的原因是我意识到,它给了我们一个能够联络父子间感情的机会,就像我小时候的科学展览和家居装饰计划。

冰雪融化后的一个傍晚,我拿着一把铁锹和一个大篮子进了我家的花园。在一处园圃上,我弯下腰四处探寻着,终于让我发现了一株休眠的玉簪的幼苗从地膜里探出头来。我用铁锹挖出那块盘子大小的根,然后掰成四根差不多大的枝杈。我把其中一根枝杈重新放回坑里,用报纸包了其他三根放到篮子里。紧接着,我又走到紫松果菊那儿,重复了这道程序。然后我相继从野生黄菊花、香蜂草、夹竹桃、雏菊、芳香的茴藿香和强壮多产的日百合上各取下了一些枝杈。篮子里很快就装满了各式各样的多年生植物,足够爸爸种在他的花园里了。园丁最大的乐趣之一就是给予。由于花园里的植物始终都很富足,因此给予是一种简单容易的慷慨行为,这不禁让我想起上学时学过的饼和鱼的奇迹:你分享得越多,就有越多的东西可分享。能从我的花园收集起给爸爸的关爱包裹,让我感到了极大的愉悦。

我在做这些的时候脸上始终带着微笑。

几天后，当我的关爱包裹出现在了父母家的门廊上，爸爸迫不及待地给我打来了电话。"我的天！"他说道，"这些都是什么啊？就好像是三月里过圣诞节一样啊！"我好久都没听到他这么高兴了。我其实并没有送他什么苗圃买不到的物种，但是他的反应就像我给他的是从遥远的地区弄来的异国珍稀物种。"真是太棒了！"

"这些够你种个新花园了，"我说，"你可以随后再穿插着种点儿年生植物。"

父亲是这么做的，在以前种枫树的地方开辟出一圈地方，给那块土壤施了肥和叶护根，然后把休眠的植物枝杈填进去。父亲的努力是对未来的一种信任投票。新的生命将会在原先毫无生气的棕色树根处冒出来。爸爸最终会实现他甜美、无私的愿望，那就是自己深爱的女人能够坐在门廊上呼吸着新鲜的空气，在微风轻拂下胡思乱想，沉浸在花园舒缓心灵的美景中。花园将会成长、开花，就像一个对大自然的盛衰交替、生死存亡和不动声色的恢复力的谦虚证明。

四十年来，那棵老树让我们的小院增色不少，现在它不在了，新一代生命即将扎根在它曾经生长的地方，而如果巨塔般的枫树还在，这些生命是不可能存在的。季节变换，老树相继倒下，新枝破土而出。新的生命总是在死亡与腐朽中冒出嫩芽。生活的车轮还在向前，不可逆转也不能改变。

格罗根家的四个孩子也像花园里的植物一样，在不同的地方，以不同的方式扎根了。玛丽乔成为了安阿伯市郊区的一名社会工作者，每天都忙着帮助那些不幸的家庭拼凑起支离破碎的生活。蒂姆在纽约市一份商业杂志做经济评论员。迈克尔获得工商管理学硕士学位后，做了一段时间的财务分析师。后来出现了一系列无法定义的易疲劳症状，最终被医生确诊患了慢性疲劳综合征。他只好辞掉在南加利福尼亚的工作回到家和爸妈住在一起，开始了长时间的休养。

我是四个孩子中唯一一个结婚的。玛丽乔跟我一样不顾父母的反对坚持跟她长久以来的伙伴和灵魂伴侣，一位名叫肯特的心理学家同居了，放弃举行婚礼，而是选择在他们家屋后的树林里举行了一个非正式的誓约仪式。蒂姆也和一个女人同居了几年，后来分手了。他和迈克尔至今仍然单身。我们兄妹四人常常取笑爸妈投入巨大的热情祈求主赐给他们优秀的天主教女孩，好让我们都安定下来。跟蒂姆和我不同的是，迈克尔和玛丽乔始终保持着天主教的习惯，尽管是在处理他们自己一些和教会有关的事情的时候。

就我而言，横在我和父母之间的宗教鸿沟带给我的是一种矛盾的感情：陶醉其中的自由感夹杂着阴郁的、痛心的忧伤——这种感觉时而可感可触，时而又遥不可及，然而却是每天的的确确存在着——我明白自己给父母带来了极大的伤害。我怀疑，玛丽乔、蒂姆和迈克尔也以他们自己的方式进行过类似的抗争，但是我们谁都不常谈起。父母的期望是很难达到的，但我们几个都清楚，我们遵循天主教路线对他们来说是多么的重要。

我在四十岁后，看着我的孩子们从蹒跚学步的婴儿成长为身材瘦长的孩童，生活似乎终于找到了平衡点。妈妈成功地挺过了开心手术和髋关节置换手术。爸爸也战胜了前列腺癌，而且潜藏在他血液中的白血病似乎也进入了休战状态。他每四个月提交一份血样，医生也会每四个月返还一份相同的报告：维持现状。

父母的生活一如既往地向前，一天又一天。他们在自己的信念中寻求安慰和愉悦，并且学着接受这样的事实：他们的孩子在不同程度上都没有接受他们的信仰。看到妈妈在她的记忆力和元气都日渐衰弱的时候有爸爸在身边照顾，看到他们可以待在家里过着他们十分珍视的独立生活，我们都感到很欣慰。他们之中任何一个都不能忍受退休社区的生活，更别提依靠生活辅助机构。爸爸拥有充足的精力和敏锐的思维，一次次地让我们刮目相看。先不说沉睡在他体内的白血病，他身上唯一明显的上了年纪的变化就是每天下午的半片阿司匹林和半个小时的午睡。

除了所有的这些工作，他还有另外一个角色，就是妈妈过去所扮演的——整个家庭里最操心的那个人。妈妈的思维就像天空中被风吹散的云彩一样日渐模糊，随之飘散的还有她家长式的坚强意志和为所爱之人心焦的超人般的能力。这项任务现在全落在了爸爸一个人身上。

我们原本血脉相连的生活，现在看来已经很明显地分开并有所区别了，但仍在继续着。好的时候，我会相信这种生活能永远持续下去。

## 26

爸爸在着手种植新花园不久后打来了电话，但是说的不是植物的事。

"是这样的，约翰，"他说道，"我想跟你说一下我的白血病的事。"

我听出了他声音中隐藏在冷静和自信下的异样，听起来有点儿恐惧。

"一切还顺利吧，是吗？"我问道。

"可以这么说吧，"爸爸回答说，"最近的一次血液检测结果让医生很担心。血小板数量像是在减少。虽然只少了一点儿，但这样的情况并不是医生所希望看到的。"

我对血小板几乎没什么概念，然后他给我复述了一遍肿瘤专家给他的解释。他说血小板是血液中的凝结剂，是由骨髓造血组织中大量的巨核细胞组成的。血小板就像是带着一桶桶水泥的微型泥瓦匠，它们在我们的血液中穿行，随时准备冲到受伤的地方把伤口修复。它们使我们不会因为流血不止而死。一个健康的成人体内，一微升血液中就含有 15 万 ~ 45 万个血小板。如果这个数降到两万甚至更低，病人就危险了，擦破或者割伤一点儿皮就有可能流血不止。

"不过我离那一步还远着呢，"爸爸又说，"我只是比正常值低一点儿。"他说，医生希望他每两个月复诊一次，而不是之前的四个月一次。"他只不过是想再仔细观察一下，没别的。"

我们又围绕这个话题谈了谈，都安慰对方说下降的血小板数量真的不至于引起恐慌。爸爸甚至都不打算告诉妈妈。他对她有很强的保护欲，随着妈妈思维的逐渐模糊，爸爸担心她除了"癌症"这个词以外什么都不明白。她从经验中——从她的父母、兄弟姐妹和无数的朋友那儿——得知一件事，患了癌症很少有好的结果。爸爸可不想吓着她。

我问道："爸爸，您希望我回家一趟吗？"

"噢，千万不要。"他毫不犹豫地答道，就好像我刚刚提出要送他去做横跨大西洋旅游或者其他惊人的奢侈行为。"你还要操心自己的家庭和工作，你已经够忙的了，珍妮那儿也需要你。再说我这儿也没什么需要你做的，我感觉很好，什么事也没落下，只要多注意注意就行了。"

"那好吧，"我说，"不过，需要我的时候，一定要给我打电话，好吗？"他说他会的。

"我们都会惦记你的，爸爸。"我说，试图寻找最合适的词语。

"约翰？"

电话那端是一阵沉默。

"也许你们也是这样祷告的？"

"是的，爸爸，我们是这样祷告的"我说。

接下来的六个月，爸爸保持着他惯有的生活规律，尽管他的血小板数量随着每一次新的血液检测都有所减少。他的肿瘤专家告诉他，一项最近刚被认可的化学药物疗法初步显示，可以有效对抗爸爸的白血病。他要求爸爸在白血病还没有大程度地活跃时把治疗过程当作一个先发制人的措施。然而当医生向爸爸描述治疗的副作用——身体会很虚弱不能再照顾自己或者妈妈，并告诉他必须休息几周时，爸爸退缩了。做出全面休养的决定太难了，因为那将意味着他必须跨过第一次无法独立生活的界限，从此要依靠他人的照料而生活。对爸爸来说，那就跟自愿跳崖一样。

"我想就这样好好观察着比较好，"他说，"只要还能控制住，我觉得就没必要采取那么严厉的措施。"

后来，在 2004 年的 10 月 25 日，一个周日的早晨，我又接到了一个电话。这次是哥哥迈克尔打来的。"我在医院呢，"他说，"爸爸出事了。"

作为一名经济分析家，迈克尔倾向于把世界看作人们做的算术题——用的是二进制码，而且是绝对的，没有灰色的中间地带。他住在家里已经有十几年了。他严重的慢性疲劳综合征的状态渐渐好转起来。在此期间，爸妈一直悉心照料着他，就像照顾还是小婴儿的他一样。现在的他比以前坚强多了，尽管还是会容易疲劳。是时候轮到他照顾他们了。迈克尔是那种直截了当的性格。

"爸爸已经确诊了，"他告诉我，"医生们担心把他送回家的话会致使他因为失血过多而死。"

失血过多而死？我费力地咀嚼着这个词。"你从头说。"我说。

头一天晚上，迈克尔看完戏回到家，发现爸爸正待在卫生间里，臀部往外汩汩流血不止。"流了很多血。"哥哥说道。爸爸围着毛巾试图止血，但是毛巾很快就被浸透了。血还是汩汩地往外流。在急诊室里，血液检测结果显示爸爸的血小板数量骤降。我一下子想起了那个有魔力的数字 20000。一旦降到这个数字之下你自然就会面临难以控制的、潜在的致命性出血。而我父亲的血小板数量，据迈克尔说，已经降到了 1500。

"你的意思是 15000 吧？"我纠正他说。

"不，"迈克尔说，"就是 1500。"

流血的部位是一个旧伤口——十年前爸爸在治疗前列腺癌做放射治疗时一处皮肤组织被灼伤。"医生对伤口做了处理，把血止住了，"迈克尔说，"但是他们不能让他回家。如果再流血的话，他们担心我们不能及时把他送回来。"

"所以医生会给他输点儿血小板，是吗？"我问道。

"是这么打算的，"他说，"直到他的血小板数量达到 20000，否则他不能回家。"

我的思绪跳跃着，这件事的后果像瀑布一样在我身边串联起来。爸爸血小板数量惊人的下降意味着他随时都可能再出血。然而更为严重的是，这也意味着沉睡在他体内的白血病巨龙已经完全苏醒了，并且打算带走它的下一个受害者。就算医生们不停地给他输入血小板，谁又能保证这些新的血小板最终不会得到同样的结果呢？我感到一阵揪心的空旷感渐渐在我的腹中蔓延开来。

然后就是妈妈的问题。妈妈已经不能再照顾自己了。对她的所有护理相当的复杂，需要一名专业人员按照流程来做。没有爸爸的温柔提醒，妈妈大概会忘记吃饭。没有爸爸，妈妈会变得相当无助。

"那么，迈克尔，"我问，"爸爸有提到妈妈吗？"

"还没有，"他答道，"我们还没机会交谈呢。"

实际情况是，在爸爸的坚持下，迈克尔把他留在急诊室，回家照顾妈妈了。我的父亲不想让他的妻子一个人待在家里，哪怕半小时也不行。他担心她会从楼梯上摔下来、在卫生间跌倒，或者打开炉子就走开了。哥哥正尽最大努力往返于家和医院之间，试图一边照顾妈妈一边陪伴爸爸。才过了几个小时就已经很明显了，对他来说这么一直撑着有多么的艰难。

多亏了父亲精力旺盛，我的父母一直到耄耋之年都在一所房子里独立生活着。而现在，这种独立的生活方式正处于危险之中。这些年来，我一直很清楚，仅仅是一个小事故——髋部骨折、慢性病，甚至是受伤的膝盖都能让父亲倒下，让他们纸牌屋一样脆弱的生活倒塌。看起来这一天已经来临了。然而我是一个生性乐观的人，面对严酷的现实，否定可能是一剂甜蜜的麻醉剂。我不停地告诉自己，输注血小板会有效，那条龙会回去继续冬眠，最佳情形是爸爸身体完全康复，平安度过明年。

上一次回家的时候，我在妈妈床边发现一张圣诞节贺卡，里面是爸爸的笔迹。"最亲爱的露丝，"开头这样写道，"我每天都感谢主能把你赐予我，并感谢这些年来他对我们的福佑。我现在的愿望就是他能保佑你平安、幸福、健康，还要保佑我能一直照顾你。我爱你，露丝。——理查德。"

小时候总觉得父亲是战无不胜的，就像一个谦逊的超级英雄，任何事都伤害不了他，任何人都不能把他从我身边带走。长大之后，我也还是坚信他会一直活着。小时候的幻想已经是很久以前的事了。现在，我希望他能顺应自己最后的愿望，待在今生最爱的人身边。和他的愿望一样，我也不希望她独自度过没有他的日子。

　　我和迈克尔一整天都保持着联络。下午，父亲住进了医院新区的一个单独病房。电话总机帮我把电话转接给爸爸。

　　"嗨，"我说，"您老这样生病是在打什么主意？"

　　爸爸笑了。"我觉得自己总不知满足，"他说，"我需要一些其他的事情来丰富我的生活。"

　　"嗯，你的确是这么做的。"我说。

　　他的声音听起来还像从前那么坚定有力，他安慰我说自己感觉很好，十六个小时前的大出血没有再恶化。事实上，他说自己就像在度假。"你真该来看看这个房间，"他滔滔不绝地说道，"我觉得自己就像在旅游胜地！跟宾馆一样。医生们很照顾我。正好可以给我个理由好好休息一下，接着看我的书。"

　　他是不想让我担心，他从不希望我们任何人担心。在父亲眼里，他总是那个担心别人的，而用不着别人担心他。"我真的好得不能再好了，"他不停地重复着，"那么多病人，我自己却独占一间又大又漂亮的病房，我都觉得羞愧了。"

　　"爸爸，"我小心地试探道，"我在想或许我可以回家住几天。"

　　"噢，你根本没必要这么做，"他说，"见鬼，我想过几天就出院回家呢，迈克尔说他会照顾你妈妈直到我回去，现在我只需要好好躺下休息。一切都好，你不必为了我回家，真的。"

　　"那好吧，不过当你需要我时，你得让我知道，好吗？"我说。

　　第二天打电话的时候，爸爸告诉我他的白血病专家去看望他了，并准备为他实施之前他拒绝的新型化学疗法。延迟的期限到了。疗程将持续六周，还要伴随使用一个疗程的激素，他说激素会帮助重造他的血小板。"医生说这个疗法会花很多钱，"爸爸说，"但他希望能缓解我的白血病，让我好起来。"

先发制人地制伏这个魔鬼的机会已经错过了，现在魔鬼已经醒过来并站了起来——准备恶毒地打一仗。

# 27

那几天爸爸住在坐落于庞蒂亚克的圣约瑟夫慈爱医院那间布置精美的私人病房里，但并不像他最初想象的那样是在度假。他刚在那间病房住了一天，他的主治专家——血液肿瘤专家富兰克林医生就为他进行了脊椎穿刺，爸爸把穿刺的过程低调地描述为"生命中不太愉快的经历"。穿刺的目的就是为了提取一小点儿骨髓样本，以便更好地了解白血病的扩散程度，因为白血病的秘密就藏在骨髓中。最糟糕的不是穿刺本身，而是之后漫长的等待过程。富兰克林医生保证会在下午回来，而爸爸一个人孤零零地躺在病床上，眼睛始终盯着钟表，凝聚所有力量来接受他的病状预断。我下午给他打电话时，他告诉我说："我一个下午都躺在这儿等医生回来，结果他们现在却跟我说得等到晚上了。"

于是爸爸只好又打起精神勉强熬到了晚餐时间。和晚餐一起到来的是富兰克林医生已经回家的消息。护士一再跟他保证医生会在明早查房时过来。爸爸又度过了一个不眠之夜，焦急地等着天亮。天亮了，医生却还是没来，接下来的一天也是在焦急的等待中度过的。这种始终绷在弦上的感觉对于一个徘徊在生死边缘的人来说好比判刑之前的煎熬，是该被现代社会所禁止的精神虐待。我每给他打一个电话，他听起来都比上次绝望。"他们什么也不告诉我，"他说，"我就只能坐在这儿。"他盼着能等来白血病在控制范围内的消息，盼着类固醇配合输血治疗增加了他的血小板数量，那么他就能回家了。"我就等着出院了。"他说。

富兰克林医生终于出现了，却没有带来父亲希望看到的检验报告。他先送来了一个好消息：爸爸的血小板数量的确在上升，从开始的1500上升到4000，这个数字仍然很低但至少在朝着好的方向发展。医生不再为爸爸设定可以出院的确切血小板临界值了，他现在只是简单地说，在考虑让爸爸出院之前他想看到血小板数量"继续得到显著增长"。他报告里的另一个消息，我们后来了解到，是他拖这么长时间才出结果的原因。富兰克林医生寻求了其他医生的意见来证明他的发现：爸爸的白血病正在急剧恶化，疯狂地在血液中肆虐。是时候反击了，那项他在几个月之前跟爸爸商量过的新的化疗方案，仍然是控制病情的最佳方法，他说他们会很快实施这个方案。晚些时候，爸爸在电话中向我描述了这件事，我们俩都觉得这个方案听起来够直接：每周做六次快速无痛治疗，如果他的血小板数量继续上升的话，他就能回家养病了，只需作为门诊病人定期接受化疗。除此之外，他只需要好好休息，让药物来发挥作用。医生解释说，化疗将会产生累积作用，对抗癌细胞的力量一周比一周强劲。同时医生也警告说副作用会翻倍地增长，然而这也是治疗的代价。"我想过段时间我有得熬了。"爸爸说。但是熬过六个星期，他就可以把它抛在身后了，六个星期不算长。

我自己也有消息要告诉他，他很高兴不用谈他的病情了。"您知道我一直在写的那本书吗？"我问他。

"关于你和马利的那本吗？"他说。

"是啊，您猜怎么着，我周末把它卖出去了，卖给了一个纽约的出版商。"

"不是开玩笑吧，"爸爸说，他的音调明朗起来，"快跟我说说。"

前几个月，我在我们每周一次的电话里跟他描述了这本书的基本结构。《马利和我》写的是我自己的故事，讲的是新婚时期的我和珍妮，还有那只闯入并改变我们生活的拉布拉多寻回犬。

从我们第一天把马利带回家就发现，这只狗不同于以往我们养过的任何宠物。它大张旗鼓地展开了自己的生活，表现了绝对旺盛的精力和无拘无束的脾性，给家里带来了前所未有的欢乐。很早的时候，我就发现它是个故事库。晚餐、工作间歇，以及后来在我的专栏里，我都不厌其烦地讲述马利不凡的滑稽举动和恶作剧，听得所有人都哈哈大笑。但是马利不仅仅是开心果，它渐渐成为我家重要的一员。虽然我们力争教导它遵从我们的规则，但却被它征服了。像其他记者一样，很多年来我都梦想着写一本书。但我一直试图从别人的生活中寻找话题——那些确实重要且值得写成书的话题。后来我才慢慢发觉，我要写的书就活生生地躺在我脚边。于是，2004年年初，也就是跟马利做最后的道别不久，我开始坐下来写这本书。

那一年，我利用清晨上班前的几个小时进行写作。然而我的信念有时会动摇，我真的很难想象除了朋友和家人之外还会有谁想读它。尽管如此，爸爸的信心却从未减退，他始终是我最大的支持者。

"六家出版公司为这本书竞价，爸爸。"我说。

"我太高兴了。"他说。

我的内心百感交集。这是何其讽刺，在爸爸得到他生命中最坏的消息的几个小时中，我却迎来了人生中最激动人心的消息。

"太棒了，约翰，"他临挂电话的时候说道，"真是棒极了！"

我们几乎每天都通电话。我向他报告书的最新进度，他则告诉我最新的治疗情况。他说，第一轮化疗进行得很好，他没有感觉到任何副作用。

"这没什么。"他说。但是那些药物，却使他很兴奋。他整天在医院待着，看报纸、听新闻，对将要进行的总统选举也越来越上心。据我所知，爸爸一生从来没有投票选举过任何一个民主党人，他总是把政治观点隐藏于心。这次却不一样了，他讨厌他的天主教兄弟约翰·克里，把他看成正在摧毁这个国家的世俗无神论和自由主义的代表。爸爸向他的四个孩子发送情绪激昂的信件。他知道我们都倾向于自由主义，知道我们认为布什的第一任期是个灾难：难以置信的无能又极度傲慢。但是他相信，选举不是要根据思想和能力，而要根据那个人是善是恶、有无信仰。在 10 月 26 日的一封信中，他写道：这是美国的灵魂之战！道德和精神价值与腐朽文化的对峙。如果克里赢了，我们的国家将会重蹈罗马帝国的灭亡之路。

他让迈克尔复制那封信发给我们几个。哥哥在信中加了些内容：他在医院百无聊赖只能看新闻，看到情绪暴涨。我想，在等待自己命运的判定时，他能振作起来写这封信是个好现象，所以请你们从这方面看待这封信吧。我也的确是这么想的，同样的，玛丽乔和蒂姆也是。

小时候，我们在父母的传统观念中长大，他们的观点如同一面不可拒绝的镜子，我们只能透过这面镜子看世界。堕胎是谋杀，节育违反天意，性是婚后才能有的，而且担负着神圣的生育职责，同性恋是一种丑恶的行为。长大后，我们几个都不同程度地反对这些信条。然而由于他们对于信条教育充满热情，这么多年来，我们学会了简单敷衍。如果爸爸要通过选举释放情绪，我们觉得没什么，这对我们家来说无关紧要。无论是布什还是克里，谁在乎呢？我们只是想让爸爸快点儿好起来回家。

等到爸爸不再热衷于政治选举和西方文明的衰落，他开始整理那些突然看起来很重要的个人问题。就在医院的病床上，他跟他的律师重新拟了遗嘱，指明迈克尔为他的遗嘱执行人和医疗监护人，这样做是为了防止他突然病重无法自己做决定。他还填写了一份文件交给医院，那里面明确地讲了我们都不希望触碰的话题：如何结束生命。根据他的天主教信仰，他不希望任何非自然因素缩短他的生命。但是他也清楚，如果那一刻真的来临，如果没有任何希望了，他不想用任何极端、特别的措施来维持生命。但在那之前，他会为生命不遗余力地战斗。他坚定地相信天堂和地狱，也确信自己是善良和高尚地走完人生。当离开这个世界的钟声敲响，召唤他进入天堂，他绝不会说："对不起，主，我还没有准备好。"

还有一件事让爸爸放心不下，那就是妈妈。爸爸知道即使医生允许他回家，他也没有能力照顾自己，更别说他的妻子了。住院不到一周，爸爸已经发现迈克尔担当不起全职照顾妈妈的责任。那让他措手不及：各种药片、一日三餐、换洗衣服还有尿布。还有一件事他没办法完成：给妈妈洗澡。以往妈妈固执地拒绝请保姆照顾。虽然脑子不好用了，但是她的自尊心很完整，所以她决不允许陌生人看到她的身体。住在一小时车程外的玛丽乔，总是在工作间歇回来照顾妈妈的卫生需要。但这不是个长久的办法。爸爸知道，我们也知道。

住院期间，爸爸最终做了多年来他坚决反对的一件事：他要求申请路德斯养老院。那是个可爱的养老院，至少作为养老院的可爱之处它都具备。它由天主教修女管理，坐落在俯瞰庞蒂亚克城外沃特金斯湖的山壁上，距离我家的老宅不到一英里。那是格罗根家族祖先 1850 年从爱尔兰默里克郡来此的第一个住所。奶奶就是在路德斯度过了生命的最后几年，爸爸为了感谢他们对奶奶的悉心照料，在那里捐赠了大量的金钱和时间。

事实上，早在五年前，我母亲的头脑、体力和克制力就开始遗弃她了，那时她就应该住进养老院，或者至少是生活辅助机构。如果不是爸爸一直竭尽全力地照顾她，她肯定就住进去了。爸爸对养老院充满恐惧，就如同一只鹿害怕火那样。那是生命旅程的最后一站，然而入场券却要用一个人终生追求的一切来换取。现在他发现自己已经别无选择了，至少短期内是这样。他无比珍惜又全力保护的独立生活是要建立在一定基础上的：他身体健康、精力充沛，并且能够考虑到各方面的事情。他就像护卫女王城堡的骑士，但是现在侵略者夺走了他的宝剑和盾牌。

在化疗恢复期间，爸爸需要一个能够提供全天护理的地方，不只是为了他自己，也为了妈妈。路德斯，就像他告诉我的，有一间专为夫妻设置的套房。里面包括两间小卧室、一个客厅和一个卫生间。每周有两个早晨，一位退休的神父会在楼下的小教堂举行弥撒。"那是个完美的地方。"他说。他把那里描述成他们能够回家之前的临时落脚处。"就待到我能重新走路。"他说，但是他的声音告诉我，有件事他明白我也清楚：养老院很少是临时住所。

养老院也许是个好办法，但是申请过程可能长达几个月。迈克尔照顾妈妈还是力不从心，仍然要在过度疲劳的状态中挣扎。蒂姆在纽约，我在宾夕法尼亚，我俩都有全职工作。玛丽乔也忙于自己的客户。我们互通电话和邮件时，都很担心同一个问题：妈妈怎么办？

从我们青春期到长大成人，这么多年来，蒂姆是我的朋友胜过是我的哥哥。我们一起出去旅游、一起野营。在对方的家里闲玩儿，一起用我们的电吉他弹奏旧时的摇滚乐、一起豪饮。向对方吐露心声，帮助对方渡过各种难关。即使在十几岁拼命耍酷的年纪，他也会允许我这个小他六岁、戴眼镜、肥嘟嘟的弟弟当跟屁虫，跟他和他的朋友们混在一起。我第一次没有爸爸妈妈相伴的旅行就是和蒂姆去的。那时，我在上高一，他在上大学——我们一直钟爱的奇想乐队要来多伦多。尽管需要五个小时的路程，我们才不管。我们跳进爸爸那辆绿色的雪佛兰新星，不顾他的反对就出发了。"你们这两个家伙！怎么能够跑遍半个国家去看一个摇滚音乐会！"我们从街头票贩子手里买了两张票，音乐会后又加入了人潮涌动、激情高涨的互动现场。那天晚上，蒂姆在基督教青年会找到了住处。在那里，不知什么时候，有个老头儿在我身边晃来晃去，眼里冒着邪恶的光。幸亏蒂姆冲进来保护我，我再没有看见那双邪恶的眼睛。

我一直觉得哥哥会一辈子打光棍儿。在经历了几段失败的感情后，他在纽约开始了单身生活，从一个小公寓搬到另一个小公寓，把大量时间用在他的杂志上，就这样独自度过了四十岁到五十岁的日子。但是就在爸爸得病的前一年，有一次他坐在每天上下班的火车上，身边坐下一个来自菲律宾的女人，也正要去上班，她的工作是保姆。他们开始了一段谈话，然后第二天一起去了宾夕法尼亚州车站喝咖啡。就这样，一段浪漫故事开始了。当爸爸得知伊丽莎白从某种程度上说服了蒂姆跟她一起参加复活节主日弥撒时，他觉得自己的祷告终于得到主的回应了。

2004 年的秋天，爸爸住院的两个月前，他领着伊丽莎白走过圣母庇护所的通道，把她的手交给自己的大儿子开始了这场婚礼。婚礼由温神父主持，迈克尔和我做伴郎，玛丽乔做伴娘。妈妈和珍妮还有我们的孩子坐在最前排，妈妈的脸上笑开了花。那真是快乐的一天。全家人聚在一起，这在很多年来已经得之不易了。蒂姆，这个多年的光棍儿，家里最被担心的一个，终于找到了一个好女人，两个人将开始他们崭新的生活。

爸爸非常喜欢伊丽莎白，她不像他自己那些孩子，她是一个绝对的天主教徒，像他那样遵守天主教的教义和法令。她的传统价值观跟爸爸步调一致，所以他坚信是主有意把她带到了那个远离天主教的儿子身边。"那不是巧合。"他第一次见到她时就这么说。

正当爸爸住院，怎么照顾妈妈的问题越来越急迫时，伊丽莎白帮了大忙。2004 年 11 月 3 日，伊丽莎白结婚后不到两个月，也就是爸爸住院后两周，她就飞到底特律照顾妈妈了。我们都很感激，但是爸爸认为这不只是一个好人的慷慨行动。是主，他坚信是主派来一位守护天使，为了蒂姆，也为了他。

## 28

大多数时候，珍妮看着我手足无措，却只能当旁观者。这是我的爸爸，不是她的，她不想插手，但我可以看出她对我的犹豫不决越来越着急。爸爸已经住院三个星期了，但我仍然拖着不飞回去看他。我坚持等待最合适的时机。也许 11 月下旬不错，也许圣诞节过后。圣诞节不能使他高兴起来吗？那就等到新年假期的时候。珍妮掩藏不住她的失望。很明显，如果那是她的父亲，她早就坐上飞机回去了。

最后，在一天早上喝咖啡的时候，她爆发了："你能清醒了吗？你在等什么？难道你想等到他去世，然后下半辈子活在后悔当中？主啊，睁大你的眼睛，约翰。"她声音柔和了下来。"听着，我知道你希望他能战胜病魔，我们大家都这样希望。但是，哎，万一他不能呢？"

她是对的。我一直努力地让自己相信，爸爸会永远活着，他能振作起来。他总能成功地击退困难，我试图说服自己他也能渡过这个难关。但是她提出了一个合理的问题：我到底在等什么？去医院看望他并不代表承认他不行了，不是吗？

在开车去费城上班的路上我一直在思考这个问题。突然我想起很久以前，1987年冬天的一段时光。那时我还是单身，刚到佛罗里达劳德代尔堡的报社履职。几星期后，珍妮就要来这边找工作了，但那时我还是独自一人，我并不知道我们的将来会是什么样。那是我第一次离家这么远，而且我连一个人都不认识。但是，我那永远疼爱儿子的爸妈不久就开着房车来了。他们驾车数百公里来帮助小儿子——据妈妈说，那个孩子在第一年参加野外露营时，想家想得睡不着觉。

他们在那儿待了两星期，驻扎在距离我公寓几公里的房车公园。每天傍晚下班后我都会直接开车去那里，和爸妈一起坐在房车的小餐室，边吃妈妈做的烘肉卷，边告诉他们我新工作中的点点滴滴。我被雇来做世上最无聊的报道：运输。但是他们抓住每一个字眼儿不放，就好像我刚从迷人的国外冒险回来一样。妈妈把我的每一篇文章都裱在剪贴簿里，爸爸则把每一篇都读了又读，好准备问我关于棕榈滩郡公路建设的内部工作、收费站和车流量的问题。

那可能是我们最后一次愉快的闲谈，也是最后一次他们把我看成最疼爱的小儿子。在那两个星期里，我仍然听他们的话。不久，珍妮就和我同居了，然后结婚生子，一切都永远地改变了。我想念当时的父母，也知道他们想念当年的小儿子。

那天晚上我下班回家，我说："我在考虑飞回底特律待几天。"

"非常好。"珍妮说。

化疗对我爸爸起作用了。在我们平日的电话里，他继续保持不错的状态。病房就像一个度假胜地，护士们正在服侍他，饭菜真的不错。但我还是能听出点儿什么，他的声音变得愈加尖细和虚弱了，以往那种旺盛的自信消失了。他告诉我化疗没让他觉得有多恶心，但是它们已经使他元气大伤。他的四肢感觉十分沉重，有时连读书这样简单的动作也会让他筋疲力尽。一天，他承认了自己有多衰弱，连从床上挣扎起来去厕所都做不到，不得不叫一个护士来帮他。他一辈子从没感觉如此的无助。

当我告诉他我已经订好票的时候，他的声音兴奋了起来："我真高兴你要回家了，约翰。"

"爸爸，我也很高兴。"

在我计划到达的前一周，爸爸收到一个惊喜，他可以出院了。他的血小板数量依然不多，但是通过化学疗法、输血和类固醇治疗，它们已经稳定上升了，富兰克林医生相信爸爸可以出院回家静养了。他不再血流不止，马上就能回家了，但是必须避免去公众场合以及接触陌生人。化疗已经连累到他的免疫系统，富兰克林医生不想让他暴露在细菌下，他不能对付它们。余下的三周他得每周去医院做一次化疗和血样抽检，除此之外，他可以自由地在家活动了。伊丽莎白对于家务、三餐和对妈妈的护理已经做得得心应手了，同时她也告诉爸爸，看护他是件非常荣幸的事情。爸爸那时已经很虚弱，不能再骄傲了，于是心怀感激地接受了。

"与其在那儿躺着，还不如躺在自己的床上，"他说，"当然，我必须悠着点儿。"

"哦，您的意思是不用再做重活儿了？"我问，"您不会再爬到屋顶上清理排水沟了？"

"最近不会。"他说。

"您最好还是慢慢来，先生，"我劝他，"不然等我回家了，您就得和我吵架了。"透过电话，我能感觉到他在微笑。

# 29

感恩节后的早晨，我搭乘飞机降落在底特律都市机场，我在行李领取处见到了迈克尔。

"爸爸怎么样？"在阴冷的小雨中开车回家时我问。

"情况还可以。"迈克尔用他那让人气愤的、含含糊糊的说话方式说道。

"那是什么意思？"我问。

"仍然稳定，"他说，"当然，化疗的副作用开始发作了。"

"怎么个发作法？"

他犹豫了一下，好像在考虑从哪说起，然而只是说："唉，你看见就知道了。"

当我从车库走到洗衣房的时候，我从记忆里拖出一种我们家乡粗鲁的打招呼方式，每当一个亲密的朋友或者邻居来了会这么说。"哎哟，哎哟，"我喊道，"瞧，狗狗拖了个什么东西！"

"露丝，他到家了！"我从隔壁房间听到了爸爸的声音。过了一段时间，比我想象的要长，他从角落里绕了过来。我深吸了一口气，几乎认不出来那是我爸爸了。他穿着睡衣裤，拄着拐杖步履蹒跚地向我走来，穿着拖鞋的双脚就没离开过地面。我一直以来腰板挺直、健步如飞、惜时如金的爸爸驼背了，他用那种只能描述为蹒跚的方式向前挪动。可是，最让我吃惊的是他的脸，那脸像气球一样膨胀，皮肤绷得很紧，就好像要裂开了。他曾告诉我日常的类固醇治疗导致他保留了体液，然后水肿，但我没想到会是这样，他的手腕和手也是肿着的。

"约翰，你回家啦！"他高兴地说，但是声音比我想象的还要微弱。我把他的手握在我的双手里，给了他家族式的握手。

"我回家了，爸爸，"我说，"能见到您真好。"

"嗨，现在我没什么可看的，"他说，"我挺好的，快进来向你妈妈问好。"

我跟在他后面缓缓走进客厅。妈妈坐在窗前，拐杖放在她的膝盖上。"露丝，看看谁来了。"他说。

"您好，妈妈。"说着，我单膝跪在她面前，这样我可以和她四目相对，"我是约翰。"

"你想我会把你认成谁，"她冲我回了一句，"送奶工吗？"我看见她眼里一亮，然后我笑了。"过来亲下你老妈。"她说，我先亲了下她的额头，然后又亲了下脸颊。

"珍妮和孩子们呢？"

"忘了么妈妈？这次我是自己回来的，"我说，"换个方式，这次您的孩子只属于您。"为了达到效果，我揽住了她的肩膀，拿着劲儿假装坐在她的膝盖上。

"哦，你曾是一个多么可爱的孩子啊！"她一脸惊讶，轻拍着我的腿。

"那是件好事，"我说，"或许您该让我下来了。"

"你是小拿破仑最喜爱的小手枪。"她说。

我们闲谈着我的航班、房子和院子里要清扫的落叶。

"我们这儿正处于危机状态，"爸爸说，"因为这个可恶的癌症和医院里杂七杂八的事儿，我放弃了所有秋天里的活儿，只能让一切顺其自然。"

"别担心了，爸爸，"我说，"救兵不是来了嘛。"

现在妈妈一天二十四小时里得有十八个小时在睡觉，因为刚出院，爸爸很快就精疲力竭了，也得小睡很长时间。我计划在附近找点活儿干来打发寂静的时光。伊丽莎白除了要照顾她的新公公婆婆，还要打点屋子，好让它看起来跟以往一样温馨干净。此外，院子里也还有一堆活儿。

"镇上有个新园丁，"我说，"听说他工钱要得很少。"

妈妈抬起头，用她那清澈、恍惚的绿色眼睛望着我问："珍妮和孩子们在这儿吗？"

我的心里"咯噔"一下。我和爸爸的眼神碰到了一起。"这次没来,妈妈。"我说,在那一天我还重复了很多次。

爸爸悠闲地坐在我旁边的椅子上,我询问他水肿的脸和四肢是怎么回事。他拉起睡衣的裤脚,让我看了看他的脚踝。他的腿肿得像球棒,上面布满了大面积的疮和裂口。"皮肤绷得太紧,然后就会胀裂。"他说。迈克尔一直在为他清洗裂口,再用纱布缠上。疼痛是显而易见的,但是他克制着、对抗着,就像他多年来对待其他困难一样,为了炼狱中那些可怜的灵魂而受苦。

"最严重的部位是我的嘴,"爸爸说,"它实在是太干燥了,我都没办法吞咽东西。我试图吃下去的东西嚼起来都像是锯末。"他张开嘴,露出他那浮肿的、布满裂纹的舌头,看起来好像一只龟的舌头一样。我想起迈克尔曾提到过,化疗的副作用正在他的身体里肆虐。

几天前,当他正缓步下楼时,他向后打了个趔趄,坐在了地上。他没受伤,但被困在了楼梯上,没办法自己站起来。他不得不求助,然后迈克尔和伊丽莎白两个人才把他拉起来。我爸爸,这个几个月前每天早上还做成套的杰克跳和俯卧撑的男人,几乎已经失去了他的全部力量。

"我就像只小猫一样虚弱。"他承认。

"但是您想想,爸爸,"我说,脑海里思索着一丝亮光,"您还有三个多星期就完成疗程了,您已经快成功了。"

"我只希望它能有作用。"他说。

"如果您没有变好,医生也不会让您回家啊。"我赶紧说,他点了点头,似乎默认了。

午饭后,妈妈和爸爸都上楼睡觉了,然后我跑到院子里,在灰色的天空下把落叶耙到一起。当所有的垃圾桶都装满后,我就爬到屋顶去清理排水沟。爸爸已经为他那堵住的排水沟着急好几个星期了。他岁数越大,就越为日常生活的小细节分神,尤其是那些打破常规的细节。如果他发现一包麦片还没吃完,另一包就被打开了,他会在房里大叫:"谁打开了新的麦片？"然后会发牢骚一直到旧的麦片被吃完。前一年夏天探望他的时候，我主动帮他割草，然后以逆时针的方式在院子里转圈，但这令他抓狂了，因为四十五年来他一直都是以顺时针的方式转圈割草。至少现在他不必再操心排水沟了。我留着那些脏而潮湿的叶子，以告诉他所有的脏物都已经被掏出来了。

干了几个小时的活儿后，我朝屋里探头瞅了眼，他们都还在睡觉，我决定出去散散步——到吸引我们家搬到港丘的两个景点之一。我沿着那条上学时走了八年的小路，从我们家后门来到圣母庇护所的侧门。学校已经增建了很多建筑物，新教堂覆盖了原来的足球场，但原来的建筑看起来还是那样。大门锁着，我绕到学校的前门，穿过足球场（在那儿我为庇护所乌鸦队打过进攻型后卫），经过女修道院（我和汤米曾在那儿擦地板），然后我拉开了门，它虚掩着。学校放假了，这里非常安静。但是我记得那味道：弥漫的地板蜡香味、粉笔和过熟的香蕉味，带着点儿腐败的呕吐物味。我走进汤米曾播放富格兹乐队唱片的教室，坐在大约我当年坐的位置上。我凝视着校长办公室锁着的门，在那儿我们吃了不少苦头。

我找到我二年级的教室，在那儿当我幻想修女玛丽·劳伦斯的时候，是那么局促不安。老师的桌子上放着把木尺，我拿它在空中甩了甩。那声音跟以前它落下来打在身上前的声音一模一样。"哇，"我冲着空空的屋子轻声说着，"四十年了。"

回到家，爸爸已经醒了，看起来精神很多。当我宣布我来做晚餐时，他自告奋勇陪我。类固醇好的一面是它使我那出了名保守的爸爸变得罕有的健谈且有了活力。当我剥洋葱和大蒜的时候，他倚靠在墙角，说得我耳朵都要磨出茧子了。他尤其喜欢描述他晚年发现的烹饪技巧。当我们还是孩子的时候，每当妈妈不在身边，爸爸的烹饪清单里就只有两种：一种是坎贝尔的番茄汤，他会往里面加点儿瑞士奶酪；另一种是烤肠三明治。我们都觉得这两种食物好吃得让人惊讶，这让妈妈觉得很有趣，因为我们这些被她喂得饱饱的人把她的高超厨艺视为理所当然。自从妈妈不再做饭，爸爸就自学做炖肉、辣椒酱，和各种砂锅菜，还有他最拿手的鸡肉菜汤。

"您已经成为一个标准的美食家了。"我说，我能看出他很喜欢这个比喻，即使他知道我在取笑他。

"正如大家所说，需要是发明之母。"

我在家第二天的情况和第一天差不多。早饭时我们在餐桌边消磨时光，谈论一些无关紧要的事情。我告诉爸爸我在报社和自家花园里的工作，还带给他关于孩子们和他们爱好的最新消息。他谈着自己关于房子的计划并告诉我一些老邻居们的消息。住在隔壁的塞拉霍斯基一家现在住在佛罗里达。辛迪·安，这个在六岁时喜欢上我的女孩，现在是一位音乐老师。汤米的父母也住在佛罗里达，享受着积极健康的退休生活，直到卡伦先生被确诊得了也只有他能够抗争的胃癌。爸爸还听说汤米离婚了，住在菲尼克斯打理他的商务。有些人搬进养老院或者已故，我父母正处于人生的这个阶段。多年来，讣告是他们首先要翻阅的报纸版块。

在爸爸上楼和妈妈一起午睡的时候，迈克尔和我装起了防寒窗，然后我就又出去散步了。这次我前往童年常去的另一个地点：外区。我驻足在彭伯顿家的房子前，这房子在老头死后几度易手。就是在这儿，警车从我们身后呼啸而来。我几步跑到草坪上，在那里，我曾经扔掉了两根自产的大麻。我低头在草地里寻找，抱着一丝希望还能够发现它们。

我往前走，穿过我们曾举行过劳动节野餐和自行车游行的地方，然后到了潟湖，"玛丽安号"在退役前曾连续在那儿度过了十四个夏天。站在摇晃的码头，我想起了在"玛丽安号"上的最后一次航行。我怎么可能忘了呢？那是爸爸和我最后一次一起航行。

1981年，我从大学毕业两年了，跳槽了很多次，最后落脚在《先锋守护神日报》。虽然我那时住的地方离家有三个小时的路程，但那年春天我回家了，给帆船涂上新蜡，放它下水开始新一季的航行。爸爸那时已经退休了，我想如果船在水里，他可能就会用它。即使退休了，他仍然非常努力地工作，我想让他有个消遣的事儿做。但当我在秋天一个周末回家时，我发现他一次也没出去过。坦白说，自从我能够独自开船后，他就一直找"哦，来吧，"我招呼他，"跟我一块去吧，看在过去的分儿上，就出去转这么一次。"实在拧不过我的坚持，最后他同意了。

那天狂风大作，但在我们强健的小帆船上，从没有什么是我们不能解决的。开始是我掌舵，驾驶着帆船穿过翻腾的白浪和狂风，同时在狂风来袭的时候控制船帆。"玛丽安号"欢快地翘起了尾巴，颠簸着破浪前行。穿过湖时，我把舵柄和主帆索递给了爸爸，他不情愿地接了过来。他多少年来都没怎么出来航行过，我能看出来他很紧张。但原来的魔法很快就在他身上回归了，我看见他抬头看船索的时候在微笑，同时还检查着他的船帆。

"这艘小帆船载我们经历了很多美好的航行。"我说，他点点头。"还记得你以前常教育我生活就如同撑船航行吗？你必须选择好水平面上的一个目标，并在航行时不能偏离航线。"想到他平时有机会就给我们上思想课，爸爸笑了。

"小小的纠正，"他说，"我记得曾经跟你讲过，生活就是不断地进行小小的纠正。"

"如果你不想触礁的话。"我说。

爸爸正要说什么，一阵大风袭来。我先是感觉到脖子后面一阵风，然后，又一阵风袭上船帆。经验丰富的水手都知道大风侵袭时该怎么做：驶进风中，把帆松开减轻压力。爸爸也知道这些，以前他经常遇见这种情况。而这次他却只是将控制主帆的船舵和绳子抓得更紧。我把船头三角帆弄好，爬到船上高的一边，爸爸呆坐在那里，盯着涌进来的水。

又过了一秒钟，他大喊："约翰，快来！"

我赶紧冲过去。

"约翰！救命！"他的声音中有我从来没有听到的感觉：恐慌。

在我们家，爸爸总是最镇定自若的一个。在我还未上学时，有一次，妈妈碰倒了一瓶油漆，油漆罐从梯子上掉下来，落到客厅，溅得窗帘、沙发、地毯上到处都是。妈妈跪在地上哭泣，但是爸爸立刻跳出来救驾了，叫喊着命令我们几个——"玛丽乔，拿毛巾来！蒂姆，一桶水！迈克尔，海绵！"——结果大部分油漆在凝固前就被除掉了。危机到来时，爸爸总能很好地加以解决。他就像我们这个羊群的牧羊人，是我们赖以解决各种问题、纠正各种错误的一家之主。

然而，今天他不是了。当帆船倾斜得难以归位的那一刻，我意识到绳子操作反了。爸爸现在是一只小羔羊，无助的小羊，而我才是保护者。突然间，我特别害怕他再犯多年前的心脏病，因为这里触犯了医生所警告过我们的两条注意事项：避免紧张，避免对身体的冲击，比如突然扎进冷水。一股电流穿过我的身体。

我抓过船舵，但是太晚了。玛丽安已经倾斜到了一边，桅杆和船帆都倒在湖面上。我们纷纷落水。父亲眼睛里充满了恐惧。

"没事的，爸爸，"我说，"我们都没事，看，没什么大碍。"我给他穿上救生衣，扶他跨坐在伸出水面的船舷上。然后我从船周围捡回船桨和坐垫。

"我们很快就能让我们的宝贝船立起来了。"我大声地对他说。十四年的航行，我们俩这都是头回落水。"我们没事，爸爸，就是湿了点儿衣服而已。"

过了一会儿，爸爸才真的恢复，重拾往日的镇定风度。"看来我有点儿老了。"他羞怯地说。

"那的确是场大风，"我说，"我也没遇见过这么大的风。"说完，我站到活动船板上，抓住船缘，使劲儿往后摇，直到船翻过来。然后往外舀水，爸爸一直紧紧握着船边。不久我们漂到了沙洲，我们可以站上去，爸爸也容易爬进船里了。

"恭喜您，老爸，打破了我们的完美纪录。"到岸泊船时我和他开玩笑。

"有惊无险啊！"爸爸说。

"有惊无险。"我也说，停好船。我意识到爸爸再也不可能踏上玛丽安了。我也再不可能跟他共享肩并肩的水上午后了，那是我们有过的最亲密的活动。生命中有些事情还没有结束就已经被我们忘却，也有些事情一直在记忆中伴随我们许多年，如同心中珍藏的宝贝，渐渐与我们融合。站在那里，浑身湿透，我明白这将是我难以忘怀的时刻。

我感觉我和爸爸的生命轨迹就像茫茫天空中飞机的飞行航道。我的正在上升到成熟和美好的未来，而他的却在下滑，走向生命不可避免的结局。

一对鸭子飞落在潟湖上，把我的思绪带回眼前。从上次航行至今，二十三年过去了。二十三年了，我们相反的飞行轨道把我们带离了好远。

# 30

"约翰，能帮我个忙吗？"爸爸问我。我们正坐在玛丽乔以前住的卧室里，多年前已经改造成了专供我们看电视的房间。我们刚看完六点钟的整点新闻。我能听见伊丽莎白在楼下厨房里忙活的声音，姜和洋葱的味道也飘到楼上。晚餐她打算拿出自己的绝活，一种伴有鸡肉、小虾、蔬菜的亚洲面条。

"当然，爸爸。"我应声。

"到我屋里去，就在我床边，把你给我做的盒子拿过来。"

我穿过大堂，发现它在床头柜上，在他的手电筒和闹钟旁边。自从十一个月前我把它寄给爸爸做他的八十八岁生日礼物后，这是我第一次看到它。我真不确定该怎么称呼它。珠宝盒？它不够精美，再说爸爸除了几对袖扣和他那五十六年从没摘下来过的婚戒外也没什么珠宝。它也称不上是纪念盒。它就是个盒子，我用硬木手工做的，那些硬木还是从我在宾夕法尼亚的房子后的森林里收集起来的。盒子低矮结实，底部有个抽屉，上面有个可以打开的盖子。

木工始终是我的爱好之一，虽然我在这方面没什么天赋。这些年来，我做了相框、案板和给孩子们玩儿的玩具车。最近几年，我开始在小森林里搜索，寻找那些被伐倒的各种漂亮的原木——红橡树、黑胡桃、黑樱桃——做木材，把它们锯成厚木板，再把这些厚木板削为薄板。爸爸的盒子设计和制作用了一年多的时间。这辈子我给他的都是些能够想得到的礼物：刮胡刀、领带和已逝总统的传记。但他不再年轻了，并且不可否认的是，在我结婚后的这些年我们渐渐疏远了。这一辈子我们都背负着因宗教信仰不同而带来的十字架。爸爸天性中拥有信念，而我是带着怀疑的诅咒来到这个世界。他天生就相信，而我注定要怀疑。做这个盒子就好像设计花园，是我试图越过这个鸿沟的尝试，让他知道我仍然关心他。

我拿起盒子，它比我记忆中的要重些，我抚摸着手工打磨的光滑的盒子表面。妈妈在床上侧着身睡觉，她像孩子一样半蜷着腿。我不想吵醒她，当然这也不太可能。我拿着盒子蹑手蹑脚地走了出来，把它放在爸爸的膝盖上。

"我想你肯定想知道我拿它来做什么。"他说着打开了盖子。

里面全是我们家收藏的贵重物品，其中有一些我从没见过。他把它们一个一个拿出来，给我作简要的介绍：他爷爷用银和乌木做的念珠；他爸爸的金属框眼镜；他妈妈的驾照；父母的婚戒。他从一个小的马尼拉信封里倒出一堆他在海军服役时获得的军功章和金属带。"以前，我们叫它水果沙拉。"他说。

他打开了底部的抽屉，掏出他爸爸的金表，这块金表是1909年他爸爸从通用汽车公司获得的奖品，因为他加入了第一个驾驶机动车到达科罗拉多州派克峰峰顶的探险队。爸爸还拿出了他一直带在身边的幸运兔脚。一个小袋子里放着他收藏的通用汽车公司的服务勋章，每个上面都有一颗小钻石，记录着他四十年职业生涯的各个里程碑。爸爸把它们一个一个地介绍给我，向我讲述它们背后的故事。这样有一天，当我和我的孩子或孙子，或者他们和他们的孩子或孙子，一起在这个盒子里翻找时，这些东西会更具意义，而不仅仅是褪了色的小古董。每件物品都有它的故事和我们家庭的故事，每件物品都能让我们与我们的过去相连。我能看出爸爸不想它们被遗忘。

他从抽屉的最底部拿起一张折起来的纸，我发现那是我在把这个盒子寄给他时放进盒子里的信。现在他把这张纸拿到我们面前，然后大声念出我在大约一年前写给他的那些话。我写的那封信描述了我制作这个盒子的整个过程，从选木材到为盒子表面打上最后一层蜡，还有我是怎样把盖子弄成斜面并凿出凹槽以装上铰链的。我承认在这个过程中我犯了许多错误，不得不在后面进行弥补，以致最终没有达到一开始所追求的完美程度。我想，在这一方面，这个盒子像极了人生。

我是这样结束这封信的：

让孩子们看着这盒子慢慢成形是件不错的事。他们知道它是给爷爷的，这使得这个过程对他们来说更加特殊。科琳对这个尤其感兴趣，因此她总是挨在我旁边，在我的帮助下，她给自己做了一个简单的松木盒子。这是我们父女两人单独相处的好机会，这使我回想起当年我们在地下室的工作台边一起度过的时光。在那儿我从您身上学到了很多。

这就是您盒子的故事，爸爸，它是我用谦逊的手和坦率的心做成的。我不知道您会怎么用它，我猜想您也不知道。但是我希望您能把它放在早上或深夜能看到的地方。每次您看到它，我想让您知道我是多么感激您。您对我意义重大，不管是在过去、现在，还是将来。您是所有男孩都想要的那种父亲。

爸爸把信重新折起来放回盒子的底部。"这封信对我来说意义非凡，约翰。"爸爸说。

这时楼下的伊丽莎白说饭菜准备好了，我说："我想我们该吃饭了。"

晚饭过后，迈克尔和伊丽莎白在洗餐具，我小心翼翼地打开了那个我排练了很久该如何开口的话题。我在行李箱里装了一台摄像机，打算把采访爸爸的故事录下来给孩子们看。妈妈犹如一本家庭纪年史，她天生喜欢讲述过去的经历。她翻来覆去的讲述使孩子们把她的故事都深深印在了脑海里。而爸爸则相反，他很少回忆过去，并不是因为他想要保守秘密，而是因为他太谦虚，以为没有人想知道他的人生经历。我想在时间还不晚时记录下从他自己口中讲述的人生故事。"在时间还不晚时"这话想想都觉得尴尬。当初爸爸开始化疗时，我还满怀希望地觉得他能抗争过白血病。现在他正奋力地与这个可能致命的疾病对抗着，我该如何开口说要采访他，而不让他觉得我已经放弃了呢？我干脆问他最后的遗愿是什么好了，没有什么区别。因为无论怎么掩饰，他也能听出是什么意思。孩子们只有在知道时间不多的时候才会向父母提议这种事情。我结结巴巴、绕来绕去，最后还是说了。

"您看，爸爸，我在想，"我说，"我想采访您，关于您的人生，我带来了摄像机。"

"好啊，"他说，一刻都没犹豫，"我很高兴接受你的采访。"

我把摄像机放在三角架上，镜头对准爸爸，按下了录像开关按钮。

"咱们该从什么地方开始呢？"我问。

"你决定就好。"爸爸说。

"好吧，从最开始讲起吧。您什么时候在什么地方出生的？"

"1915 年 12 月 10 日，在密歇根庞蒂亚克的富兰克林路，富兰克林路241 号。"

"您是在医院还是家里出生的？"

"家里，那时候医生会到家里帮忙接生。"

"我们往前推一些吧。我们格罗根家族从爱尔兰来到这里的第一人是谁？"

"詹姆斯。曾伯祖父詹姆斯是第一个来这里的。内战刚过他就来了，买了斯科特湖路的一小块农场，就在离这里十分钟的地方。几年后，他把弟弟帕特里克叫来了，"爸爸继续说道，"帕特里克是我的曾祖父。"爸爸因为我把自己的第一个孩子随祖先取名感到高兴。

"您最早的记忆是什么呢?"我问。

"那很简单。"爸爸开始给我讲起了我从来没有听过的故事。当我爸爸还是个蹒跚学步的孩子时,他的妈妈得了肺结核,被送到俄亥俄疗养院治疗。而他的爸爸还要工作,所以他被送到了奶奶那里。爸爸的妈妈——我的奶奶埃德娜——当时已经离家两年了,爸爸只能通过她写回家的信认识自己的妈妈。直到有一天下午,他午觉醒来,睁开眼发现一个陌生人正俯身看着自己。

"我睁开眼睛就发现这个温柔的女士正在凝视着我。她在向我微笑,我知道那是我妈妈,我马上就知道了,不知道为什么我就是感觉得到。"

他声音沙哑了,于是勉强笑了笑以摆脱激动的情绪。"我现在想到这件事还会激动得想哭,"他说,"这就是我最早的记忆。"

我继续引导他,按照时间顺序回忆他生命走过来的每一步:他小时候在天主教学校的日子;他弟弟和妹妹的出生;他父亲在汽车业萌芽时期成为一名炙手可热的技工的辉煌时期,以及在大萧条后重新开始事业的漫长而又挫折重重的奋斗经历。他向我讲述了因为他父亲的各种短期工作,全家人如何搬到克利夫兰、纽约、费城,最后又折回到纽约。他描绘了因为这种动态的生活方式,他去过的一连串公寓、社区和学校。我感叹于他能记住这么多细节。他回忆了曾经住过的每个街道的名称,有些甚至只住了几个月,还有他八十多年没有见过的老师的名字,也一一向我道来。

爸爸在费城杰曼镇上高二时,他的父亲又一次丢了工作,正好家宅的新主人违反了土地承包合同,这次全家别无选择,只得回到庞蒂亚克富兰克林路收回家宅。到了家宅才发现,爸爸的出生地被用作了妓院,爷爷把妓女们赶走了,将草地翻耕变为菜园,他找了一份农场工人的工作,晚上就在住宅前的车道修车来赚点儿外快。

爸爸打算从庞蒂亚克高中毕业后就试着去汽车工厂找份工作,以补贴家用。"做梦都没想过要上大学,"他说,"我们穷得叮当响。"但是那学期即将结束时，奇迹发生了。像爸爸总爱说的那样，那说明了一个小人物的一次善行可以产生改变他人命运的影响。

"我的法语老师，布兰奇·艾弗里，祈求主保佑她的灵魂，"爸爸停顿了几秒钟接着说，"一天下课后她打电话给我，问我：'你毕业后打算做什么？'我说：'不知道，可能试着找份工作吧。'她说：'你真的应该上大学。'我告诉她：'可是我没有钱，什么也没有。'这时候，她要给我——"他话说到一半停了下来，我感觉他是在努力使自己不显得太激动。"她要自己掏腰包给我交学费。"他的声音又沙哑了，几十年过去了，那位老师的慷慨与伟大仍然让他感动万分。"我说：'不不不，我不能，我爸爸不会允许我那么做的。'这时候她跟我说起了奖学金的事情。她说：'我去找校长谈谈吧。'原来校长是庞蒂亚克汽车公司人事经理的朋友，他们讨论后觉得我很适合去 GMI。"

"弗林特的通用汽车学院？"我问。

"是的。那是个合作项目。你工作一个月，上学一个月，用工作的钱读书。这就得让通用公司或者它的分公司资助你。"庞蒂亚克汽车公司资助了我父亲，于是随后四年，他奔波在弗林特的课堂和庞蒂亚克汽车公司提供的各种工作之间。"我一个小时能挣 55 美分，而我的学费加食宿费是 35 美元一个月，"爸爸说，"如果我节省些，还能存下钱。"

通用公司学院不能授予学生学位，但是爸爸利用他在那里获得的学分转到了密歇根大学，并于 1939 年以优异的成绩从工学院毕业，成为了我们来到这里的格罗根家族中第一个拿到大学文凭的人。我问爸爸他的父亲对这件事是怎样的反应。

"爸爸没有太多表现，"我父亲回忆说，"他不是那种善于表达感情的人。但是我觉得他很骄傲，我能肯定他为我感到骄傲。"

带着这张新取得的文凭，爸爸回到庞蒂亚克汽车公司当了一名助理工程师，他住在家里，靠这个工作养家。不久，他的父亲查出癌症晚期，彻底被击垮了，五十六岁就去世了。"在他生命弥留之际，我们都围在他的床前。"爸爸说。

我父亲从此独自承担起养活妈妈、弟弟、妹妹的重担。1941 年 11 月 7 日，日本人袭击珍珠港。父亲本可以很容易地安全躲过这场战争，也不会丢面子。这不仅因为他要养活一个寡妇和两个孩子，而且他们公司为了战争进行了重组，他被安排了设计大型武器装备的工作。所以说大后方需要他，无论是小家还是大家。然而他还是应征入伍了。

"您为什么那么做？"我问。

爸爸用手指摆弄着桌布想了一下。"就是觉得那么做是对的。"他说。

"嘴巴觉得干了。"

我给他倒了杯水，换了录像带，然后问："谈谈跟妈妈的相遇吧。"浅浅的微笑爬上他的脸庞，可以看出他仍然深深爱着妈妈。我听妈妈讲他们的恋爱很多次了，但还是想听爸爸怎么说。

战争结束后，爸爸回到庞蒂亚克，重新拾起在庞蒂亚克汽车公司的工作，回到他母亲和弟弟妹妹那里住。遵循着老习惯，他又开始了每天早上工作前的弥撒。那里的助理神父乔·霍华德对他很亲近。父亲引起他注意的原因有两个：一方面无疑是他的慷慨。爸爸一直觉得应该与教堂共享每一分钱。在南太平洋军队的那些日子里，他一直惦记着错过的教堂的每周捐款。所以一回来，他就往捐款箱里放了一张与累计金额同等数目的支票。不久后，霍华德神父邀请这个近来归国的海军上尉到安阿伯的霍华德家享用周日晚餐，并拜见神父的母亲。神父没有提到他的妹妹露丝也会在场。露丝战争时期在安阿伯外的柳树机场工作，三十岁的她仍然单身，住在家里。我的舅舅乔神父在充当媒人。

就像妈妈讲过无数次的那个故事，她对这个沉默、书呆子气的男人一点儿兴趣也没有。她是如此的漂亮、自信、骄傲，哪里会拿 1946 年秋天哥哥带到家里的这个单身汉当回事。我父亲则不一样，完全被这个有点儿讽刺性幽默感的娇小黑发女子吸引了。她有一种天赋，能将他的沉默用笑声和不间断的玩笑塞满。他感觉跟她在一起很舒服。爸爸用他脑腆又井然有序的方式追求妈妈，最终打动了她的芳心。（妈妈的版本里总是包含一段搞笑的故事：她羞怯的追求者用了好几周的时间鼓起勇气，开始了他们的初次约会。）那次晚餐后过了一年，也就是1947年8月16日，乔神父和温神父主持了他们的婚礼。十一个月后他们把玛丽乔从医院抱回了家。

在我的录像机前，爸爸说了两个小时，讲述了他们婚姻早期的快乐时光，那是住在底特律的一个一居室里，用硬纸箱当作餐厅的桌子。他描述着他们的第一座房子，在底特律的彭布罗克街，还有他是怎样在小后院里造了个沙箱。他讲了失去玛丽安的心痛，还有在我一岁时搬到港丘的决定，在那里他的孩子们能够享受到他所不曾享受过的美好。他告诉我他能想起来我记事前的所有事情。然后他说："我现在觉得有点儿累了。"于是我关掉摄像机，看着他拄着拐杖，慢慢爬上楼梯去卧室了。

第二天天还没亮，家里就都起来开始忙活了。伊丽莎白在煎鸡蛋；迈克尔在预热汽车发动机，并擦拭挡风玻璃上的霜冻。我马上就要坐飞机回去了，该回我自己的家了。连妈妈都挣扎着从被窝里爬起来，穿着睡衣下楼送我。她坐在餐桌旁捧着一杯咖啡，我在她脸颊上吻了一下，说："我尽量明年春天回来，好吗？"

"好啊，孩子。"她说。

爸爸也穿着睡衣裤，但是他坚持送我到车上。我把行李装进后备厢，然后扭头看爸爸，他站在车库里，显得苍老而虚弱。我走过去，伸出手，打算跟他来一个格罗根家族的礼貌握手。就在这时他把拐杖挂在手腕上向我伸出双手。我迟疑片刻，抱住了他。他的双臂围绕着我，我的围绕着他。

"嗯，爸爸，"我说，"这次回家太好了。"

"谢谢你能来，约翰，"他说，"我知道你离开家不容易。"

我们站在那里拥抱着，这时我想起三天前珍妮送我去机场时对我说的最后一句话。她的话在我脑海里回旋："如果有什么话你一直想对他说，最好这次去了就说出来。"现在我就要走了，我知道有句早该说的话我还没有说。我深吸一口气鼓起了勇气。

"我爱你，爸爸。"我说。

他立即回应了我，那么快，如同条件反射，如同我自己的回声。从他嘴里说出来就像水从高压的水管里迸发出来。好像那些话在他身体里等待了好多年，就徘徊在他的嘴里等待释放的机会。

"我也爱你，强尼。"他说。

强尼。他只在我小时候这么叫过我。强尼。

我又紧紧地拥抱了他一会儿，然后跟迈克尔上了车。"继续好起来！"我们在车道上倒车时我从车窗冲爸爸喊。他再次挥手，我们离开了。

## 31

回家后，珍妮问我："大家情绪怎样，很难过吗？"

"有点儿，还好吧。时间确实不多了。即使爸爸已经出院了，他现在还是很虚弱。我都不知道他平时是怎么照顾妈妈的，还有家里那一堆事情。不过从好的一面看，妈妈看起来还撑得住。爸爸虽然体力不是很好，精气神儿倒是不错，和病魔斗争的那股子劲儿还蛮足的。"我告诉珍妮化疗引起的一些副作用，还有爸爸拿出那个盒子和我聊起过去时的情景。我细细地回忆陪在父母身边的这几天，说给珍妮听：我在社区里散步，而且临行前的那个晚上，我用摄像机录下了爸爸说的一些话，他的那些回忆。"真的觉得很高兴，这次能回去陪陪他们。我想不论将来发生什么，我都不会感到太遗憾了。"像是对珍妮说的，也像是说给自己听。

"你这次回去真的做得很对，他们这个年纪，谁都料不到接下来会发生什么。"珍妮说。

两个礼拜后的一天，电话响了，传来的消息印证了珍妮的话。爸爸再次住进了医院。12月12日，当护士到家里给他做常规检查的时候，发现爸爸的脚踝处有裂痕，而且还流着脓水，她担心伤口感染，立刻让爸爸到医院的急诊室就诊。不过这回住院并不是因为脚踝的问题。到了急诊室后，大夫拿听诊器放在他的胸部，虽然并不明显，可还是听到了阻塞的声音。对于正在接受化疗的爸爸来说，感染是最为危险的情况。他服用的药，药性非常强，不仅会杀死血液系统中的癌细胞，还会杀死那些对身体有益的白细胞，这让爸爸的免疫系统变得异常脆弱。

X光的检查结果证实了医生的推断，爸爸的一个肺里出现了轻微的炎症。爸爸在医院的病床上和我通着电话："你基本看不见那东西，不过他们觉得要以防万一，所以我又住进医院了。现在他们给我使用抗生素 I.V，希望把炎症消除在萌芽阶段。"

爸爸脚踝处的问题并没有像护士认为的那么严重。不过，如果护士没有因为这个把他送进医院，或许肺部的问题就会变得严重了。如果拖上几个礼拜而没有察觉、没有用药，那肺部的积液就会造成缺氧、呼吸困难。虽然护士的反应有些过度，但是我们都觉得很幸运，让爸爸的肺炎得到了及时的治疗，避免了病情恶化。爸爸在电话那头开玩笑地说："我的守护神时刻保佑着我呢！"

医生说要把最后一个疗程留到肺炎得到控制后，所以他们暂停了对爸爸的化疗。化疗的效果比预想的要好，爸爸的血小板数量恢复到接近正常水平。不过化疗的副作用也非常明显，随着时间的推移，爸爸变得越来越虚弱。这次住院的前两天，也就是 12 月 10 日，爸爸在床上庆祝了他的八十九岁生日。那天迈克尔给他准备了鲑鱼大餐，我们都知道这是爸爸最爱吃的东西。不过因为太虚弱，爸爸没能下楼，只能躺在二楼的卧室里。化疗的药物已经严重损害了他的免疫系统。我实在是想不通，原本为了挽救生命的药物，怎么将生命变得如此脆弱呢？

上回爸爸住院，住的是独立的房间，屋内条件很好，感觉就像是度假。这回则不同，他被安排在一个简陋的病房，同屋的那个病人整天大吼大叫，喋喋不休地抱怨这抱怨那，护士工作得也不是很细致。他住院的第二天，我给他打去电话，他听起来有气无力，声音颤巍巍的。他的身体太虚弱了，连坐起来都觉得困难，也不能自己吃饭了。但是护士只是把食物送到病床旁的托盘里，并没有关照病人吃饭。"我连吃饭的劲儿都没了，"他羸弱的声音从电话那头传来，"连一口水都喝不了。"

"爸爸，耐心等等。我们会解决这个问题的！"我马上就给医院打去电话，告诫他们小心照顾爸爸，而且让他们赶紧安排爸爸住进独立病房。迈克尔的口气比我更凶。就像生活早就教会我们的，医院的经历只不过再次证实了一个道理：会哭的孩子有奶吃。你不强硬点儿，人家压根儿不拿你当回事。我尽量通过电话了解爸爸病情的每一个细节。然而，情况却越来越糟。医生尝试了多种抗生素，但还是没能控制住肺炎的恶化。爸爸已经需要依靠氧气罩来呼吸了。一天，迈克尔去医院看望爸爸，在走廊里无意间听到两个医生在谈论爸爸的病情："这东西恶化得太快了，咱们用的药根本起不到作用。"

爸爸的免疫系统几近崩溃了，由着肺炎肆意伤害。这不禁让我联想到入侵者进入到一座没有任何防御的城市，没有正规军，也没有游击队，甚至老百姓想找个铁锹、木棒都找不到。鲍勃医生当父母的家庭医生已经很久了，他负责我们和医院之间的联络。他把消息告诉迈克尔，然后由迈克尔告诉我们大家。他说爸爸的病情成了一个医学难题。如果希望控制住肺炎恶化的潜在危险，那么医生们就得停用化疗的药物，可是，一旦停药，爸爸体内的血小板就会骤然减少，之前化疗所作的一切努力都白费了，白血病会更加恶化。爸爸的身体依然是座空城，不仅如此，还有两个恶魔同时入侵，都想要了爸爸的命。不论我们尝试抵抗哪一个，都只会让另一个更加的嚣张。

爸爸住院的第三天，我照旧给他打电话："爸爸，坚持住。医生说他们有了一种新的抗生素，明天就要给你用了。一旦这个发挥作用，肺炎的症状消除，我们就能专心对付白血病了。"

"除了坚持，我别无选择了。"爸爸的声音依旧羸弱。

第四天，我又给爸爸打电话，那时我正在买圣诞礼物。电话响了好几声之后爸爸才接。

"嘿，爸爸，现在说话方便吗？"

"不方便，非常不方便。我得挂了。"他的声音听起来心不在焉的。说完他就挂了，电话里传来的"嘟——嘟——"让我莫名地紧张起来。后来我得知，那个时候一位神父正在爸爸身边做临终祈祷，一种天主教在教徒临终前举行的仪式。那时爸爸不能说话，所以才急匆匆地把电话挂了。这并不表示爸爸放弃了和病魔的斗争，只不过他觉得自己年事已高，而且身体也不好，想要有所准备。我时时刻刻都关注着他的身体健康，而他还想着他的精神世界。

开车回家时，我做了一件已经很多年不曾做过的事情：祈祷。当我还是个孩子的时候，每天晚上都祈祷。那天，我就像多年前的那个小男孩一样开始祈祷："亲爱的耶稣、亲爱的主、尊敬的圣灵，天堂里所有的神灵和天使们，请保佑新的抗生素能控制住爸爸的肺炎吧！我请求你们，保佑化疗进展顺利，保佑爸爸早日恢复健康。请保佑爸爸渡过这个难关，再享受几年快乐的时光，或者，就一年。我并不奢求太多，就一年。妈妈需要他，我们都需要他。阿门。"

我非常规范地在胸前画了个十字，就像四十年前修女们教我们的那样：右手的手指尖，触碰额头、前胸和左右肩膀。现在，即便是一个人坐在车里，我也觉得不好意思。我已经很多年不相信祈祷能有什么作用了，我把它看作严格的冥想行为，价值只在于虔诚的自我反省与启示。有多少犹太人曾在集中营里虔诚地祈祷？有多少杀人犯在扣动扳机前的一秒钟在胸前画过十字？有多少孱弱的和正在被死神召唤的生灵虔诚地祈祷，希望主能帮帮他们？但如今我又开始祈祷了。我不知道我是不是该相信祈祷能带来奇迹。不过，现在我知道了，为了爸爸的生命，我相信。带着满心的虔诚，我祈祷主能庇佑爸爸。

那天晚些时候，我们终于等来了好消息。有个私人病房空出来了，下午 4 点的时候爸爸被转进了那个房间，而且精神立马好了许多，说话的声音也更加平静了。我心里充满了信心和希望。爸爸终于可以好好休息了，恢复元气，再和病魔战斗。新的抗生素疗效不错，化疗的效果也已经得到验证了，问题在于爸爸的身体能不能恢复到足以抵抗化疗的副作用。但爸爸没能在私人病房住多久。医生时刻监测他的呼吸频率——每分钟呼吸的次数，还有血氧含量，将它们作为判断肺功能是否正常的指标。尽管医生已经增加了输氧的成分来帮助提高血氧浓度，这两个指标一周以来还是持续恶化。一个健康的成年人平均每分钟呼吸 12 次，而爸爸的呼吸次数达到30 次。就算是他用力喘气，血氧含量也上不去。监测到的数据已经表明：爸爸需要被送进重症监护室了。

"我不想去重症监护室，"爸爸对迈克尔说，他的申请更像是在恳求，"进了重症监护室就等于是等死了，那里是只进不出的。"迈克尔向他保证说，去那里只是因为他可以在那儿得到最好、最先进的治疗。无论怎样，爸爸在那样的情况下，我们别无选择了。晚上 10 点，医护人员将爸爸转移进了位于住院部另一层的重症监护室。

爸爸转去重症监护室的第二天，我给蒂姆在纽约的办公室打了个电话："我们得回家一趟了。"他和我想的完全一样。因为伊丽莎白一直在爸妈家，他也打算开车回家过圣诞节。他说在离开纽约之前，需要集中精力写好两篇稿子给杂志社，另外手头上还有一些工作需要处理。之后，他就可以出发了，最早下周三可以到达密歇根，那样的话正好赶上平安夜。看来这回轮到蒂姆否认现实了。

"下周？"我打断他的话，"蒂姆，你还不明白吗？爸爸的病情已经不允许我们等到下周了，我们要马上出发。"

蒂姆在电话那头沉默了一下，然后说："明天早上 8 点到你家，我们一起开车去，应该能在天黑的时候赶到。"

"行，我等你。"

## 32

第二天一大早，珍妮开车载我到78号州际公路的出口处，在那里等待着从纽约市十万火急赶来的蒂姆。此时此刻，我和蒂姆都有一种火烧眉毛的感觉，巴不得把路上的时间缩短一半，火速赶往爸爸的身边。蒂姆的车一到，我就快速滑进他的车中，刚刚在后座上坐稳，珍妮就递给我一包三明治。她说："有了这个，你们这一路都不用停下来花时间吃饭了。"我和她吻别后说："有什么消息，我会尽快告诉你的。"

蒂姆和我刚刚行进了几公里，旅途故事会就开始了。我不太确定我们俩谁开的头，但一旦开始，接下来的数小时里我们都没完没了地讲个不停。让人捧腹的故事、让人难堪的故事、让人难过的故事。妈妈在厨房的灶台上讲给我们听的故事，纵使经过时光的打磨依然如宝石般闪闪发亮；还有那些无从考证的传奇故事，依然让人记忆犹新。家庭的点滴故事，就像是编织成毛毯的一针一线那样，穿梭在我们人生的历程中。这些故事在我们顺利的时候，使我们愉悦；在我们不顺的时候，使我们平静。当事情陷入僵局的时候，这些故事填补了让人棘手的死寂；同时让那些温暖的时光倍加温暖。这些家庭故事，使我们不仅仅是六个血脉相连的亲人，而且让我们组成了一个不那么完美的家庭，有时候乱糟糟，有时候脏兮兮，有时候闹哄哄。但我们却组成了一个不折不扣的整体——家庭。

"老哥，你还记得那个星期天吗？我们身着盛装，参加完教堂的祈祷。沿着湖边往家走，你却失足掉了进去，成了一只落汤鸡。"我问蒂姆。

"你这个十足的背叛者。"蒂姆边说边咧嘴笑。他曾让我发誓对那天所发生的一切保密。如果被妈妈知道，回到家屁股肯定遭殃，等待他的将会是满屁股的乔治-苏茜牌止疼膏。蒂姆那漂亮的鞋子已经面目全非，罪加一等；没有得到母亲大人的允许偷溜到湖边罪加二等；拉着他的弟弟一起去，简直是罪不可恕。蒂姆的计划是把那双湿透的鞋子藏在床底下直到晾干，妈妈再明察秋毫也奈何不了他。但是当我们按照原计划，蹑手蹑脚地穿过厨房的时候，我无法承受手中握着哥哥生死大权的喜悦之情，立刻高声尖叫道："妈妈！妈妈！蒂姆他掉进湖里了。他脚上还穿着那双祷告穿的新鞋。"

"因为这件事情，你打得我屁滚尿流，让我吃尽了苦头。"我抱怨道。

"这可是你罪有应得的。"蒂姆还嘴说道。我顿时无话可说。

我是个真正的超级麻烦鬼。有一年复活节，我才六岁。当我正在找自己的糖果篮子时，打开干衣机的门，看到哥哥迈克尔的篮子藏在干衣机里面。篮子里五颜六色的糖果和零食堆里有一张卡片，上面用大号印刷体字母印着他的名字。我迅速地关好了门，四下打量了一下，接着开动了干衣机。干衣机立刻发出了轰隆隆的异常吵闹的声音。篮子里面的鸡蛋、巧克力、果冻一起随着干洗机的螺旋桨翻滚起来。那时的我自认为创造了人类历史上最为搞笑的恶作剧。可是妈妈却让迈克尔把写有我的名字的卡片从篮子里拿出来，取而代之放上他的名字卡片。妈妈打开干衣机，把我的名字卡片丢进满是破碎的鸡蛋、一片糨糊的果冻还有融化的巧克力的干衣机里面，平静地说："强尼，从现在开始，这是你的篮子了。"我的笑声才戛然而止，闹剧变成了一场悲剧。

说到这儿，蒂姆说："你不得不承认，妈妈具有对公平和正义的良好判断力。"

接着，我们又回忆起家人一起去密歇根半岛野营的那次旅行。苏必利尔湖上凛冽的风让我们在七月的炎夏里就穿上了冬季的大衣。

蒂姆问道："你还记得妈妈在野营火炉上烤制的那些猪肉和大豆的味道吗？"

"天主作证，我记得一清二楚，"我对蒂姆说，"那绝对是世间少有的绝妙美味。"

故事会继续进行。我们津津乐道当年为躲避周日弥撒而制定的周密计划，也为我们捉弄修女们的那些恶作剧捧腹大笑。我人生中最美好的时刻之一就是六年级的时候，有一次，最最德高望重、年事已高的玛丽·克莱曼迪亚修女对着我们这群四处乱叫的野孩子们高喊了一声，这声音甚至盖过了我们的声音，原因是她想让我们安静，安静到她能听到一根针掉到地上的声音。她从她的头巾上取下一根别针，高举在空中，大喊道："你们给我安静点儿！我要数三声，三声后你们这群小鬼最好让我听到这个别针掉到地上的声音。"在她数数的时候，我把手中的牛奶盒折叠，放在脚后跟的地板上，摆好姿势。"一、二、三。"就在她松开别针的那一瞬间，我使出了吃奶的劲儿，重重地用脚后跟踩在空盒子上。盒子发出了爆炸一样的响声，这声音差点儿把那可怜的修女送上天花板。事情的结果是，在接下来的一周里，每天放学后我都要留校写检查。检查的内容无非是："我不能在学校胡作非为"，等等。但这些都是值得的。因为玛丽修女脸上那希区柯克式惊悚的表情百年难得一见。

蒂姆不服气，说他的这个故事肯定能打败我。在赖斯修士学校，同样有一个老古董名叫奥哈冉修士。他每个早晨都准时进入教室，并且喜欢在垃圾桶上狠狠地踩几脚压紧垃圾。一天，蒂姆和他的伙伴们在垃圾桶里装满水，在表面扔了一些揉烂的纸。当奥哈冉修士像往常一样走进教室，并狠狠地踩垃圾时，他的整个腿都陷入了漫到膝盖的冰水中。

我和蒂姆又回忆起家庭度假时去过的那些美丽圣地，感恩节早晨，微波炉中的火鸡散发出阵阵香味，全家人徒步穿过灌木丛。还有我们的爱狗肖恩是如何在雪堆里打滚的。还有妈妈那令人难忘的拿手料理——茴香子饼干，以及在圣诞节自酿的蛋酒和爸爸布置的巧夺天工的圣诞美景。他会在二楼浴室的玻璃上悬挂巨大的、闪闪发光的星星，然后在星星下面连接很多根串着小白灯的绳子，一直垂到地面上。

"对了，蒂姆，你还记得爸爸因心脏病而住进医院的那个圣诞节吗？"我问道，"我们两个还试图自己把圣诞树立起来。"

"真是一场灾难啊！"蒂姆回答道。那个时候，我们已经长大成人，处理这样的事情相对来说已经很简单了。我们只需要在树干的底端简单地钻个洞，然后穿到地上的长钉上就万事大吉了。可是，我和蒂姆两人弄坏了一个又一个钻头，都没有把事情办好，再到后来都到了歇斯底里的程度。而让这件事情显得更可笑的是，那个时候我们的无能和爸爸不费吹灰之力的完美形成的对比。他做这件事情已经很多年了，而且没有出过一次差错。

"爸爸总是让一切都看起来那么简单。"我说道。

这又让我想起另一个蒂姆不知道的故事。那是我刚刚领到驾照不久，迈克尔从一个派对打来电话请人接他回家。我自告奋勇，急于争取到这个难得的独自驾驶的机会。爸妈对青少年驾车这样的事情保持着戒心。尽管我们已经取得驾照，也得在父母其中一人陪伴的情况下才能开车，且这种陪伴要持续一年之久。但他们这次竟然网开一面，同意我独自去接迈克尔。我家距离迈克尔所在的派对地点大概有二十分钟的车程，而且我的哥哥会陪我一起回家。爸爸给我指出了路线，我吹了声口哨，宝贝狗肖恩也加入到旅途中，一会儿我的车就消失在夜色里。很快，我就陷入绝望的迷路中。我在没有路灯的路上来来回回颠簸着，不小心闯进位于庞蒂亚克工厂附近的居民区。恐惧立刻涌上心头。我把车开进一个黑灯瞎火的屋子的车道上，准备掉头。就在我要开出车道的时候，由于打轮太猛，我们家视如珍宝的蒙特卡洛车的后轮陷进了水沟中。我尝试着发动引擎，但引擎只是一次次地发出痛苦的呜咽声，车身依然纹丝不动。不得已，我只好下车去检查。蹲下来一看，才发现后车轮轴已经卡在人行道上了。肖恩一定是感受到了我的焦虑，因为它大声叫起来，这无疑是火上浇油。叫声一定是惊醒了房东，院子的前门突然打开，一个穿着宽大睡袍的女人出现在我的车灯前。我暗暗地想，这人一定是来帮忙的。

但人倒霉了，喝凉水都塞牙。只听这个女人冲我大声嚷嚷道："把你那该死的车头灯给我关掉！从我的院子里滚出去！你弄得我们都无法入睡了！"

"可我……"我低声嘟囔着。

"也让那该死的狗闭嘴！"那女的依然丝毫没有帮忙的意思。

"可以借你的手机用用吗？"

她装作没有听到我的请求声，继续恶狠狠地说："从我的院子里滚出去，要不然我要叫警察了！"边说边把门恶狠狠地摔上了。我现在完全手足无措了。肖恩还在不停地狂叫，我把它拴到车里，跑到伸手不见五指的车道上，走到还亮着灯的屋前。我敲敲门，请求屋里的男主人能够借我电话，打给我爸爸来帮忙。男主人透过门缝打量了我一下，吩咐我在屋外等消息。十五分钟后，爸爸终于来救场了。他的出现让我欢欣鼓舞，以前从来没有因为看到他而这么高兴过。他洞察到我的情绪非常糟糕。他安慰我道："一切都会好起来的。"而我则提醒他，屋里的那个愤怒的女主人威胁我要打电话给警察。但爸爸没有因为我的提醒而变得不知所措。相反，他非常镇静地说："只需要几分钟，我们就能让这位女士平静下来。"

"万能老爸"开始处理这堆麻烦事情了。他从汽车的后备厢里拿出一个千斤顶和一个巨大的木桩。他用千斤顶把蒙特卡洛车顶起来，直到车轱辘脱离束缚。接着他把大木桩放在车胎下面，熟练地让车胎离开水沟。爸爸有足够的理由来责骂我，甚至有足够的本领来嘲笑我。就冲半夜来营救我这件事，就算他会为此而唠叨我百句千句，也理所当然。但是，他没有。他只是和蔼地搂紧我的肩膀，轻描淡写地说了一句："开车也和生活中的其他事情一样，多加练习就能熟能生巧。现在让我们忘掉这一切，去把你哥哥接回来。不然他会以为我们把他忘得一干二净了。"

"这些年来，爸爸总是能够帮助我们走出困境。"故事聊到这里，我们的车在不知不觉中已经穿过了宾夕法尼亚中部的群山。

提起爸爸和车，我不得不提起另外一件事情。有一次我从大学回家探亲。就在进门前的几分钟，我在路上偶遇了一个美女。我兴奋地向我爸妈说道："就在刚刚，我在红灯前停下，就在我身旁的小车里，坐着一个十足的'狐狸精'。"

　　"狐狸？"我那老实巴交的爸爸大惑不解地问道。"一只狐狸？坐在车里？是活的吗？我的意思是，是一只真正的野生狐狸？"就这样，他把我的一场艳遇拍成了动物世界的奇遇记。就连我妈妈也不至于这么一无所知。她摇摇头，用略带责怪的语气感叹道："真是受不了你，理查德。"

　　太阳刚刚西沉，我们的车就到达了伊利大道。伊丽莎白和迈克尔在门口迎接了我们。我们四个和妈妈共进了晚餐。妈妈看起来无精打采。尽管我们尽力把谈话氛围搞得特别活跃，她还是看起来那么闷闷不乐，无法融入到我们的气氛中。她看起来只是隐约地知道一个事实，那就是她的丈夫正在医院饱受折磨。她似乎不记得起因是什么。但是她一直心神不宁。我在想，妈妈是否在以一种更原始的方式来思念爸爸。毕竟爸爸是在她身边日夜陪伴了五十七年的老伴儿。忽然之间在晚上发现，床上空落落的只剩下她一个人，早晨的餐桌上，也只剩下一副碗筷。那个在过去的岁月中一直关心她的另一半就这样忽然消失了。这对她来说，情何以堪。

　　晚饭过后，迈克尔主动承担起刷碗的责任。伊丽莎白、蒂姆和我则驱车前往圣约瑟夫慈爱医院，赶着在医院规定的晚8点30分到9点的探访时间去看爸爸。医院规定，一天中病人家属只有三个时间段能够去探望病人。当我们上楼到达重症监护室后，一个护士帮我们戴上口罩。因为爸爸住的是呼吸道感染重症监护室，口罩可以保护爸爸免受我们所带来的细菌感染，同时也能保护我们免受爸爸的传染。等我们戴好口罩，护士推开了门。爸爸躺在一堆医用机器、电线、塑料管、氧气泵和检测仪中。一个带有橡胶垫的沉重的塑料面罩固定在他的嘴和鼻子上。面罩通过一根塑料管子连接着氧气泵，后者有节奏地将筒内的氧气输送到爸爸的肺上。他略有发青和水肿的胳膊上插着很多针管。看到这一切，我喉咙里涌上一丝苦涩。

　　"爸爸，是我。"我隔着毯子轻轻地捏了下他的膝盖。

　　"爸爸，还有我。"蒂姆边说边轻轻地摸了摸爸爸的肩膀。

　　爸爸透过氧气罩，略显歉意地笑了笑。我能感觉到他对于身上这么多的设备感到不自然。我甚至能猜到这位永葆谦虚的男人在想：难道这些高档的仪器、昂贵的药物和一流的医学专家就不能用在那些更需要帮助的人身上吗？

"旅途怎么样？"他微弱的声音从厚重的氧气罩下缓缓传出，再加上旁边机器发出的呼呼音，他的声音小得让人无法听清。"旅途，"他又重复了一遍，"怎么样？"

听到这个问题，我和蒂姆立刻滔滔不绝地讲起来，屋子里顿时充满了欢乐的气氛。我们告诉他开车的情况、汽油的价钱、天气的变化和我们对俄亥俄州公路的鄙视之感。我还滔滔不绝地讲了孩子的成长、工作的得失，还有我家的新成员——小狗格瑞斯。我和蒂姆努力挑起各种话题来让我们和爸爸之间的谈话变得流畅。在谈话陷入可怕的寂静时，我们就使出浑身解数让谈话继续进行。我们对爸爸的病况做了一个含糊但是积极的展望，并对最新流行起来的抗生素鸡尾酒疗法给予了厚望。我还信誓旦旦地说："一旦这个东西开始起效，我保证，爸爸的病情会大有改观。"

尽管我们滔滔不绝、口若悬河，爸爸看上去却心不在焉。他似乎对我们的话题都不感兴趣。忽然他把郁结在心中很久的问题吐露出来。透过氧气罩，爸爸一个字一个字地从口中微弱地吐出："你们认为我们该怎么安置你们的妈妈呢？"

我和蒂姆交换了一下眼神。我故作惊讶地问道："妈妈？"

爸爸接下来的话以一个词组一个词组的方式来说，每说一个词组都要深呼吸一口气。"如果我能离开这里……尽管要数月之久……能站起来……伊丽莎白待不了太久……有自己的家庭要照顾……迈克尔一个人料理不了。"接着他又深深地吸了一口气，补充说："要好好安置你们的妈妈。用对她最好的方式。"

"路德斯。"我赶紧回答道。我知道爸爸心里一直认为，如果有一天他寿数已尽，再也不能继续陪伴妈妈，路德斯将是安置妈妈最好的地方。

"他们能给予妈妈最好的照顾和陪伴。您也是，等您痊愈后，恢复好精神。"

"路德斯,"爸爸继续说着,顿了一下攒够足够的气息,用一种强调的语气说:"是最好的。"

爸爸的这个决定对于蒂姆和伊丽莎白来说意义重大。在伊丽莎白长大的菲律宾,把自己年迈的父母送进养老院是闻所未闻的事情。她一直在游说,希望妈妈能够跟他们一起回新泽西州生活。尽管他们的家在一栋没有电梯的高层楼房里,尽管他们只有一间小卧室。玛丽乔也一直表明自己的立场,告诉大家她能在做社工的同时照顾好妈妈。而我也考虑过把妈妈接到自己家来住。尽管我明白,这会让我和珍妮的婚姻生活危机四伏。

爸爸看起来不会接受我们这些善意却不切实际的计划。对于照顾妈妈所需要的时间和精力他了解得最清楚。他说:"你们的妈妈属于路德斯。""或许刚开始她不喜欢,甚至会发脾气,但是她会慢慢渡过难关,忘记不快乐的事情并重新开始生活。路德斯是最好的选择。"

蒂姆和我互相看看,都点点头。我们答应爸爸会去委托路德斯的管理人员,等爸爸一出院,就把他们老两口一起送到那边的养老院。爸爸对这个承诺点点头。放下了心头的一件大事,他看上去神情舒缓了很多。就算是在重症监护室,爸爸心里还在打点着他需要完成的事情,好让一切都井然有序。他向来都是一个事无巨细的人。他还会提醒我们除草机和除雪机需要在冬天妥善保管,水管里面的水要倒干净,以免结冰。

谈话内容渐渐变少,到最后我们都安静地守在爸爸的床前。耳朵里是氧气泵有规律的声音。护士在门窗上探头示意我们,这次探护时间剩下最后的五分钟。

我说道:"爸爸,我想我们该走了。"

"明天我们再来探望您好吗?"蒂姆又说。

爸爸点点头,示意我们可以离开了。我们开始穿外套。就在这时,伊丽莎白用她不太熟练的英语说:"爸爸,您希望我们做个祷告吗?"

爸爸的眼睛变得有神起来,上下点了点头。

于是我们都低下头，开始了祷告。"我们仁慈的主啊，在天堂里俯瞰众生……"问题接着就来了。我和蒂姆竟然忘记了那曾经被教过成千上万次的祷告词。很多年我们都不曾自己念过祷告词了。每每在家庭聚会时，我们都能够跟着爸爸的提示，附和着他的声音嘟囔着糊弄过关。可是今晚，爸爸的声音压在厚重的氧气罩下，完全听不清楚。伊丽莎白那一瓶子不满、半瓶子晃荡的英语水平更是爱莫能助。我和蒂姆犹如汪洋中的一叶小舟，不知该如何是好了。

"……您的名字圣洁无瑕；那个什么，什么，这个啥啥啥；在啥啥啥，就如同这个啥啥啥，什么什么。"

我们继续结结巴巴地往下瞎编，祷告过程也变得冗长无比，就像我们在背诵古代史诗《贝奥武夫》一样。但是这一切都徒劳无功，无法掩饰。我偷瞄了一眼爸爸，他眼睛紧闭，高声祷告着。接着我偷瞄了一眼蒂姆，这无疑是个非常不明智的举动。当我们四目相对的瞬间，他忍不住"扑哧"一声笑了出来。这突破了我的忍耐极限，我也忍不住小声"咯咯"笑起来。我使劲儿憋住从胸口冲出的一股气，想笑又不敢笑出声音。肩膀已经不受我的控制，上下抖动起来。情况无比糟糕，糟糕中又夹杂着让人无法忍受的滑稽。我的鼻子里不时地发出"哧哧"漏气的声音，眼睛里已经笑泪泛滥。我低头盯着自己的膝盖，努力去想那些不搞笑的事情。可是，越是这样强制自己不笑，笑得却越厉害。

这让我想起了小时候参加祷告的情景。来自波兰神学院的斯坦罗老神父在耶稣受难日主持神圣而又严肃的祷告，他高声唱颂祷告词，我们在下面则"咯咯"乱笑。你明明知道那时那景不能笑场，可你却无法忍受，笑声泛滥。

床对面，我听到像是猪哼哼一样的哧笑声。我抬头看了看蒂姆，他也在双肩乱抖，双眼紧闭。可他继续忍耐着，口中还念念有词："……请赐予我们啥啥，我们的这个那啥是啥啥的……"我也随即加入这呓语一般的祷告中。"……和嗯嗯我们一起来自哦啊啊，为了嗯嗯和啊啊。阿门。"

我和蒂姆提高了嗓子，同时重读了最后一句词，阿门。这句话，我们可是烂熟于心。祷告终于结束了，我和蒂姆擦擦眼泪，假装祷告进行得十分顺利。而爸爸只是用他那疲惫、认命的眼神看了看我们。

蒂姆和伊丽莎白已经走向走廊。我在门口停下来，转身看了看爸爸。他正直愣愣地盯着天花板。每一次吃力的吸气，他的下巴都要微微抬起；每一次吃力的呼气，他的头都要轻轻地沉入枕头中。医生嘱咐他每次吸气都要用力，只有这样氧气才能到达肺部，达到治愈的效果。呼吸才能活命。爸爸集中精力，使出全身的力气，抓住每一次呼吸的机会，抓住每一丝生命的痕迹。"做个好梦，爸爸。"我轻轻地说着，把两根手指放到嘴唇上，送给了他一个飞吻。

## 33

随着圣诞越来越近，我们探望父亲的时间也固定下来了。我早上过来，蒂姆和伊丽莎白中午和下午守着，晚上我跟迈克尔再回来接班。玛丽乔奔波在自己家和工作单位之间，只要一有时间就开一个小时的车赶来看望父亲。我们大多时候跟妈妈坐在一起，一边守护着爸爸，一边陪妈妈讲故事，给她按摩肩膀。

又是一个阴沉而凄凉的黄昏，我在客厅陪妈妈坐着；蒂姆和伊丽莎白去了医院；迈克尔出去办事了。伊丽莎白拉了一串串节日灯，放在长久没人碰过的钢琴上，然后缠到窗台的花盆上，她鼓起勇气，努力使家里至少有那么一点儿节日的喜悦气氛。但是这些装饰却使房间看起来更加冷清，让我们更添一份惆怅，想起了往年的圣诞节。那时壁炉烧得噼啪作响，到处是孩子欢叫的声音和圣诞树的芳香。坐在那儿，我忍不住回忆起当年父母还正年轻，他们想方设法、不遗余力地为我们营造圣诞节的神秘气氛。

爸爸布置的欢快餐厅，我们修剪的圣诞树，妈妈制作的圣诞布丁，还有包装礼物比赛和装饰一新的圣诞树。

从小我就发现别人家都是从商店买来节日灯挂在圣诞树上，而我家不一样。爸爸总要花费几个小时亲手设计并制作独特的节日灯，他的灯是用一根电线串联起来的，但无法确保不会引发火花事故，这是指一只灯泡熄灭了，连带所有灯泡都熄灭。这使得我家有了另一个节日传统，那就是大家拧下每一只灯泡，挨个儿检查，找出熄灭的罪魁祸首是哪一只。有时我们在圣诞前夕摆弄那些让人发疯的灯泡一直到很晚，然后不顾寒冷跑去圣母庇护所进行半夜的弥撒，在那里，耶稣诞生的盛大场景，一簇簇圣诞红，再加上我们打破宵禁的激动，着实让人觉得神秘。

屋子里从来没有这么安静过。

"只有我和您了，妈妈。"我说。天色越来越黑了。

"只有我和我的第三个儿子了。"她说。

"您饿了吗？我给您做点儿东西吃吗？"

"好像有点儿，好啊。"她说。我扶着她坐到餐桌旁，我的手用力扶着她的胳膊，以免她摔倒，然后用微波炉热了一盘饭菜给她。

"您可真是饿了！"她吃完时我惊叹道，"您把一盘全吃光了。"我感觉到一种幸福，跟把饭放到我的孩子们面前看他们吃得精光时一样。她现在比我想象中的还要像个孩子。母亲的生命转了一圈又回到了小时候的样子。她不再为自己的孩子们担忧了，不再为我们生活道路上的选择和精神健康发愁了，也不再强迫我们遵从她的意愿。所有以前看得特别重要、使她劳心伤神的事情都如同遇难船上的货物随大浪漂走了。现在我们不得不藏起糖果不让她看见；督促她多吃蔬菜、多喝水；提醒她刷牙；给她好处来哄她吃药。

我们回到客厅，我带她坐到她心爱的椅子上，我们一起坐在闪烁的节日灯光下，屋子里如此寂静，我甚至能听到暖气通风口上升的气流声。

"还有五天就是圣诞节了，妈妈。"我说。

"你爸爸会回来过节吗？"她问。

"不知道，妈妈，"我说，"我觉得不能吧。"

我们坐了很久，听着暖气口的气流声。

"还没有下雪。"她终于开口了，看着窗外的暮色说。

"圣诞节时也许会下。"我说。

这时候她开始唱歌了，柔美而婉转。她的声音有些颤，像是一只小鸟或者小女孩在唱歌。

"我在期待一个白色的圣诞节……"

我惊叹于母亲的头脑。这首歌是从她哪块遥远的记忆中飘出来的？我几十年没有听她唱过《白色圣诞节》了。

"就像我以前度过的……"

我现在有两种选择：干坐着听她那哀伤寂寞的歌声或是加入她。于是我们一起唱起来：

"树梢在闪耀，孩子们在倾听，那白雪中的雪橇铃……"

我俩都只记得第一段歌词了，所以我们一遍又一遍、一遍又一遍地唱。直到实在唱够了，她停下来叹了口气。

"去世的歌星平·克劳斯贝要是还能唱歌该多好。"她说，然后她在椅子上睡着了，寂静又一次笼罩了我们。

第二天的早上 10 点，我到了医院，发现爸爸支撑着坐起来了，一个较轻的塑料氧气罩松松地罩在脸上，看着呼吸得比较顺畅。那个笨重的压力氧气罩被放到了墙角。"我的血液含氧量还不错，"爸爸说，"所以他们给我戴这个轻的，让我休息下。"透过轻氧气罩，我可以清楚地听到他说话。

"那太好了，爸爸，"我说，"您在好转呢。"

"我不确定，约翰，"他说，"我不清楚。"他用探寻似的目光看着我。"你觉得呢？你觉得我能撑过去吗？"

在这件相当重要的事情上，他还从来没有问过我的看法。我犹豫了。

当时我的真实反应是升起的希望很快跌落下来。前一秒钟，我还幻想着爸爸完全康复，重新过上他们一生为之打拼的生活。而后一秒钟，我又意识到他们独立生活的日子已经没有了。即使是最好的情况，我的父母也需要保姆照顾、靠辅助器械活动。家里再也看不见爸爸开车，看不见他们修剪草坪，看不见他们去杂货店买东西。然而我又想到最有可能的结果是爸爸害怕的事情会发生，他再没有走出重症监护室。医生用尽手段给他治疗，但是肺炎和白血病却疾速将爸爸推向生命的终点，没有半点儿缓和的迹象，我找不到爸爸能战胜病魔的任何线索，而且希望在一天天萎缩。所以我试着面对现实，不想施舍给爸爸希望。

"我不知道，爸爸，"我说，"我们需要的是继续努力，我们需要坚持与病魔作战。"

"还有祷告。"他加了一句。

"还有祷告，爸爸，您不能放弃。"

他点头表示同意。"我只是想好起来，继续照顾你妈妈，"他说，"我想在她有生之年的每一天照顾她。"他仍然全心全意地爱着妈妈，她是他的一切，而且看起来他唯一的希望就是能比她多活一天。我把他的氧气罩摘下来，将玻璃杯中的吸管放到他嘴边，让他可以吸一点儿水喝。

"一天一天慢慢来，爸爸。"我说。

"知道吗？我在担心圣诞节。"

"您是说还没有出去给我们买礼物吗？"我不露表情地说。

"我不想破坏大家的圣诞节。"

"哎呀，爸爸，您不会。"

"你应该在家陪珍妮和孩子们的，"他说，"我们都清楚这一点。"

"我到时随机应变，"我说，"也可能圣诞前夕飞回家，到时候看吧。"

其实我已经告诉珍妮可能会错过节日了，她说让我不要担心她和孩子们。"你现在应该在那里的。"她说。

然后我改变了话题，"迈克尔和我昨天去路德斯养老院跟管理人谈过了，"我说，"她很好，告诉我们他们非常崇敬您，对您这些年来对那里的帮助表示感谢。"

爸爸睁大眼睛期待地问："然后呢？"

"他们有很多申请人，但是她说他们无论如何都会给您和妈妈找个房子，"我说，"我们还去看了一下小教堂附近的那套夫妻用房。里面有两个卧室、一个客厅，对您和妈妈非常合适。文件都已经填好啦。"

"那太好啦，"爸爸说，"谢谢你为我们做这些。"

我没有告诉他那个套房很快就能入住，更没有告诉他原因：现在的住客，一位年迈的神父，已经生命垂危了。在这方面，养老院跟重症监护室很像，都是生命的最后一站。

我们坐着沉默了好一会儿。

"你看，"他开始说，从他舔嘴唇的动作我知道他是要谈思索很久的事情了，"现在跟你说这件事正合适。"他伸出手来让我握住。我将手指放到他的指缝里，坐在他旁边听着。

"好啊。"我说。

"对于孩子们的宗教信仰，你打算怎么办？"

我感觉心脏猛然一沉。他要重新拾起我们一直避讳的话题了。我们都知道这个问题的答案，不会有什么结果的。"爸爸，"我的声音变得很小，仿佛悬在空气中，"我在尽力了。我知道这不是您以前对待我们的方式，也不是您希望的做法，但是我在努力地教育好他们。"

"你教育得很好，约翰，"他说着使劲儿攥了下我的手，"你是位好父亲。我只是怕他们就那样长大，没有宗教信仰，也不祷告。尤其是祷告，非常重要啊！"

我本想给他吃个定心丸，告诉他他所希望听到的：他的孙子们将会接受圣礼并参加每周的弥撒，会被教育为虔诚的天主教徒。我知道那么说是违心的，对他也不诚实。我应该真诚地对待他，因为我是那么尊敬他而不愿意欺骗他。再者说，他是个聪明人，这么多年过去了，我渐渐意识到我那些包裹在糖衣中的谎言一刻也不曾骗过他。可能骗得过妈妈，爸爸就不行了。

他一定意识到我的不自在了。"我知道你对教会有看法。"他说。

"是的，"我说，"但是我并没有完全放弃，我还在苦苦思索中。"我说这些是真的，我还没有完全抛弃宗教，我也不会。

"我也只能问这么多了。"他说。

午饭送来了，我拉下他的氧气罩，一勺一勺地喂他吃粥和奶酪。

那天晚上，迈克尔和我又在8点半回来看爸爸，他戴着轻质氧气罩呼吸得很舒服。但是我猜想一定是护士知道家人探望时想看到这样的情形，这样跟病人说话比较方便。我们离开后，他们会再给爸爸换上那个笨重的氧气罩。重症室的护士都很好，有位叫米歇尔的护士，年龄跟我差不多，尤其会关心人，把爸爸照顾得无微不至，爸爸也最喜欢她。她看上去真心喜欢她的病人，总是说些宽心的话。对她来说，给病人换上轻质氧气罩后，他们跟家人相处的时间会更有意义些。

爸爸脸色不错，舒适地躺在床上休息。这次探望让人高兴。我们告诉爸爸更多去养老院看房的消息，还告诉他妈妈的最新情况，让他知道妈妈除了想念他，一切都好。医院工作人员开始把送饭时间安排在我们探望的时候，因为爸爸太虚弱了，不能自己吃饭，他们又因为太忙而不能喂他。这时又一碗稀粥送来了，这是他能吞咽的为数不多的几种食物之一。我开始一勺一勺地喂他，就像我的孩子还太小不会吃饭时我喂他们那样。

"我现在像个无助的孩子。"爸爸在吞咽食物的间隙说。

"您受苦了，"我说，"来，张嘴，再吃一口。"

那晚回家的路上，我告诉迈克尔我决定周四飞回家看看，三天后，也就是圣诞节后那天回来。"爸爸能够坚持住，"我说，"他能吃下饭，即使戴着轻质氧气罩，呼吸也很顺畅。我想几天的时间他不会发生太大变化。"

"过节期间他的病情应该可以维持现状。"迈克尔也这样认为。

"我赶回家过圣诞节，第二天就回来。"

# 34

第二天我一大早就醒了,订了机票,准备回家过圣诞节。然后我打电话给珍妮。

"你确定这时候离开合适吗?"她问我。

我告诉她爸爸病情稳定并且这种情况会持续。"昨天晚上他表现得最好,比这周前几天都好,"我说,"不管最终结果是好是坏,这个过程都会是缓慢的。"

我冲了澡,吃了一碗粥,就去医院接上午的班了。然而一到那里,我就知道发生了什么。爸爸病房的门敞开着,急救车停在门廊里。米歇尔在走廊拦住我。她看上去受了打击,脸色苍白焦急。"很高兴你赶过来了。你爸爸今天早上情况很不好,"她说,"他的血液含氧量两次几乎崩溃。我们的呼吸医疗小组紧急抢救,才让他脱离险境,真是极其危险。"呼吸医疗小组的目标是把他的血氧饱和度提高到100%。这周一直徘徊在90%,这样还算不错。当血氧饱和度下降到86%时,警报器就要响了。今天早上八点钟警报器响了,一个半小时后,又响了一次。而且两次,血氧饱和度都是急剧下降到低于70%,即使他每分钟呼吸40次也没用。血氧含量那么低的话,几分钟时间就可能引起中风或者伤害大脑还有其他主要器官,米歇尔这样对我说。

"他现在在休息,"她说,"但今天是你们家的一个门槛。"我还记得当时她选择使用了这么个奇怪的字眼"门槛"。仿佛她知道我们家将很快走到一个门口,从一种生活跨到另一种生活,再也回不去。"我们需要你们明确指示下一步要怎么做,"她说,"如果这种情况再发生——实际上肯定会,只是时间问题——我们需要给他用助吸器、插管子。"她犹豫了一下继续说："如果你们家人同意的话，我们就这么做。"她无须告诉我使用助吸器的细节，或者另一个选择意味着什么。我透过门口望着爸爸。他的脸又扣在了大氧气罩里面，机器每给他送一口气都把他的脑袋压进枕头里。他的嘴巴张得很大，努力地接受每一次氧气。他的眼睛紧闭着，身体一动不动。现在他身边的治疗器械更多了。

爸爸的呼吸治疗医师也加入了我们的谈话。"如果给他插了管子，他可能再也摘不下来了，"她说，"他这种情况，再断掉助吸器几乎没有可能。你得清楚这一点。我在这行十六年了，还没有见过一例像你爸爸这样的病人能再摘掉的。"

"我明白。"我说。但是我实际上一点儿也不明白。那些话像弹珠一样敲进我的脑袋，我毫无防备地被这一系列消息惊呆了。我本来是要告诉爸爸我订了回家的机票，他本来会对我说，他会等我回来，没事的。事情本该是这样的。而现在我能想到的是我连午饭也不能喂他吃了。

"鲍勃医生让您给他打电话。"米歇尔说着把我带到护士站给他拨了电话。医生证实了刚才那些人所告诉我的。肺炎要得逞了，爸爸的肺功能在慢慢衰竭。呼吸器是可以帮他呼吸，但那不是什么福音。他只能在白血病的蹂躏下拖几个月而已。

"大自然有其自身的发展规律，"他说，"肺炎被认为是'仁慈的死亡'，因为它使病人很快脱离痛苦。"医生跟我们一样知道我爸爸的心意。他曾明白地告诉我们，他会竭尽全力与病魔抗争，但是如果真的不行，他不需要什么特别的方式维持他的生命。在他的宗教信条中，那是违反主的意愿。

"我想你爸爸的那一天降临了。"医生用那么温柔亲切的语气说出这句话，我几乎要哭出来。"把你的兄弟姐妹都叫来，一个小时后我们在那里见面，好吗？"

我按照他说的做了，然后走进爸爸的房间，站在他身旁。他看上去没有任何知觉。机器的呼噜声笼罩着整个屋子。我可以看见他呼气时氧气罩上的哈气和当又一口氧气压进去时哈气消失的样子。米歇尔进来说："他今天早上受了很多罪，现在已经筋疲力尽了。"她摇晃着爸爸的肩膀，大声说："格罗根先生，您能听见我吗？格罗根先生，醒一醒，您的儿子在这儿呢。"

爸爸从沉睡中慢慢醒了过来。我握着他的胳膊把嘴唇凑到他耳边。"爸爸，我是约翰，"我说，"我在这儿，我就在这儿。"他没有睁开眼睛，但是快速地、小幅度地点点头。氧气罩里他的嘴稍稍动了一下，试图抬头并将毯子下的手伸出来。

"您需要什么吗？格罗根先生。"米歇尔大声问，"您口渴吗？"他摇头。"您感到口干吗？"他还摇头。"您觉得太热？"还是不对。最后她问："您是想说什么吗？"爸爸使劲儿点头，眼睛仍然没有睁开。她摘下他的氧气罩移到一边。

"什么事？爸爸。"我问。

"我的孩子们都来了吗？"他问。

"我是约翰，爸爸。他们几分钟后就到了。"

他躺着待了一会儿，好像在聚集身体里所有的气力准备说话。他的眼睛短暂地颤动着睁开，他说："我累了。"然后每个字都说得那么艰难，好像说一句那么久："我……不……想……再……抗……争……下……去……了。"

我看着米歇尔，她点了下头，表示没有问题。然后我又看着爸爸。

"爸爸，您不用再抗争了，"我说，"您已经尽力了，可以停止了，现在只需要放松。"我告诉他鲍勃医生告诉我的那些，而且他可以保证不让爸爸痛苦。"您是那么勇敢，爸爸，"我说，"真的很勇敢，现在您可以放开手了。"

米歇尔重新给他戴上氧气罩，他又回到深度睡眠的状态。我在走廊等着，直到玛丽乔、蒂姆和迈克尔都到齐了。他们个个眼睛通红，过来的路上一定是哭了。"你们需要知道一些事情，"我说，然后把米歇尔叫过来，"我们摘掉爸爸的氧气罩，他说了几句话。米歇尔，你也都听见了吧。"

"他说他累了不想继续抗争了。"她说。我很感激她帮我说出来。我不想独自承受爸爸的临终遗言和最后的愿望。"这就是他说的，"她重申，"不想再抗争了。"

鲍勃医生过来时，我们已经商量决定不再给爸爸进行医疗介入了。爸爸准备好了，我们也要准备好。在重症监护室，医生告诉我们这一天会怎样度过。一个临终治疗小组会接管这里，他说，他们会使用适量的吗啡和骨骼肌松弛药物来控制爸爸的呼吸频率，并消除他血液含氧量下降时喘气的反射作用。"他的肺已经很脆弱了，"医生说，"我想这用不了多长时间。"

我们四个都觉得妈妈会想跟她的丈夫告别，但是当我们告诉医生打算把妈妈带到病床边几分钟时，他表现得很惊恐。"不要那样对待你们的母亲，"他用祈求的语气说，"请你们不要，她受不了这个的。这只会摧毁她。让她记住你爸爸原来的样子吧。"这是其他人可以给我们最好的建议了。

鲍勃医生说他想跟自己的病人和这个二十年的老友告别，而从病房走出来时，他在哭。

过了几分钟，来了一位可爱的女人，她自我介绍说她叫佩格·纳尔逊，是临终治疗小组的一名护士，她会负责爸爸的临终工作。我立刻喜欢上了这个人。她做事从容实际但不冷漠，充满同情心但不伤感。她理智地向我们解释接下来几个小时将发生的事情。我们准备好之后，她会给爸爸注射吗啡和骨骼肌松弛药物，然后移去他的氧气罩。"他会深深放松，然后慢慢失去意识，不会有任何不舒服的感觉。"

正如鲍勃医生所说的，她也说："那是很快的。"

我们尴尬地问起跟爸爸最后告别的事情：我们该什么时候跟他告别？他能听到我们吗？她说在注射前我们可以把想说的话都说了。他之后还会有几分钟处在半清醒状态。

我问什么时候开始，其实内心有点儿希望听到她说明天回来再实施。"什么时间都行，"她说，"你们应该先吃点儿东西。我们一个小时后在这里见面吧，留这个时间给你们吃午饭。"一个小时，我们几个互相看着对方。我们开始慢慢理解它的含义。我们预约爸爸的死亡，如同预约牙医。两点半就要开始了，我们再吃一顿午饭的时间。

"天啊！"玛丽乔叫道，用手捂住了嘴。

在自助餐厅，我们拿了点儿吃的。我费了很大的劲儿吃了半个土耳其三明治。我明白，毫无疑问我们做了正确的选择，爸爸想要的选择，鲍勃医生向我们确定这是不可避免的选择。他终于可以从这场战斗的痛苦、疲惫和无力反抗中解脱出来。可是为什么我没有感到解脱呢？

午饭后，我们来到医院的教堂里，我跪在小祭坛前试图祷告。"请快点儿带他走吧，"我双手合拢，小声祷告，"不要有伤痛，不要让他害怕。请让他安静地离开，毫不怀疑自己的信仰。"我为他确信的事情而感到安慰，他相信在另一个世界里可以得到永恒的解脱，并且他深爱着的妻子会很快去天堂和他相聚。在我站起来前，我低语道："帮助我，让我能生活得有他一半好。"

蒂姆和迈克尔在教堂外的长椅上坐着。玛丽乔还在里面独自沉思。"我要上去陪爸爸，"我说，"一会儿你们也都过来吧。"

在病房，爸爸还是像我们离开时那样躺着，闭着眼睛，身体一动不动。呼吸器的呼噜声笼罩着病房。我把一只手放到爸爸的肩膀上，另一只放到他被子下的手腕上。"爸爸，我是约翰。"我说，他睁开眼睛。我能看出他意识清醒，虽然他很虚弱。他在氧气罩下开始张嘴嘟囔什么，只见气流在氧气罩中飘散，什么也听不见。

"爸爸，"我说，声音颤抖着，"耶稣将要带您回家了，一会儿他就来。"爸爸又闭上了眼睛。脑袋上下动了动，我知道他听懂了。不论我想对他说什么，现在必须说了。我深吸了一口气。

"爸爸，您知道我有多爱您吗？我非常非常爱您。"他的嘴在氧气罩下急切地张动，好像急着要说什么。"什么也不要说，我都明白，我知道您也爱我，我知道的。我知道如果您能说话您会那么说，您爱我。"他又点点头。"我还知道您为我骄傲，爸爸。我从来没有怀疑过我们的信仰，不要以为我改变了。"又是小幅度的点头。我告诉他不要担心妈妈，我们会照顾好她。我重复着他几天前跟我说的话。"妈妈的事您放心。"他又点了点头。

从以前的谈话中我知道爸爸担心他和妈妈走后，我们家从此散乱，因为没有他们把我们连接在一起，我们兄弟姐妹四人会各自分离。所以我向他保证我们不会。"我们会互相照应，爸爸，我们还会是紧密相连的一家人。"

还有一件事我想告诉他，前几天我一直想着怎样说出口，即使我一直否认时间已经快到了。"爸爸，您能听到我吗？"我问，我把嘴凑到他的耳边。他点点头。我停顿了一下使我的声音镇静。"爸爸，我想让您知道，作为您的儿子我感到骄傲，非常荣幸和骄傲。"我忍住哽咽，努力使声音平稳，"这是我的荣耀。"

我回头看见蒂姆在门口。"好了，爸爸，"我小声说，"蒂姆来了。"我用手掌又一次抚摩他那像砂纸一样的头发，就像小时候坐在他腿上时那样。和那时一样，我感觉虽然粗糙，但很温暖，奇妙地给人以抚慰。我再次告诉他我爱他，亲吻了他的鬓角，走出了病房。

## 35

当我们几个分别跟爸爸告别后，我们聚集在门廊，告诉佩格我们准备好了。还有一件事是我们知道爸爸会期待的，那就是找来一位神父为他举行最后的赎罪仪式，虽然我们几个都认为那是没有必要的。"如果这个人不能升入天堂，"蒂姆半开玩笑地说，"那么就没有人可以进天堂了。"

迈克尔之前就给温神父打了电话，问他能否马上开车来医院，他家距离这里有一个小时的路程。我们觉得让他来给爸爸送行是最合适的，因为他主持了我们父母的婚礼和我们几个孩子的洗礼。但是一场大风雪即将侵袭北美五大湖地区，温舅舅担心被堵在半路。我们不能怪他，毕竟现在他也是个老头儿了。米歇尔说她会去找医院的神父。

病房里，我们围绕在爸爸的病床前，玛丽乔和我在右边，蒂姆和迈克尔在左边。我们每个人都把手放在爸爸身体的某个部位，手臂、膝盖或者肩膀，四个孩子四双手。"我们全在这里，爸爸。"玛丽乔说。

佩格拿着两支注射器站在旁边，用她那温柔而镇静的语气说："我们可以开始了吗？"我们点点头，然后她注射了药物。几乎同时我们感觉到他的四肢在我们的手里垂了下来。"我们先让他放松几分钟。"她边说边看了看表，下午 2 点 50 分。

就在快 3 点的时候，佩格拿掉爸爸的氧气罩，关掉助吸器。没有了机器的呼噜声，屋子里立刻变得异常安静，甚至是安详。我们四个，还有佩格和米歇尔全都盯着监视器上显示的爸爸的血氧量。氧气罩刚被拿下来时是 96%，然后瞬间开始下降。93%……74%。就像佩格说的那样，爸爸没有表现出任何不舒服或者焦虑的表情。"我们爱您，爸爸。"我们四个异口同声。

一位来自尼日利亚的神父到了，他用欢快清澈的声音主持了爸爸的临终圣礼，这是爸爸几周以来第二次接受圣礼。神父将圣礼油涂抹在爸爸的额头和手心，然后用他的拇指在抹油处画十字架。"希望圣主将你从罪恶中解救并把你带走。"他大声祈祷着。然后，他说了几句宽慰我们的话便离开了。玛丽乔提示我们说，如果爸爸能听到我们念一串诵玫瑰经，应该会感到欣慰。经文是一遍《天父》、十遍《圣母马利亚》，还有一小段我从小到大称之为《荣耀归于父》的祷词。我们现在都没有念珠，于是我们掰着手指念《圣母马利亚》，有我姐姐和迈克尔领读，蒂姆我俩也能磕磕绊绊地跟上了。

念完经文后，我往窗外望去，看见第一场雪飘落下来。来自加拿大的暴风雪就要到了。这时候我们听见外面天使在唱歌。声音从另一头的走廊传来，离我们越来越近，声音越来越响亮。这是一群医院的志愿者，他们走在这个最悲伤的走廊上，在每道门前停下来唱圣诞颂歌。斗争结束了，生命不可避免地走到了它的尽头。

他们在爸爸病房外面唱着《平安夜》，甜美而抚慰人心的声音环绕着我们，像是一个温暖的拥抱。我喜欢让爸爸在这种环境中离开。歌声还在继续："到处是安静，到处是光明……"我们向他们表示感谢，蒂姆说："你们知道《圣母颂》吗？爸爸对圣母非常崇敬。那首歌会很有意义。"领头的歌唱者向我们道歉说他们没有排练那首歌。我们再次感谢他们，然后回头看爸爸。歌手们一定重新考虑了我们的提议，因为我们身后传来那熟悉的歌声，温暖而圆润，如同抛光的红木。当第一场暴风雪在窗外飘落，整个世界笼罩在白色中，他们唱起了爸爸最喜欢的歌，此情此景，真是让人很难不微笑，也很难不落泪。

下午的时光慢慢过去，供给爸爸生命的氧气也在他的血液中慢慢溜走，监示器上的数字还在下降：64%——57%——45%。下降到40%的时候，佩格打破了沉寂说："一般人到这么低就不行了。"但是爸爸的心脏却还在跳动，血压也很顽强。即使他现在失去了意识，也还在坚持，还在呼吸。爸爸在向我们预设的死亡速度挑战。

下午6点钟的时候，我们商量了一下，决定让玛丽乔和蒂姆回家告诉妈妈这件事。我们都害怕这么做，但是最后她还是再次证明自己是个坚忍不拔的老太太，能够接受这个事情。我猜她比我们几个都更早料到她的丈夫不能再回家了。迈克尔和我继续守在爸爸身边，即使现在他处于深度昏迷状态，也不能让他一个人孤单地离去。接下去的两个小时，我俩大都安静地坐在床边看着爸爸呼吸。最后，我说："你还是回家休息吧，要是有什么变化我给你打电话。"我确实想让哥哥休息一下，他看上去累坏了。但是更重要的原因是我想单独跟爸爸多待一会儿。迈克尔同意我的建议，但是我先去了自助餐厅，吃了碗粥，并打电话给珍妮向她和孩子说了最新情况。

吃完饭，我回到房间让迈克尔回家了。我站在爸爸床前，目光从他的脸上移到外面的白雪。现在没有什么可以挽回的了，我不再觉得无助和悲痛。死亡不再那么令人恐惧。恰恰相反，如果有什么感觉，那就是平静。平静甚至……美丽。这就像孩子出生的第一次呼吸或者蝴蝶的破茧幻化一样，是自然界生命的韵律。站在那里，我想到时光由春入夏，从夏转秋，每个日落所预示的黎明的到来。我还想到家里那棵倒下的老枫树和在它的地盘长出的新花园。更多地，我想到爸爸以及他给我们树立的生活的榜样——我们之间虽然有着很多分歧，但是我身上有着爸爸留下的不可磨灭的深深印记。

米歇尔从门口伸进头来说她今晚要回家去。"我会想念你的爸爸。"她说。

"他很喜欢你。"我告诉她，她拥抱了我一下。

和米歇尔轮班的是一位年轻、温文尔雅的男护士，名叫詹姆斯，他有着黑色的头发、棕色的皮肤、灿烂的笑容，让人觉得温暖和幸福。"我能帮你做点儿什么吗？"他问。

"没有，"我说，又考虑了一下说，"其实，有，能给我拿一支笔和一张纸过来吗？"

"我爸爸有过很多角色。"我坐在他的床边，跟他腿挨着腿写道。于是我开始罗列出来：儿子、兄弟、丈夫、爸爸、爷爷；工程师、数学家、老兵、童子军队长；集邮者、花匠、古典乐迷；忠诚的天主教徒。我抬头看看安静地躺在生命分界线上的他，继续写道："更应该说的是，他是个好人，有爱心、温柔、善良的好人。"无意中，我开始给他写祷词，下周在他的葬礼上我将念的那段祷词。

我在纸上潦草地记录着，描述他居无定所的童年，帮助他上大学，使他拥有他不敢想象的前途的法语老师。我还记下他可以不去珍珠港的双重原因以及他还是下了参军决定的举动。我写了他从战场回来，兜里揣着四年来积攒的每个周日要给教堂的捐款，以及那件事如何促成他和妈妈的姻缘。我还取笑他工程师式的超级严谨和他对筷子的奇特偏爱。

我记下爸爸大大小小的发明，他为了在冬天保存好"玛丽安号"，设计了一系列曲柄和滑轮将它拉到车库的屋顶上。当他正要测试自己的这个发明时，抬头看见了我，这个给他拿工具的小助手，然后开心地对我说："一个小数点的改变，强尼，我们的别克汽车就完了。"他知道他的小数点是对的，他只是想教育我，即使小的不起眼的错误也可能导致极其严重的后果。

我一直写到无话可说了，然后把纸折起来塞进我的衣兜里。"爸爸，"我边说边用手指梳着他的白发，"您的一生真精彩。"我的手指划过他的眼眉、鼻梁。"我会想念您的。"

11 点，蒂姆和伊丽莎白一起回来了，我就拽了一条毯子和一个枕头去走廊另一头的休息室了。再醒来时伊丽莎白在摇晃我。"快来，"她说，"爸爸的眼睛睁着呢！"

当我走进病房的时候，他的眼睛确实睁着，但是暗淡无光。他的心律正在下降，原本整夜都缓慢而平稳的呼吸现在变成了被长时间沉默隔断的短暂喘气。即使我们已经知道他再也听不见了，蒂姆和我还是握住他的手，对他说话。他深深地呼出了最后一口气，我们俩都看着心脏监测器上那条绿线最后跳动了一下，然后在屏幕上成了直线。詹姆斯护士一定也在走廊那头的办公室里看到了同样的一条线，因为他来到了我们身后，用他最温柔的语气说："他去了。"几分钟后，一位我从来没见过的医生走了进来，拿着听诊器听了听。这就是爸爸去世的时间：2004 年 12 月 23 日，星期四，凌晨 1 点 16 分。

我们走出医院，走在寂静的雪地里，庞蒂亚克犹如盖了一层雪被，干净得一尘不染——这个城市是爸爸出生的地方，也是在八十九年又两个星期后他去世的地方——看上去美不胜收。三寸厚的白雪覆盖住了所有东西，在路灯下闪闪发光。雪上甚至没有任何车轮的压痕，给人以完美的感觉，就好像天堂在试图给爸爸和他所接触的一切都披上一件纯洁、善良和优雅的寿衣。

我把爸爸的别克车开上伍德沃德大道，在漫天大雪里驶在前面带路，蒂姆和伊丽莎白在后面跟着。我开得很慢，透过来回摆动的雨刷看着铺着白色毯子的道路。凌晨3点，我钻到地下室沙发上的被子里，立马睡了过去，睡得很沉，但是也很累，一直在做梦。


# 36


黎明前我醒了过来，蹑手蹑脚地走进厨房，关上身后的门，生怕打扰到别人。我冲了杯咖啡，打电话给航空公司改变我的航班，本来没几个小时就要起飞了。很难相信我之前如此坚信爸爸在我离开的这几天会很好。过去的十八个小时感觉一点儿也不真实，我停下来提醒自己这不是在做梦。这会儿我站在这里，手中握着电话，希望航空公司能理解我的丧亲之痛。我想把机票推迟一天，圣诞前夕飞回去。客户服务部终于有人接了我的电话，我解释了自己的情况。"我爸爸五个小时前去世了，"我说，"我今天要安排他的丧礼。"她告诉我她为我失去亲人感到难过，但是不能无条件地给我更换机票。圣诞节前夕的票价是900美元，因为这时候票比较紧张。我感觉无望了。

这时候她说："你刚说要去哪里？"

"宾夕法尼亚。"我回答。

"那你运气不错，"她说，"底特律机场已经宣布了地面积雪的紧急情况，所以今天去不了那里了。我给你换张明天的等价机票吧，不收额外费用。"

我的心跳加速了，到这时我才意识到自己是多么想念珍妮和孩子们，多想回家陪他们。我望向窗外，灰蒙蒙的天空下雪花纷飞。我无意识地笑了笑。我从来不相信奇迹，从来不相信父母曾经讲给我们的那些神奇故事，但是现在我忍不住相信这是爸爸一手安排的情况。可能我的想法有点儿可笑，爸爸进入天堂后做的第一件事就是操纵这场暴风雪，这样他的儿子约翰就能不用多花钱改变航班，和家人共度圣诞。我那以节俭出名的父亲可不想看见一张好好的机票被浪费掉。

妈妈睡醒后，说："你爸爸走了吗？"

"是的，妈妈，"我说，伸出双臂抱住她，"大概今天凌晨1点15分的时候。"

"哦。"她应道。

吃完早饭，玛丽乔和我从爸爸的壁橱里找出一套灰色西装、一件淡蓝色衬衣和一条条纹领带。我从给爸爸的盒子里，拿出见证他在通用工作四十年的带钻徽章，把它别在外套翻领上。玛丽乔找到了他爷爷的念珠，我们觉得让爸爸带走比较合适。然后我们跟迈克尔开车去了殡仪馆，选了一个适合爸爸个性的棺木（外表朴实，内里坚硬的木质）为丧礼做准备。

那天下午晚些时候，我们守着妈妈，翻看以前的老照片，为了给爸爸丧礼展示用。那些照片让我们感到抚慰，妈妈也喜欢看她和爸爸一起走过留下的片刻记录。我本来害怕妈妈会因为想起往事更加伤心，但是她的双眼有了光彩，并开始给我们讲他们的故事。"哦，那是艾琳·奥布莱恩。我跟你们讲过我们掉进河里的那次吗？"她讲过，而且讲过很多次，但我们还是非常感兴趣地听着，仿佛这是第一次听到。然后我们又看了我们小时候和少年时期的照片，取笑那古怪的发型和那让人不敢恭维的六七十年代的时尚服饰。

我们精选了一些有代表性的照片，从爸爸还是个蹒跚学步的孩子，到他长成大男孩，进入大学、毕业、参军、结婚、生子，直到退休。最后一张照片是去年夏天爸爸领着伊丽莎白走过圣母庇护所的走廊。我们惊叹他在通用第二十五个年头的照片是那么帅气，那时他前途似锦。我们也惊叹于妈妈二十几岁时是那么漂亮，光亮的秀发从双肩垂下，还有一束隐约遮住了眼睛。我们整理这些照片时，感知到了时光的流逝，我们父母的篇章将要结束，成为我们永远尘封的记忆。

爸爸说过想让我跟家人过圣诞节，所以第二天我就飞回宾夕法尼亚，赶上了圣诞前夕的晚餐。他说的对，这里才是我的归属地，回到家我感觉很舒服。圣诞节的第二天，阳光刚刚透过白松照射到屋里，我和珍妮就带好孩子、狗和我们的衣服上路了，踏上了我和蒂姆大概两周前同样走过的十个小时路程。

六位神父和一名主教同时主持了爸爸的丧礼弥撒，由温神父布道，用圣洁的措辞描绘爸爸的人品。如果爸爸听到了，一定会感到困窘。妈妈坚强地坐在第一排，只哭了一次。蒂姆读了《圣经》上的两篇文章，玛丽乔宣告了她的一系列意愿，迈克尔简单介绍了爸爸的一生。轮到我了，我站在圣坛上开始朗诵我在医院时写的悼词。朗诵的时候，我抬头看见了小时候那些熟悉的面孔。老邻居、老同学还有一些早已忘记的老熟人。石头在，布袋也在，汤米的妈妈卡伦太太也来了。两个月前她也失去了丈夫。后来，她告诉我，汤米从亚利桑那州向我们送来问候。

丧礼上还有一群我不认识的男人，他们大多跟我年龄相仿，是我爸爸发起的男子祷告小组的成员。他们每月一次聚在一起祷告和讨论。他们三十人身穿深色西装来到爸爸的丧礼做护柩者，显然爸爸对他们来说很重要。他们排成两排，护送爸爸的棺木，从中间的走廊向圣坛慢慢移动。眼前的景象让我感动，也让我感到难过，因为从他们那里我看到爸爸想要的儿子是什么样的——能够支持他，并和他一起分享信仰的人。

他们一个一个从我身边经过，跟我握手并告诉我他们有多么敬仰我的父亲，我父亲给了他们什么样的精神鼓励。我忍不住感觉自己是个失败的儿子。父亲跟他们在一起的亲密，是跟我在一起时所没有的。那种亲密关系是绝对安全感的，不需要被审查、过滤或者敷衍。他可以不用担心被儿子拒绝，可以敞开心扉无所不谈。

很长时间了，他不再跟我谈起他的那部分生活与信仰，我也很高兴他能那样做。但是现在，我发觉这是件令人痛苦的事情。我们都知道，宗教拥有一股巨大的凝聚力和治愈力，它本该把我们一家人连接在一起，但是这个信仰却成了使我们关系紧张的最大的痛。当看到那些与爸爸共享信仰的人时，我不由地想到这就是爸爸想要的儿子。而他经过那么多年的努力，最终放弃了我。

丧礼结束后，我们吃了妇女祭坛协会准备的午餐，开车到安阿伯放置爸爸的棺木，就埋在爸爸那夭折的女儿的墓旁边。回家后蒂姆和我决定用吹雪机清理积雪。其实爸爸去世的那天早上，我们的邻居，莱斯·库诺弗不请自来帮我们把房前的车道清理出来，这是无数令我们全家感动的善举之一，不是用语言，而是用行动慰藉我们。但是雪还是下个不停。而且爸爸在医院时就催促我们查看吹雪机，确保它可以在冬天使用。

在车库，我们检查了吹雪机的油箱，然后把汽油装满，又捣鼓了下气门。现在开始迈克尔要接过爸爸扫雪的衣钵，但是他可能是世上最不懂机械的人，蒂姆和我都清楚我们必须教他怎么用吹雪机。然而要启动时，我们傻眼了。在某个地方应该有一个电打火按钮，但就是找不着。我们找了又找，急得直挠头。

"等等，"我脱口而出，"我们去问问……"我发觉不对劲儿，顿了下来。我们面面相觑，呼出来的气凝固在寒冷的空气中。

"爸爸，"蒂姆接着我的话说，"我的第一反应也是这个，问爸爸。"

"他真的走了，"我说，"我们得慢慢适应。"

蒂姆和我独立生活了很多年，但我们内心知道当我们需要帮助的时候，爸爸总会适时出现，给予我们无论是房贷、事业、杂工琐事，还是生活上的指导，但是这些事再也不能问爸爸了，爸爸给我们提供的避风港被永远地封锁了，从现在开始我们只能靠自己了。

"来，接着找，"蒂姆说，"我们一定可以搞定。"最终我们确实找到了，那个按钮在汽化器下面一处隐蔽的地方。于是吹雪机又咆哮着开始了新季度的工作。

# 37

几个月过去了，冬天的白雪在春天的号角前投降了。这个春天，院子里的花草长得格外茂盛，连翘、樱花、杜鹃花还有紫荆争相怒放。我们家后院里的母鸡孵了一窝小鸡，森林里跑出来的野兔子在夜晚带着她的兔宝宝们闯进我们的菜园。加拿大黑雁排成"V"字形又飞回了北方。我知道它就会这样，生活还得继续。

爸爸去世后的第三天，当我们正准备埋葬他时，一场难以想象的悲剧降临在这个世界上。苏门答腊海啸掀起的巨大海浪快速地横扫过印度洋，夺去了大约十五万个鲜活的生命，致使数百万人无家可归。然而，我的兄弟姐妹和我几乎没注意到。我们沉浸在自己失去亲人的悲恸之中，甚至没有注意到有那么多生命遇难。现在几个月过去了，我才反思这场灾难和我自己的遭遇。每天、每分钟都有人死去：有的在毫无预兆的情况下跟很多人一起失去生命；有的过程很恐怖；有的年纪轻轻就去世。我爸爸度过了美好、健康的一生。直到他去世前的几个月，他一直都精神矍铄、身体强壮，即使在生命的最后一刻他依然头脑清醒。生命弥留之际，儿女们陪在他身边，他依旧是那么文雅而平和。他抓紧时间安排好了自己的后事，并让我们相信这只是他旅程的第一步而已，永久的天堂才是他的目的地。这样结束漫长而有意义的一生不失为一个不错的方式。

爸爸去世几个月后，一位新朋友出乎意料地进入了我的生活。他叫麦克尔·梅利，是我报纸专栏的一位老读者。一天他花了点儿时间给我发了个邮件，评论了我的一篇文章。他的文字渗透着让我钦佩的睿智和敏感。我给他回了信，不久我们就经常用邮件交流起来。我很快就喜欢上他了，他如此聪明而有思想，风趣而自谦，坦率而直言不讳。后来我才慢慢发现我的这个笔友是一位罗马天主教神父，他没有刻意隐藏自己的宗教信仰，但也没有处处张扬。他坚持让我省去"神父"两个字，直接叫他麦克尔。跟他坦诚相见让我感觉很自在，以至于经常会忘了我是在跟一位神父交谈。

他对我干的这一行很钦佩，用文字去影响很多人。正如他的一封邮件里写的："要记着，耶稣最喜欢的说教方式就是讲故事。故事是人们不可缺少的一部分——让我们与大集体相连。"他说写作就是我内心的神父，并说："约翰，你在用自己的方式帮天主做事。"

5月的一天，我跟麦克尔约在我办公室附近的酒馆见面，一起吃腊肠、喝啤酒。麦克尔的年龄跟我相仿，宽阔的肩膀，留着山羊胡子。这个男人看上去像经营锯木厂的，而不像个隐退者。他的父亲六年前去世了，他母亲一个人住在老宅里。他正在想办法多挤出些时间去关爱自己的妈妈，努力做个好儿子，但又总觉得自己做得不够好。我们聊了很多。

开车回家的路上，我忍不住笑起来。又是爸爸在天之灵安排的吗？这也太凑巧了吧！一位无比可爱又聪明、看待事物不偏不倚的神父刚好闯进我的生活中。我甚至看到爸爸站在天堂云端处，身穿跟卡通人物形象类似的白色长袍，他在仔细询问，想找到一名完美的道德顾问降临到我的生活中。我几乎听得见他在嘟囔："约翰可是个难缠的家伙。派去的人不能太保守，不能太唠叨，不能太教条主义，不能太强硬。一定要是一个常人，有时会咒骂一两句或者喝几杯小酒。还要跟他的年龄接近。嗯，我再想想，哦，我们这里都有谁？维明顿圣方济各沙雷氏献主会的麦克尔·梅利神父。对我来说，他太随意了，但是约翰会喜欢的，这个应该比较适合。"这么幻想着爸爸在另一个世界指挥着、忙碌着，犹如《绿野仙踪》中幕后的操作者，自己得到些安慰。

由夏入秋，秋去冬来，圣诞节又要到了，我买了一棵圣诞树和节日灯带回家。但是我想得最多的是我父亲的第一个祭日该怎么度过。我不能去他的墓地，那隔着好几个州的距离。我也不能招呼兄弟姐妹和妈妈一起聚聚，我们几个散布在国家的各个位置。我更不想把珍妮和孩子拖进那种过度悲伤的气氛中。也许我该独自去树林里走走，就像小时候常跟爸爸去散步那样。

在12月22日，我给麦克尔神父写了封简短的邮件："明天是我父亲的祭日，如果你能为他祷告，我会非常感激。"在他的一生里，爸爸花费了他很多财富来给别人做祷告，我知道如果有个神父为他做祷告，爸爸会很感激的。几分钟后麦克尔回复道："我会为你爸爸做一件更好的事，我会为他做弥撒，也为你。圣诞快乐，约翰。"我仍然不明白为什么这对我意味着很多。我这辈子都在躲避弥撒、嘲笑弥撒，在弥撒时做白日梦，时不时就试图溜掉。然而麦克尔的姿态触动了我内心。在我给他的回复里，除了表示对他的感谢，后面还加了句："谁知道呢，这个放荡不羁的儿子可能明天会早起来一会儿，在他上班时路过的教堂驻足片刻。"

第二天早上我真的那么做了，圣约瑟夫天主教堂就在我们家山脚下不远处，但五年来我从未踏进过那道门。我进去的时候，修女们正在指导一群来自教区学校的兴高采烈的学生。那天是他们圣诞假期前在学校的最后一天，孩子们幻想着令人兴奋的事。女孩们穿着格子图案的无袖长裙和长袜，男孩们穿着带海军领带的衬衫和宽松的裤子，就和我们原来在圣母庇护所时一样，很多事情都没改变。圣坛上装饰着和实物一样大小的基督降生场景和圣诞红盆栽，这又让我想到了过去，而圣坛祭童仍旧穿着不合适的、溅了很多蜡油的法衣。我溜到后排的空位上，不太肯定我为什么要来或者会不会待上一会儿。出于习惯，我跪了下来。孩童时代，大人教我们在弥撒开始前要跪着等待，并在心中默默祷告，老习惯真是很难改掉。然而我没有祷告，而是一直看着长凳上坐立不安的孩子们，心想我自己的孩子从来没有经历过这些。

风琴手开始演奏圣歌，告诉我们神父和祭童——现在有男孩也有女孩——开始从中央通道走过来了。来的是一位高高的、面目慈祥的、头发花白的神父。他看起来跟孩子们相处很有一套，不断示意他们仪式的步骤。他布道的时候，会在通道里转来转去，跟人们交流圣诞的意义，并巧妙地让对方开口跟他交谈。进行到圣餐礼的时候，一个男孩和一个女孩紧张地端着几瓶酒和圣餐饼走下中间的通道，这让我想起了我曾经担任祭童职位时的惊险经历——极度兴奋中夹杂着害怕，担心摔跤使圣餐从手中飞出去。

当神父发下圣餐，就到了拥抱和平的时候了，这部分弥撒会鼓励在场的人向周围人问好。我一直很怕跟人矫揉造作地握手，或者强迫自己和陌生人打趣，幸好我坐在最后一排。我观赏着前排的行动，孩子们互相问好，这是他们打破沉默尴尬的桥梁。我前面的第三排是一位脸上长着雀斑的小女孩，大概九岁的样子。她向左右的小孩问好，然后扭头对我微笑。我向她点点头，她跪在椅子上，使劲儿向前伸手，我觉得她都快要跌倒在后一排的空座上了。但是她的手向我伸来。我迟疑了一下才意识到她想跟我握手。我也把手伸向前面的空座位，把她的小手握住。"愿主保佑你平安。"我木木地说了一句，这是几十年前被反复教导过的话。

"先生，圣诞快乐。"小女孩说。她的表情、声音和那双明亮的眼睛所透露出的天真、美丽和无拘无束的快乐，让我不禁感到一股节日的暖流涌遍全身，我真想把她一把抱在怀里。

"圣诞快乐。"我说。

孩子们列队到圣坛领取圣餐，我也紧跟在他们后面。除了在爸爸丧礼弥撒上领过圣饼，这是我很多年来第一次领圣餐了。我明白自己无疑违反了一些严格的教堂规定——几十年没有忏悔——但是那又怎样。今天是我爸爸的祭日，搞不懂为什么，我就是想做这些事。领完圣餐回去时，风琴手开始演奏《平安夜》，所有的孩子们都开始用稚嫩甜美的声音跟着唱起来。我回想起那些曾聚集在爸爸病房门口唱圣歌的人们。我跪在我的座位上，把头埋入合起的双手中，闭上眼睛，想让这音乐把我带到一个宁静、安全、温馨的地方。

"嗨，爸爸，"我小声说，"我敢打赌您想不到我会来这里，对不？"

整整一年了，有太多的事情要告诉他。关于我的孩子们，他们长得多快。"你该听听帕特里克吹喇叭，"我说，"他确实拿得出手。康纳尔现在几乎是个小作家了，老师让他写十个句子，他能写出十页来。而科琳，您甚至都认不出她来，她现在比您上次见她时长高了一尺，还会读成章节的书了。"

我告诉他我工作的近况，他知道我写了书，但是没有机会读了。"它现在进入了畅销书行列，每周名次还在上涨。我知道您会很骄傲的。"然后我又说了妈妈的情况和迈克尔是怎么独自管理老院儿的。"您可能都不相信，他现在除草机、吹雪机样样在行。"为了让爸爸放心，我告诉他别克车也安然无恙，在第一次冰冻前我们清理了屋顶的排水沟。还有我们每个人都很想念他。"真不敢相信已经过去一年了。"我说。

我跟爸爸正在交流时，远处传来了神父的声音："弥撒结束了。大家可以平安回家了，要永远爱主、侍奉主。"然后，所有人都唱着《普天同庆》，我听见唱着欢快歌曲的孩子从我身边走过，这时我才发现自己已经泪流不止了。我不清楚自己哭了多久又是为什么哭。也许是因为这些孩子们天使般的歌声，也许是因为那个伸手过来的小女孩使我想起了生命里的种种誓言和破碎的梦，也许是因为这一天本来的寓意是庆祝生命的开始，而对于我，这一天永远逃脱不了失去父亲的痛。一年前我在医院和丧礼上都忍住了泪水，但是这次不行，我哭得一塌糊涂，鼻涕横流、眼泪不止。我深深地埋下头，任泪水浸湿衣袖。"看在主的面子上停下吧，约翰，"我自言自语，"你这样真像你妈妈。"现在我能更加清楚地理解妈妈为什么每次领圣餐时都会恸哭。一方面，她觉得她在跟耶稣融为一体；另一方面，她感觉离那些她爱的但是失去了的人更近了一些。可能那是她的大门，带她去见她的父母和已故的兄弟姐妹，还有那个夭折的女儿。我想最起码他们会交流内心的想法和感觉，尤其是精神层面上的。这可能就是妈妈流那么多眼泪的原因。

当我再次抬头，教堂已经空无一人，重新恢复了宁静。我用袖子擦了擦脸上的泪水，告诉爸爸别担心我们这些剩下的人的生活。"我们会生活得很好，爸爸。"我说，我知道我们会的。不管好与不好，毕竟是我自己的人生。他给我打好了基础，后面要靠自己了。

我从教堂走出来，12月的阳光有些暗淡，早上的冷风吹打在我的脸上。我从兜里找到一片纸巾，狠狠地擤了一把鼻涕。然后发动汽车，离开教堂，开始了新的一天。

# 尾 声

　　我在前台签了字，然后沿着抛光的油毡地板一路走到右侧最里面的那扇门。我们曾短暂地、满怀希望地考虑将拐角处的套房作为爸妈一起安度晚年的地方，但是现在只有妈妈一人孤独地待在那儿。我从门外往屋里瞧了瞧，看见她的拐杖顶在沙发那儿，但是她和她的轮椅却不知去向。

　　在护士服务台，我说："我是露丝·格罗根的儿子，请问她在附近吗？"那是个荒谬的问题，这儿是养老院，她当然在附近，所有的病人都在附近。

　　"这会儿露丝在做弥撒。"护士说，指了指小礼拜堂。

　　我走过走廊，路过坐在轮椅里的虚弱老太太，她们沿着墙排成一队。有几个抬头看了看我，其他大多都盯着地板，一个还叫道："让我和你走吧。"

　　在小礼拜堂门口，我透过玻璃门看到一位年老神父（他自己也住这儿）在几名修女和大约三四十位坐在轮椅里的女人面前做着弥撒。从后面看，这儿的住客看起来都一样——白发苍苍的头垂在耷拉的双肩中间。刚开始，我以为她们都在低着头做祷告，但很快我就发现她们每个人都在酣然大睡。在她们中间我看见了妈妈，一件毛衣披在她的肩膀上，头低得很深，显然睡着了。

　　"醒醒。露丝，"我轻声说，在她侧后方看着她，亲了下她的头顶，"我是您的小儿子。"她的眼睛慢慢地睁开了，冲着我疑惑地微笑，就好像她是第一次见我，虽然我和珍妮、孩子们昨晚刚来看过她。几秒钟后，她恍然大悟。"哦，嗨，约翰。"她小声说。

　　我单腿下跪，抚摩着她的肩膀，抬头看了看正在以战士的毅力给熟睡着的住客们布道的神父。当我再回头看妈妈时，她又睡着了。在交流时间，神父走过一排排轮椅，耐心地把她们一个个叫醒，然后往她们嘴里放一块小麦饼干。妈妈闭着眼，低声说着"阿门"，张开了她的嘴。圣餐一丢进她的嘴里，她立刻攥着拳头放到心脏处，嘴里念念有词，虽然她看起来还在睡梦中，但有些事她始终丢不下。

弥撒过后，我推着她到了院子里，她歪着脑袋晒太阳，脸上露出了笑容。她的脸上已经爬满了深深的皱纹，头发也白得像雪一样，但是仍然感觉她像是个孩子，沐浴在阳光里，沉浸在天真中。这时候，她开始哼曲，然后开始唱歌了，手指比画在虚构的钢琴键上。唱的是一首我从未听过的童谣，大概讲的是一个毛躁的女孩想驯服一只鳄鱼，最终却被它吃掉。妈妈已经忘记了早饭吃的什么，也不清楚我怎么突然间出现在弥撒仪式上。但是她的小曲唱得相当起劲儿，一字不漏。"您从哪学的这个？"我问。

"女童子军那儿。"她说。

"女童子军？"我惊叫着笑出声，"那是八十年前的事了！您现在得唱给我听听。"我这一说，她就又唱了一遍。

我把她推回房间，来到窗前，从那里她能看见外面的草地和花园。"我今天晚上再跟珍妮和孩子们一起过来，"我告诉她，"我们一周都待在这里。"

"我可盼着你们啊，宝贝。"她说，但我知道真实情况。

"我爱你，妈妈。"我说，在她额头深吻了一下。

"我也爱你，好儿子。"妈妈说。然后她又说了些我没有预料到的话。

"一旦他们走了，就成事实了，"她说，"他们会来看我们，但是不一样了。"

我想反驳，但她是对的。不一样了，再也不一样了。

走到外面的小路上，我回头望了望窗口，我把她留在那里了。她在窗口看着远处。眼神好像盯着远方飞过的一架飞机，或者一群大雁。我向她挥挥手，她又一次用惊讶的眼神望着我，像在小教堂里时一样。

"哦，妈妈。"我低声说。

她给了我一个飞吻，我也回了她一个。

# 致　谢

　　写作本是一种个人行为，然而如果没有许多人的支持，我不可能著成这样一本书。

　　首先，我要感谢我的文学代理劳里·阿布科米尔，从我产生出一点儿灵感到最终完成拙作，她发挥了不可替代的作用。她既是我的构思搭档、引导者、心理专家，又是这本书的宣传者和第一读者，而且她的建议是无价的。再者我要感谢威廉·莫罗出版社的小组成员，因为他们信任这本书，并让它付梓面世。我感谢他们：迈克尔·莫里森、丽莎·加拉格尔、林恩·格雷迪、希尔·巴伦杰、迈克尔·布伦南和詹妮弗·舒尔坎德，尤其感谢我的编辑莫罗·戴帕雷塔。

　　我还要感谢安娜·昆德伦、多莉丝·卡恩斯·古德文、布赖恩·蒂法、吉姆·韬皮恩、丹·沙利文、琼·伯克、苏珊和皮特·布朗、萨拉和戴伍·潘德尔，因为他们聆听我的想法，用言辞鼓励着我，给了我许多具有建设性的建议。雷·艾伯森为我把一间荒废的棚屋改造成漂亮的工作室，让我在那里铺展开自己的梦想。谢谢你，雷。还要感谢宾夕法尼亚州伯利恒里海大学，在我的工作室建造期间，我就是在那所大学的林德曼图书馆，完成了这本书的大部分创作。

　　我的兄弟姐妹玛丽乔·格罗根、蒂莫西·格罗根、迈克尔·格罗根，他们明白我们各自以不同的视角看待过去发生的故事，但是依旧信任我，真诚、确切、细致地告诉我那些陈年往事。我真心感谢他们对我的信任。他们还跟我分享他们的想法和记忆，帮我重建了许多书中的故事情节。迈克尔甚至花费数小时帮我找来家里半个世纪以来的照片、录像、纪事和文字材料并把它们编成目录。我的母亲，露丝·玛丽·霍华德·格罗根，即使年事已高，仍然用她的智慧、精神和无穷的幽默启发我，她毕生说故事的天赋就体现在这些文字中。我已故的爸爸，理查德，还时时影响着我的生活，用他在世时的言行引导我，我总是会问自己如果是爸爸会怎么做？我永远感激父母为我营造了快乐的童年，他们的爱是那么深刻、那么无私，再美的语言也不足以形容。

最后，要真诚地对我的爱妻珍妮和我的孩子们帕特里克、康纳尔、科琳，说一句：谢谢你们。谢谢你们容许我从我们的家庭经历和生活中去发掘灵感。从开始写书的每一天，你们总是陪在我身边。谢谢你们的支持和理解。这本书是关于家庭情谊的，我感谢我自己的家庭，我对你们每一个人的爱是用语言也难以表达的。